見えない階

心療内科医・本宮慶太郎の事件カルテ2

鏑木 蓮

潮文庫

目次

カバーデザイン　片岡忠彦

プロローグ

水の匂いには敏感だ。どこをどう歩いてきたかは分からないが、気づくと目の前に川が流れていた。右手に橋が架かっていて、時折車のライトが行き交うのが見える。もっと水面に近づこうと石段を下りた。

河原に張りつく草叢（くさむら）にしゃがみ込み、布製のトートバッグからガーデニング用のレンガを取り出すと、川に向かって力いっぱい投げた。

錆色（さびいろ）のレンガは、ごく短い放物線しか描かずに浅瀬に落ちた。そして水底の石とぶつかったのか鈍い音を立て、見えなくなった。

来た道を戻りたくはない。そこから少しでも離れたくて、川沿いの遊歩道を南に向かって歩く。

五月の川風を右頬に感じながら、つい今し方自分の身に起こったことを懸命に思い出す。すでに断片化された記憶をつなぎ合わせようとした。

「名前を聞いただけでは思い出せなかったけど、顔を見ればすぐに分かった。変わってないね。可愛いよ。いや綺麗だと言ったほうがいいかな」

と、あいつは笑った。おぼろ月が頼りだったけれど、私にははっきりとにやついた顔が見える。

「それにしても、合言葉をよく覚えていたね」

あいつは眼鏡を外し、スーツの胸ポケットにしまった。そのしぐさは昔のままだ。

「テレビ局の人間は、補習なんて言葉使わないから怪訝な顔をしていたよ。大丈夫、取り次いだ人間にはうまく言っておいたから。それにしてもよく僕を忘れないでいてくれた。君だけだよ。薄情なもんさ、みんな」

みんな、という言葉を強調したかったのか、声色を変えたように聞こえた。プールの水が入ったときのように鼻の奥に痛みが走り、涙が出そうになった。悪びれることなく口から出た言葉は、軽く、嘲りを含んでいる。

いったいどれだけの人間を地獄に落とせば気が済むのだ。

コートのポケットに手を入れた。いつも持ち歩く護身用の催涙スプレーを握りしめ、あいつが近づくのを待った。

記憶通りなら、左手を首筋に回してくる。

「君は優秀だった。だから僕は君に肩入れしたんだ。何だ、まだ持っていたのか。いまはそんなものもらっても嬉しくないだろう。大事に取っておいてくれたのは光栄だけど。そう言えば、どんなことでも相談に乗るって約束してたね。ただ、その前に経過した時間を埋めないといけない。そうか、だからそんなものを持って会いに来てくれたんだね」

あいつの靴が砂利を蹴る音が境内に響く。一歩、二歩と近づき、愛用の煙草の臭いを感じた瞬間、顔に向けてスプレーを噴射した。

あいつは妙な声を出した。それを止めようと、レンガをこめかみ目がけて振り回す。手首が曲がるほどの衝撃が走ったのに、あいつは倒れなかった。

左手でこめかみを押さえ、右手で私を摑もうと闇を探っている。目が見えず、舞台でもがく役者のだんまりを見ているようだ。

私は背後に回って、今度は後頭部にレンガを振り下ろした。

あいつは石段を前方に回転して落ちて行った。

辺りに誰もいないのを確かめ、石段の下を怖々覗く。グレーのスーツだけが地面にいびつな形で放り出してあるようにしか見えなかった。

目を凝らして見る。スーツは動かない。

耳を澄ます。いまの季節に聞こえるはずのない虫の音が内耳に響く。

急いで石段を下り、倒れたあいつの横を通り抜けたとき、また煙草の臭いがした。

バッグの中のマスクを出して顔にはめると、一目散に駆ける。

大きな道をひたすら歩いた。

草の匂いのする土手を上がり、道路に出ると車のライトが目に痛く、めまいに襲われた。息が苦しく胸が痛い。頭が割れそうだ。でも病院には行きたくない。といって、このまま死んでしまうのはいやだ。

早くお布団に入って眠りたい。

帰らなければ、私の家に。戻らないと、いつもの暮らしに——。

第一章　現在

1

「どうだこの風情、まさに京都って感じがするだろう？　本宮大先生好みじゃないか」

そう言いながら沢渡恭一は、木枠の古風な窓を開けた。紅殻格子越しに家の前の通りが見える。

恭一は高校時代からの親友で、いまは経営コンサルタントを生業としていた。

「確かに紅殻格子はいいな。だけど市内の京町家なんて……」

「嫌いなのか？」

「いや、俺は好きだよ。落ち着くし、クライエントだってほっとできるだろう」

「なら、いいじゃないか」

「よかないよ。そういう問題じゃなく、お前も知ってるように俺は金欠病なんだ」

「お医者さんが罹る病気じゃないな」

「あっ、いま、笑ったな。こうなったのにはお前も一枚嚙んでるんだぞ」

本宮慶太郎は、京都府相楽郡精華町に「本宮心療内科クリニック」を開設している。そこを自宅兼クリニックにすることを勧めたのは恭一だ。ところが患者が来ない。慶太郎自身が他の心療内科の病院でアルバイトすることを考えるほどだ。恭一が我慢しろと言っていた三年もすでに過ぎ、看護師としてクリニックのスタッフをしてくれている妻の澄子、十一歳の尊との暮らしも立ちゆかなくなってきている。その上、クリニックを建てた敷地は、澄子の父親のもので、家庭内においても慶太郎の立場は弱かった。


起死回生のアイデアがあると、恭一が持ちかけてきたのが、京都市左京区田中Ｓ町にある京町家で開業する案だった。所有者が高齢で、町家を維持するのが難しくなっているのに目をつけた関東資本の会社が、簡易宿泊所にしたいといっている物件だった。ところが町内の住民が猛反対したのだ。時間を選ばず出入りする客のキャリーバッグを転がす音。路地での酒盛りやゴミ出しルールを無視したポイ捨てなど、宿泊所のある隣町内で起こっている外国人観光客とのトラブルを嫌ったからだ。幾度か話し合いが持たれたが計画は頓挫した。幸い所有者は経済的に困窮していたわけではなく、町家の維持に協力さえしてくれればいいのだと主張した。

そんな話を聞きつけた恭一が、心療内科クリニックならどうだと所有者に打診したというわけだ。恭一は言う。所有者を助け、近隣住民の不安を解消できるなんて、本宮慶太郎にしかできない善行だと。

「まあ心配するな。お前は一流の心療内科医だ。ここで開業すれば必ず芽が出る。『本宮心療内科クリニック、鞠小路院』、名前も美しい」

「通り名も素敵だし、この家もいい感じなのは率直に認める」

「京大も近い。悩める秀才たちが多くいるはずだ」

「ああ、ニーズも高いと言いたいんだろう。けどな、どうしたって先立つ物が……それに精華町のクリニックはどうする？　元手がかかってるんだ」

慶太郎は格子を見ながら、畳の上にあぐらをかいた。時折南に向かって車が通る。どうやら前の道は一方通行らしい。

「話、聞いてたのか？　いま鞠小路院って言ったんだぞ。ただスケール感を醸し出しただけじゃない。慶太郎は週に四日、ここで診察する。残りの二日は本院。いまの患者数ならそれだけで何とかなる。アルバイトに出ることを考えてみろ。その何倍もここで稼げるって寸法だ」

家賃などの経費を差し引いても、と恭一は強調した。

「お前の口上はいつもプラス思考で結構なんだが、信じてもいいのか」

恭一は親指を立てた。分かりやすいボディランゲージだ。

「で、家賃は？」

「二十万を切る交渉に入っている。当座必要な経費は、プライバシー保護の間仕切りの設置、診察用の椅子とか電子カルテ、レジスターなんかの設備に中古品を使うとして総額四百万くらいかな。スタッフの募集はしないぞ。軌道に乗るまでは澄ちゃんに頑張ってもらう」

恭一も慶太郎の向かいに座る。

「四百万、か。痛いけど、想像していたよりは……いや、やっぱり無理だ」

慶太郎は激しく首を振った。

「融通してもいいぞ」

恭一が目をそらし、短い前髪を掻き上げた。何かを隠すときのしぐさだ。詳しい理由を語りたくない心の表れにちがいない。

「四百万円もの大金を、お前が俺に？」

と、格子越しに外を見ている恭一の目を覗き込んだ。

「さすが親友だ、ありがたく使わせてもらうよって、どうして言えないかな。俺はクライエントじゃないんだ。その心の奥底まで覗き込むような目、やめろ」

「まさか。クライエントには優しく慈しみの目で接してますよ、だ。お前の優しさには裏がある。さっさと吐いて楽になれ」

慶太郎は薄目で恭一の目を見る。

「分かったから、その目はやめてくれ。いいか、患者が週に一度、カウンセリングを受けにくるとする。保険適用だとややこしいから非適用だとして考えるぞ。お前は六十分で八千円という金額を提示しているから、一日六名診察で日に四万八千円稼ぐことになる。ここでは週四日で十九万二千円、月七十六万円。精華町での診療を足しても百万円に届かない。家賃と経費をさっ引けば四十万円ほどだ。そこから俺が返済を迫ったりしたら、澄ちゃんに怒られるよ」

恭一は大げさに身震いしてみせた。彼は、慶太郎以上に澄子を怖がっている。香港スターのようにキリッとした目のときと、観音様のように優しいまなざしのときがあって、そのコントラストにゾッとするのだそうだ。

「なんだ、そもそも起死回生のアイデアじゃないってことじゃないか」

「いや。ここにクリニックを構えてもらって、ある仕事をお願いしたい」

「面倒はごめんだぞ」

「実は澄ちゃんに、了解を得ている」

「何だって」

と慶太郎の発した声に慌てた恭一が、窓を閉めた。

「閑静な住宅街だ。防音設備も必要なようだな」

「ああ、すまん。ちゃんと説明してくれ」

「毎読新聞の光田からの話で、毎読テレビで『関西ウエーブ』って情報番組があるんだけれど、精神科医のコメンテーターを探してる」

恭一は、自分の友人の部下にあたる社会部の新聞記者、光田洋平の名前を出した。そのサツ回り記者をしている光田とは、精華町のスーパーマーケットのアルバイト従業員が死亡した事件で知り合った。彼の風貌は、将棋の羽生善治九段にどことなく似ていた。

「まさか、俺に……」

「華やかな場が苦手なのはよく知ってる。しかし契約金を含めたギャラがいい。しかも週一回、ここからの中継でいいんだ」

古都の町家に開院した心療内科医として慶太郎を売り出す、と恭一は言った。慶太郎がテレビに顔を出すことで、宿泊施設ではなく、住宅や店舗として古民家リフォームを手がける建築メーカー、住設機器メーカーがスポンサーとなるのだそうだ。

「もうそこまで話が進んでいるのか」

座敷から見える居間を眺める。

「複数の企業のニーズと利害を結びつけるのがコンサルの仕事だ。何の思惑もなしに、この物件に俺が飛びつくはずないだろう。澄ちゃんに楽させてやれよ、慶太郎」

女房孝行も善行の一つに加えろ、と恭一が微笑む。

「うまくいくかなぁ」

「それはお前のやる気次第さ。何にしても、心こそ大事なんだろう？」

「意味が違う。いや、気持ちの問題は確かに大きいかも」

「決まった。ここを慶太郎飛躍の拠点にするぞ」

恭一がハイタッチを求めてきた。

慶太郎はそれに力なく応じた。


さすがに古民家の改築専門業者だけあって、二週間ほどでクリニックの体裁は整った。

玄関を入ると正面に玄関間と呼ばれる三畳間があり、右手に六畳の待合室、左手手前の六畳が受付で、奥座敷の八畳が診察室だ。そこに大きめのガラス戸を嵌め、庭を眺められるようにした。濡れ縁と小さな池、灯籠の周りにツバキ、ヤマボウシ、ノンテンが植えられている。緑が目に入るだけで、カウンセリング中もクライエントの気持ちを和ませてくれるにちがいない。

ただ不便なところもある。京町家は、「通り庭」と呼ばれる土間が玄関から裏庭までを貫く構造が多い。ここもそうなっていて、慶太郎と澄子が使う分には支障はないものの、土間に台所があった。

クリニックでは、飲み水用の浄水システムと、除菌に有効な次亜水(じあすい)をつくる電解装置が必要で、仕方なく診察室に水道を引いた。

「みるみる形になってきたな」

恭一が嬉しそうに診察室から裏庭を眺めている。

「恐ろしいくらいだ。昨日澄子が来て、二階もなんとかしてほしかったって言ってた」

「予算がないぞ。でも、そんな悪くないだろう、古いってだけで」

「エアコンがないのがな。冬はいいけど、夏は」

「ほとんど診察室にいるんだしさ。休憩ならここでできる」

恭一は部屋を見回した。

「澄子は今後のことを考えているんだ。将来スタッフを雇ったときの控え室は二階になるだろうって」

「気が早いな。焦らず、まずは」

「三年頑張れ、なんて言うな」

慶太郎が恭一の言葉を遮るように、刀に見立てた手刀を振り下ろす。

「……おう、そうだ。お前木刀もいるんじゃないか。いつものやつ、ここでもやるんだろう」

と恭一が話をそらすように言ったのは、学生時代剣道部に所属していた慶太郎が、クライエントに向き合う前に行うルーティンのことだ。力いっぱい素振りをすると、精神が落ち着き集中力が増す。ただ自慢できるような戦績はなく、大きな試合への出場経験もない。長身なだけで、すばしっこい相手に歯が立たなかった。その挫折感を無駄にしないよう心がけている。過去のマイナスをいまに生かせば、プラスに転じられると信じているからだ。現在の頑張りで、過去を変えたかった。

「忘れてたよ。ここでも、クライエントの診察をするんだったな」

冗談口を叩いた。

そのとき、玄関のインターフォンが鳴った。

隣の受付室に行き、壁のモニターを見る。

今どき珍しく髪をきっちり横分けにした若い男性だった。モニター画面では二十代後半に見えた。

返事した慶太郎に男性は、

「京滋エアシステムズの営業で、古堀といいます」

と胸のネームプレートを示した。そこにあったのは、間違いなく医療用空気清浄機システムで関西屈指の会社のロゴマークだ。

「ちょっと待ってください」

慶太郎は玄関に行き、古堀を玄関間に請じ入れた。彼は手際よく名刺を差し出し、改めて名乗り、自分は市内の丸太町通り以北エリアの担当なのだと説明した。

「外から見て、ここがクリニックだとよく分かりましたね」

慶太郎は受け取った名刺を見ながら聞いた。まだ看板を出していなかったからだ。

「心療内科医の本宮慶太郎先生でいらっしゃいますよね」

「私をご存じなんですか」

ジャケットの胸ポケットから名刺入れを出そうとしていた慶太郎の、手が止まった。

「いや、この業界も情報収集が鍵みたいなところがありますんで」

そう言って白い歯を見せた古堀の手には、すでに製品パンフレットがあった。表紙には最新型という文字が大きく印刷されている。

「ちょうど空気清浄機システムを考えていたところなんですよ。グッドタイミングです」

診察室の空気には神経を使わないといけない。人は精神的に弱ると、ほとんどの場合において免疫システムが正常に働かなくなる。そのため、普段は何のことはない細菌類によって感染症を引き起こすことがある。クライエントの健康のために空気清浄機は不可欠なのだ。

精華町のクリニックに導入しているものと同じ空気清浄機を購入しようと思ったが、古民家であり床が畳であることを考えると、同様とはいかないだろうと躊躇していたのだった。

「最新型のクリーンルームモードだと、患者さんが安心できるレベルまで除菌できます。ことに年季の入ったお屋敷には最適ではないでしょうか」

古堀は、慶太郎の懸念を察知していたかのような目付きをして、詳しい説明をし出した。

慶太郎は機械にそれほど詳しくない。しかし古堀という青年が誠実な人柄なのかを見極めることなら得意分野だ。

パンフレットには手術室なみの無菌状態を実現と書いてあるが、彼は「患者さんが安心できるレベルまで除菌できる」という表現にとどめた。つまり誇張表現をあえて避けている。そもそも無菌状態など特殊な設備の下でしか無理だ。それを踏まえ、自社製品であるにもかかわらず律した。嘘をついてまで物を売るタイプではない。

またしっかり慶太郎の目を見て話し、笑顔のとき口元だけではなく、眉、目、頬と顔全体を連動させて動かしている。心の中からの笑顔か、それとも訓練の賜物なのかは分からないけれど、やはり自分に嘘がつけない性格であることに間違いはない。

「古堀さん、見積もってもらえますか」

「えっ」

説明の途中だった古堀が、言葉を詰まらせた。

驚く古堀にかまわず、

「表の部屋が待合室で、こっちが受付と診察後の待機部屋、そして奥が診察室になってます。すべて畳部屋で、ほとんどが土壁です」

慶太郎が受付の引き戸を開けた。

そこに恭一が立っていた。聴き耳を立てていたようだ。

「こちらは経営コンサルタントの沢渡さんです」

慶太郎が紹介すると、二人は名刺交換した。

「できるだけ勉強してください。本宮先生は、儲けをまったく考えない希少動物みたいな精神科医なんで」

「よせ」

「だってそうじゃないか。放っておくと患者のためにどんどん予算が膨らみ、破産してしまいかねないんだからな」

自分がお目付役だから見積書は自分に送ってくれと、恭一が言った。

「はい、分かりました。開業前に破産はいけませんからね」

古堀は苦笑した。

2

古堀孝昭が山科区の本社から、左京区のアパートに戻ったのは午後八時少し前だった。会社から貸与されている軽自動車を駐車場に入れ、重い足取りで階段を上る。無意識でうっかり手すりを摑んでしまった。鉄製の手すりは塗料がはげて、手のひらに錆がつくのだ。洗っても残る鉄臭さに気が滅入る。

三階の三〇一号室を見上げるが、予想通り電気は点いていない。さらに滅入る気持ちを奮い立たせて階段を駆け上がった。

わざと靴音を立てドアの前で立ち止まった。キーホルダーをせわしなく振りながら鍵を差し込み、室内の音に耳を澄ます。やはり反応はなかった。

小さくため息をつき、ドアを開いて中に入った。

「ただいま。姉ちゃん、帰ったよ」

電気のスイッチを押して、キッチンリビングの奥にある和室に向かって声をかけた。

部屋が明るくなると、春になっても炬燵布団はそのままで、そこに腰まで入った姉の友美が、だらしなく座椅子にもたれている姿が見えた。

リビングテーブルには食べ終わったコンビニ弁当の容器と飲みさしのコカコーラのペットボトル、スナック菓子の空袋が乱雑に放置されている。

子供の頃の友美はきれい好きの上、几帳面で神経質だった。それだけに目の前の光景が孝昭の目には、とても荒れているように映る。

「具合はどう？」

どうせすぐに返事はない。孝昭は、残ったコーラを冷蔵庫にしまい、弁当の容器はさっと洗って資源ゴミの袋へ捨てた。

「夕飯はまだだろう？　俺もまだだから適当に作るよ」

と言ったものの、焼きそばを作ることは決めていた。早くて簡単で、何より友美の好物だからだ。

高校卒業と同時に滋賀県大津市から、いまの会社に就職、以来自炊をしてきた孝昭は、料理が苦にならなかった。手際もいいほうだと思う。ただ三十歳にして、その腕前を披露する相手がもっぱら姉だという点が問題だった。

九年前、就職して三年が経ち、やっと仕事を覚えた頃、突然友美がここに転がり込んできた。実家の両親と喧嘩して飛び出したのだ。諍いの理由は分かっている。

友美は高校一年の六月に不登校となり、そのまま退学した。それから二十六歳になるまで引きこもり生活を続けていた。工務店を営む父、経理事務をする母を手伝うこともあったが、だいたいは部屋でフェルト手芸をしていた。部屋中フェルトでできた猫や犬でいっぱいになっていたのを、高校生だった孝昭もよく覚えている。

元々友美は活発な子供だった。それが中学三年のとき、三週間大津総合病院に入院することになる。病名は「起立性調節障害」だった。その病気がどういうものなのか、五つちがいで小学四年生だった孝昭にはよく分からなかったけれど、一時は立って歩けない状態だった姉を心底心配した。もしかしてこのまま退院してこないのでは、と怖かった。

だから友美が、自分のアパートを頼ってきたのをむげに断れなかったのだ。友美は友美で、申し訳なく思ったのか、実家での引きこもりが嘘のように、家事全般をこなし弁当まで持たせてくれた。

少し経って、会社がスポンサーをしている女子プロ野球チームを応援しに球場へ行ったとき、ある女性と知り合った。しかし彼女は交際し始めて間もなく、友美の存在を知ると「姉弟の間に、私は入れない」というメールを残し、その後連絡が途絶えた。

その一件で、友美との関係が傍目には異様に映っていることを思い知ったのだった。以後、誰とも交際はしていない。

そんな友美が、また引きこもり始めた。

家事もできなくなり、外出は歩いて二、三分先にあるコンビニエンスストアまでだけとなった。

孝昭はキャベツを切りながら、今日知り合った「患者のために破産する」という医者の顔を思い浮かべていた。


次の日の午前中、「本宮心療内科クリニック」に導入する空気清浄機システムの見積もりを作成すると、それを携え孝昭は会社を出た。

医療機関のリフォームや設備投資は、人々が休んでいるときに行われることが多い。ゴールデンウイークまでに契約を済ませ、連休中に設置を完了するのだ。先週、それらの処理を済ませ、いつもの新規まわりをしていて飛び込んだのが本宮医師のクリニックだった。

内科や外科に比べると、心療内科で孝昭の勧めた最高レベルの除菌や滅菌に予算をかけるところは少ない。けれど本宮医師の空気清浄への意識は高かった。患者のことを大事にしていると思えたし、コンサルタントだという沢渡の言葉も頭から離れなかった。

見積書自体は、その沢渡に送ることになっていたのだが、本宮医師を訪ねることにした。姉のことで相談したかったのだ。

鞠小路付近の百円パーキングに車を駐め、大きな鞄を手に持ちクリニックに向かう。

昨日とはちがう緊張感で、インターフォンを押す指がかすかに震えた。

「はい」

女性の声がした。スタッフだろうか。

小さく咳払い（せきばら）をしてから、孝昭は名乗り、用件を告げた。

「ちょっとお待ちください」

ややあって木製の引き戸が開く。そこには本宮医師が笑顔で立っていて、

「どうぞお入りください」

と迎え入れてくれた。

「お邪魔します」

上（あ）がり框（がまち）でスリッパに履き替えると、受付の間、さらに奥の診察室へ通された。

「コーヒーでいいですか」

ソファーに座るよう促しながら、本宮医師が聞いた。

「どうかお気遣いなく」

「遠慮しないでください。僕も飲みたかったところなんです。付き合ってください」

そう言うと台所のほうに「すみこ、コーヒーを二つね」と声をかけた。

女性は看護師ではなく、身内のようだ。

「さっそくですが」

と孝昭は、鞄から見積書を取り出しテーブルの上に置いた。

「これ、沢渡のほうには？」

本宮医師は封筒を手に取り見積書に目を落とす。

「いえ、まだ」

「よかった。沢渡、彼は高校時代の友人なんですが、何かとうるさいんで。先に拝見できると都合がいいんですよ」

本宮医師が笑った。

うるさいと言いながら、沢渡を本当に疎んじている感じは受けなかった。

「どうしようかと迷ったんですが、先生にそう言っていただけて、ほっとしました」

一台当たり十七万円の空気清浄機を診察室は当然のこと、受付と待合室に各一台、計三台で五十一万円。そこに台所用とトイレ、スリッパ除菌用の小型機を提案していた。

「ご契約していただければ、そこからこれだけは値引きいたします」

孝昭はタブレットに呼び出した見積書に、マイナス七万円と手書きで書いて本宮医師に見せた。

「しめて五十八万円ですか……」

「畳の部屋ですし、あくまで大事をとってのご提案です。先生がこれはいらない、と思われれば別のご提案もさせていただきますので」

「いえ、見積書に不満はないです。むしろ台所は僕も気づきませんでした。土間ですから確かに必要だ。ただ沢渡と妻をどう説得しようかと考えていただけです」

本宮医師が台所を一瞥したとき、大きな目が印象的なすらっとした女性が、コーヒーカップを盆に載せて診察室の戸を開いた。

「お世話になってます。本宮の家内でクリニックの看護師をしています」

コーヒーをテーブルに置くと丁寧にお辞儀をして、彼女は名刺を差し出した。

孝昭は慌てて立ち上がり、見積もりさせてもらうまでの経緯を早口で説明しながら、名刺を交換する。

「除菌シートとか衛生用品もお申し付けくだされば、すぐにお持ちいたしますので」

名刺の裏に記された業務内容を見詰める澄子に言った。

「畳の上をこのスリッパで歩くのが、あまり気持ちがいいものじゃないんですよ。でもクライエントの中には、夏場裸足の方も診察に来られるでしょうしね。布製スリッパを考えてるんですけど、取り扱ってますか」

澄子が自分の足元を気にしながら聞いてきた。

「抗菌素材の物があります。使用したスリッパは回収して交換するシステムとなります。それでよろしければ、またお見積もりいたします」

「ぜひお願いします。あっ、いけない、コーヒーが冷めてしまいますね。お邪魔してすみません」

澄子が跳ねるように診察室から出ていった。

戸が閉まり、澄子の気配が再び台所へ移動するのを待って、

「先生、ご相談があるんですが」

と孝昭は切り出した。

「相談、ですか。悩んでおられることがあるんですね。古堀さんが時折見せる表情から、何か問題を抱えているのではないかと感じていました」

「えっ、本当ですか」

孝昭は自分でもおかしいと思うような奇声を発してしまった。

「人の心を常に気にするのが僕の性質なんです。だから精神科医になった。古堀さんが笑顔になる一瞬前に、下唇の端がごく僅かですが下がる。笑うために勢いをつけているんだと思った。つまりそうしないと笑顔になれないんだと。それはひとときも忘れ去ることができない悩み、悲しみを抱えた人に多く見られるサインなんです」

本宮医師は、孝昭の営業トークに誇大な表現がないことから真面目さを感じ取った。それゆえに悩みの解決に糸口が見えないときは、さらに苦痛が増大することを気にしていた、とも言い、

「お話を伺いましょう」

　と微笑んだ。

「先生、診察代は？」

「治療が必要かどうかは、お話を聞いてから考えましょう」

「よろしいんですか」

「治療したほうがいいと判断すれば、初診料が発生しますが、それこそよろしいですか」

「もちろんです。ただ、診察してもらいたいのは私ではないんです」

「では、お身内？」

「ええ、姉です」

「分かりました。お姉さんのお名前と生年月日を教えていただけますか」

「古堀友美、昭和五十九年三月十二日生まれで、三十五歳。私とは五つ違いです」

　実家は滋賀県の大津市だけれど、現在は左京区のアパートで同居して九年が経つことを話した。

「姉は、高校一年生の六月頃から不登校になって、そのまま学校を辞めてしまいました。その後も部屋に引きこもって……地元の心療内科を受診したら、うつ病だと診断されました。で、お薬を処方されたんですが、かえって悪くなったみたいで、すぐに病院には行かなくなりました」

「お薬、ですか……」

本宮医師は表情を曇らせ、

「そのときの様子ですが、あなたから見てどんな感じでした？　五歳違いということですから、あなたは小学生ですね。見たままを教えてください」

と言った。

「眠たいのか、怠いのか分からないけれど、体が動かないんだって言ってました。だからすぐに横になってました」

「なるほど。薬の副作用の可能性がありますね。ずいぶん経ちますが、病院と医師の名前は分かりますか」

「大津駅前にある『斎藤こころのクリニック』です。現在もクリニックはありますが、担当医がいらっしゃるかどうかまでは」

「必要となればこちらで調べます。カルテが残っていればいいんですが。九年前に京都へ引っ越してこられたということですが、それからはどこの医療機関にも行かれてないんですか」

本宮医師は卓上の製薬会社のロゴマークが入ったメモ用紙を引き寄せ、ボールペンを走らせる。

「よほど病院は懲りたみたいで、毛嫌いしてます」

病院という言葉を出しただけで子供のように機嫌を損ねるのだ、とまるで娘を持つ父親みたいな物言いになってしまった。

「病院を好きな方のほうが、珍しいですからね」

「まあ姉の場合、その前に大きな病院で三週間も入院した経験があるんで、無理ないかもしれません」

「少し長いですね。そのときの病名は分かりますか」

「起立性調節障害だと聞いています」

「それは何歳のとき、どこの病院ですか」

「たしか中三の夏、入院先は大津総合病院の小児病棟です」

相談するために、姉のことを整理しておいた。

「中三の夏に起立性調節障害で入院して、高校一年生の六月に不登校ですか。うつ病ではなく、起立性調節障害そのものが再発したのかもしれませんね」

「ただ、学校を辞めたので、私が中学生になった頃には、家の手伝いができるようになってました。うちは工務店を営んでいて、家にいるなら事務を手伝え、と父が言い出したんです」

強引だったけれど、自室から引き出すことで徐々に回復したように見えた。孝昭が高校を卒業する頃には、朝九時からお昼まで事務所で母を手伝うことができるようになっていたのだ。

「起立性調節障害が改善しているということですね。その頃のお姉さんの表情はどうでした。引きこもる前のお姉さんと比べて」

「相変わらず引きこもりがちで、部屋ではフェルト手芸ばかりをしてましたけど、顔を見せるときは昔のままの姉に見えました」

「京都に出てこられた理由は何ですか」

当時の様子も併せて尋ねられた。

「親と揉めたようです。見合いを勧められたのが原因だと言ってました。アパートに来て一週間ほどは引きこもっていたときと同じ感じだったんですが、その後は元気になって、私の世話を焼くようになりました」

交際していた女性が愛想を尽かすほどだった、と口をついて出てしまった。たまっている感情を吐き出させる雰囲気を本宮医師はもっている。それが心療内科医だからなのか、それとも彼の人間としての魅力なのかは分からない。しかし面と向かって話していると、ますますこの医師なら、友美も心を開いてくれそうな気がしてくる。

「なのにお姉さんは元気を失っている。そうですね」

「先月の初め頃から、塞ぎ込むようになりました。でゴールデンウイーク前にはとうとう……」

居間の奥の六畳が友美の部屋だ。そこからほとんど出てこなくなり、実家と同様フェルトのマスコットだらけになっていた。

「元に戻ってしまったんですね」

「感覚的なことですが、悪くなったように思います」

「悪い？」

「四月からは毎晩夢にうなされているようで寝言もいってました。それに、この十日ほどは突然大声で叫び出すんです」

「ほう。それで寝言は聞き取れますか」

「不明瞭でよく分かりません。ごめんなさいとか、許してといった感じで、誰かに謝っているのかな。そんなニュアンスは伝わってくるんですけど」

「叫び声はどのような？」

「そうですね……ただ、わーっと声を張り上げる感じですね」

友美が転がり込んできて以来、居間を寝室にしている孝昭が、毎夜びっくりして目を覚ますほどの声だ。隣の住人にも聞こえているのではないかと心配している。

「悪夢を見ているのかもしれないですね。高校一年生のときに何か変化はなかったですか。そうですね、親友とちがう高校に行ったとか、そりの合わない友人か先輩がいた、もしくはいじめがあったとか」

「私は小学生でしたから、姉の学校のことは分かりません。何も言ってくれないんで」

　どうしたのか、と何度か尋ねたことはあった。そのたびに男の子には分からないと一蹴されている。そのうち聞くこともなくなった。

　孝昭の同級生が友美の中学校の卒業アルバムを見て憧れを抱いたらしく、そのことを話したときにとても嫌がった記憶だけはある。

「失恋したのかなって思いました」

「思春期には失恋からうつ病に陥ることがありますからね。ただ、いまの容態の原因をそれだとするには期間が長すぎます。分かりました、では訪問診療がいいと思いますが、どうでしょう」

　メモを見ながら本宮医師が言った。

「往診、していただけるんですか」

　心療内科の往診は話に聞いたことはあるが、孝昭の担当するエリアにはなかった。

「保険でも三割負担で、七千円ほどかかりますが」

「大丈夫です。お願いします。このままだと体も壊してしまいそうで……いえ、壊れてもいいと思っている節があるんです」

食生活が乱れていて、ファストフードや糖分の多い飲料ばかりを口にしていると言った。

「自傷行為をされたことはありますか」

本宮医師がさらりと聞いてきた。

「実家にいたときは何度か手首を切ったようです。こちらに来てからはありません。ただ最近、妙なことを言うようになりました」

「妙なこと？　できるだけ正確に、教えてください」

と、本宮医師が居ずまいを正し、ペンを握り直すのが分かった。

「『自分がいなくなるのにはきちんと理由がある、悪いのは私だからね』。毎回そう言うんです」

意味を問うが、いまは話せない、と言うばかりだった。

「気になる言葉ですね。友美さんの心の重石(おもし)を突き止め、うまく対処できる方法を見つけましょう。それはお姉さん思いの古堀さん、あなたも同じです。あなたの健康を守るためにも、早く元のお姉さんに戻ってもらわないとね」

本宮医師は優しく微笑んだ。

「先生……」

言葉が詰まった。

3

慶太郎は、鞠小路院開設直前の土曜日、迎えにきた孝昭の車で彼のアパートに向かった。夕刻のほうが友美の調子がましだと聞き、午後四時の往診となった。

鞠小路からは、ほんの十五分でアパートの駐車場に着き、

「ご本人には僕が来ることを伝えているのですか」

と車を降りる前に孝昭に尋ねる。

「お医者さんが来ると聞くと、部屋から出てこなくなるんで、会社の先輩が訪ねてくるんだと言いました。すみません」

孝昭はハンドルが邪魔で窮屈そうに頭を下げた。

「いいですよ。人生の先輩であることは確かです」

階段を上がり、先に部屋に入った孝昭が、

「姉さん、ただいま。いま先輩が一緒なんだ」

と玄関から声をかける。

返事はなかった。

孝昭が用意してくれたスリッパを履き、

「お邪魔します」

奥にいるだろう友美に向かって言いながら、ダイニングキッチンへと上がった。

床には、コーラ飲料の空になったペットボトルが何本も散乱し、シンクにはコンビニ弁当の容器が放置されていた。それは普段の暮らしぶりを感じ取りたいから、清掃せずそのままにしておいてほしい、と頼んでおいたからだ。奥へ進みながら足元にあるゴミ箱を覗く。プラスチックや紙類、生ゴミも分別されることなく一緒に入っていた。

居間の卓袱台の前に用意された座布団に座る。目の前にテレビがあって、その台にフェルトで作った猫が丸くなっていた。本物かと見紛うほどキジトラ文様がリアルだ。よく見ると閉じていると思っていた目が僅かに開いていて、美しい青い目が覗いている。安眠を邪魔されたような表情に思えた。乱雑なキッチンからは想像できない緻密な手作業だ。フェルト猫からは、根気があって几帳面な性格がにじみ出ている。

奥の部屋から小さな咳払いが聞こえた。それまで気配さえしなかった。おそらく友美も息を詰めて闖入者の様子を耳で探っているのだ。

拒絶ではなく興味を示しているとすれば、悪い傾向ではない。

「すみません。こんなものしかありませんが、どうぞ」

孝昭が先ほど駐車場で買った缶コーヒーを卓袱台に置いた。

「かまわんでくれ。その猫、生きてるみたいだね」

先輩らしくざっくばらんな言い方をした。むろん襖(ふすま)の向こうの友美に聞こえるように大きめの声で話す。メモ用紙に「自然な対話をしましょう」と書き、孝昭に見せた。

「これ、姉が作ったものです」

「これをお姉さんが。どこかで買ったものかと思った。家内がぬいぐるみとか人形が好きなんだ。この猫薄目で、こっちの話を聞いてる感じがする。いや、これはリアルだよ。お前の姉さん、プロでもやっていけるよ」

「僕もそう思います。羊毛を針で何万回も突いてフェルトにするのだって僕には無理です。そんな根気ないですもん」

昔はフェルト状の布に綿を入れてマスコットを作っていたが、いまは加工されていない羊毛のかたまりから、いろいろなものを形作っているのだ、と孝昭が説明した。

「で、今日お姉さんは?」

「おりますが」

「本当に。ご挨拶したいな」

慶太郎は目配せし、小さくうなずく。

「ちょっと待ってもらえますか」

孝昭は、襖越しに声をかけると、返事を待たずに友美の部屋に入った。

「大事な先輩なんだ。俺を助けると思って顔を出してよ」

中から聞こえる声を聞きながら、慶太郎はテレビ台のフェルト猫を手に取った。近くで見ても本物の猫にそっくりで、重量が軽いというほかは手触りも酷似している。慶太郎は子供の頃、近所に住むおばあちゃんの飼う猫を可愛がっていた。両親も猫に限らず動物好きだったが、母にアレルギーがあったから飼えなかったのだ。いまは、息子の尊に猫アレルギーが隔世遺伝していて、やはり家に猫はいない。だが、昔撫でた毛の手触りはしっかり覚えている。

隣の部屋では、しばらくやり取りが続いている。二人の話し声は、慶太郎の耳に届かないくらい小さくなっていた。

顔さえ見せてくれれば、こいつがなんとかしてくれる。慶太郎は、手の中にすっぽり収まる猫の顔を凝視した。

突然、襖が開いた。

孝昭の隣に友美が立っている。孝昭よりもずいぶん背が低く、五歳年上に見えなかった。

「急にお邪魔してすみません。初めまして、本宮と言います」

慶太郎は立ち上がってお辞儀した。

「姉です」

何も言わない友美に代わって、孝昭が紹介した。

友美は白いTシャツ、ブルーのジャージパンツ姿で、小さく会釈した。肩には届かない不揃いの髪の毛が揺れる。

襖に手をかけ、きびすを返そうとする友美に、慶太郎が手に持っているフェルトの猫を示しながら、

「いまも孝昭くんに言っていたんですが、これすごいですね。他にも作品があるんですよね」

見せてほしい、という言葉をわざと省略する。すると相手がその先を想像し、慶太郎の思いを補完するのだ。元々言葉に出していない要求だからずうずうしさはなく、それどころか相手が主導権を握った気になる。

「……ありますけど」

友美の声は小さいが、高音だったので辛うじて聞き取れた。

「僕、動物が好きなんですが、家では飼えないんですよ。これを撫でてると本物と変わらないくらい、癒やされます」

優しく猫を撫でる。その慶太郎の手に友美の視線が注がれているのを確かめた。

「姉ちゃん、見せてあげたら」

横で立つ孝昭が援護射撃をしてくれた。

「猫でいいですか」

うつむいたまま友美が答えた。

「わー、嬉しいな」

笑顔で言って、孝昭と共に座る。いったん閉まった襖だったがすぐに開き、たくさんの猫を竹かごに入れて居間に現れた。

友美は襖を背にして、斜を向いて卓袱台に着く。いつでもすぐ、安全地帯に逃げられる位置を選んだようだ。一度も慶太郎の目を正視しない点からみて、警戒心は強い。

「友美さん、実は僕、孝昭くんの会社の先輩じゃありません」

「えっ」

友美が怯えた表情になり、奥の間のほうへさらに体を傾ける。

孝昭も怪訝な顔で慶太郎を見た。

「孝昭くんの会社の製品を使わせてもらっている者です」

孝昭には悪いが彼のついた嘘を利用することにした。自分に注がれる二人の視線を感じながら、慶太郎は続ける。

「いや、お姉さんが昔から熱心にフェルト手芸をされてると聞いて、ぜひ見せてもらいたいと思いましてね。ただお姉さんの体調が優れないようだというので、会社の先輩と言ったほうが気兼ねがなくていいんじゃないかと。だますつもりはなかったんです。お気を悪くしないでください」

小さな秘密の暴露によって信頼関係を作る、心療内科面接のテクニックのひとつだ。

友美はしきりに瞬きをしている。状況がのみ込めないための反応だった。

「これも、これも丁寧に作られていますね。どこかで習われたんですか」

「いえ、本で」

「独学で、ここまで」

偽りのない感想だ。どの猫も、呼吸していないのが不思議なくらいだった。

「集中力がいる作業でしょう?」

と質問を畳み込む。

「ええ、まあ」

「時間もかかるんでしょうね」

「時間を忘れて没頭できます」

「お姉さんは、根を詰めすぎるタイプじゃないですか」

「……かもしれません」

「体調が優れないのは、そのせいかもしれませんね。目や肩に疲労がたまるとよくないから」

「…………」

「申し遅れましたが、僕は心療内科医なんです。孝昭くんには空気清浄機でお世話になってて」

「お医者さん、なんですか」

友美が両手を腹の前に引っ込め、五指を急速に曲げて拳を作る。さらに背中を後ろの襖に押しつけた。

不安や恐怖を感じたときの仕草だった。医師に対する拒否反応が著しい。それが分かっただけでも、一回目の面接としては上出来だ。これ以上追い詰めては、元も子もなくなる。

「長時間同じ姿勢でいると血行が悪くなりますし、運動不足だと眠りが浅くなる傾向があります。どうですか、眠れてますか」

「あまり」

ぶっきらぼうだが、友美はきちんと答えてくれた。

「いけない、いつもの診察の癖が出てしまって。もっとこの子たちを見せてもらわなくっちゃ」

慶太郎はもう一匹の猫をやさしく手にとり、顔を近づけた。

その後は、羊毛をどれだけ針で突けば思うような形になるのかとか、目を入れるときの難しさはどこにあるのかとか、もっぱら手芸の話に終始した。

　友美は手芸に関しては、徐々に言葉数も増え、慶太郎が帰る頃、二度ほど目が合ったのだった。


　慶太郎がアパートを出ると、後に続いた孝昭がドアを閉め、

「先生、ありがとうございました」

　と頭を深々と下げた。

「お姉さん、よく話してくれました。そこで、お願いがあります」

　慶太郎は孝昭に顔をあげるように言って、四月からの友美の変化をできるだけ細かく書き出してほしい、と頼みながら階段を下りる。

「変化……」

「難しく考えないで、歩き方がいつもより速いとか、飲み物が変わったとか、ごく小さなことでいいんです。気づいたことを箇条書きでいいので、名刺にあるアドレスにメールしてください」

　精神的に弱っている人間には、なんでもないもの、こと、情報が刺激になることがある。刺激は大きなストレスとなり、それが気分を落ち込ませる原因にもなる。きっかけが分かれば、対処法も見つけやすくなるのだ、と慶太郎は説明した。

「はい、分かりました」

「例えば同居しているあなたの言動が引き金になることもあります。あなたとのやり取り、諍いがあればそれも書き留めてください。その原因も含めて。だからといって過度に気を遣うことはありません」

「普段通りにします」

　孝昭は車のロックを解除し、運転席に体を滑らせた。

　続いて慶太郎が助手席に乗り込むと、

「実際のところ、姉の病状はどうなんでしょうか」

　と孝昭が改まった声、神妙な顔で聞いてきた。

「あなたとの意思の疎通はできているように感じました。あなたの先輩が訪ねてきたことに対し、嫌々ながらでも自室から出て来てくれましたから」

「それには、ちょっとびっくりしています。せっかく来ていただいておいて言うのもなんですが、実は姉にはダメ元で声をかけたんです」

　そう思わせるほど、最近の友美は塞ぎ込んでいたのだそうだ。

「あなたの先輩というシチュエーションがうまく作用したのかもしれません。動物好きだったことも味方してくれたようだ。初回としては、まずまずです」

　孝昭の言う塞ぎ込みと、本人も自覚している睡眠障害とが気になるものの、直ちにうつ病と判断できる症状は確認できていない。

「この先どうなるのか、まだ分からないんですね」

「終始おびえた表情でしたから、ラポールというんですが、まだ相互に信頼できる関係は築けてません。ですが物事に何の興味も示さない状態でもない」

「興味って手芸のことですね」

「それもあります」

「他にも何か？」

「得体の知れない医者、僕ですよ」

「先生？」

妙なイントネーションで孝昭が尋ねた。

「こいつは何ものか、敵か味方かといった興味です。二度ほど僕の目を見て話してくれました。これは陽性反応だと思っていい。つまりお姉さんは僕を敵ではないと思ってくれたようだ」

「それはいい傾向なんですね」

孝昭はエンジンをかけ発車させた。じきに車はアパートの前の道から、大きな道路に出る。今出川(いまでがわ)通りだ。

「ええ、悪くはありません。興味があるということは、単純なうつ状態とは少しちがってきますからね。慎重に診させてください。時間がかかるかもしれませんが、お姉さん自身が解決法を見つけ出す必要があるんです。その手助けをしていくことになります」

　そう言ってから慶太郎は少し間を置いて、

「それから、お姉さんの治療の際、あなた自身の気持ちも僕に教えてもらえますか」

　と運転席の孝昭の横顔を見た。

「私の気持ち、ですか」

「そうです、一緒に暮らすあなたの気持ちも大事です。心配しないでください、僕からの簡単な質問に答えてもらうだけですから」

「はあ……」

　納得したという返事ではない。

　車の進行方向に、パトカーが駐まっているのが見えた。付近に数人の制服警察官の姿もある。

「もう一週間か、吉田神社の事故から」

　信号で止まると、孝昭が警官たちを見遣（みや）りながらつぶやいた。

「テレビによく出ていた弁護士さんの転落事故ですね」

　吉田神社の境内にある神楽岡社（かぐらおかしゃ）の石段下で、弁護士の島崎靖一（しまざきやすかず）の遺体が発見されたニュースは慶太郎も知っていた。島崎は二年ほど前からテレビの情報番組でコメンテーターをしていた。開院先の近くで有名人の事故死だなんて、呪われてるんじゃないか、と恭一が嬉しそうに言っていたのを思い出す。

「事故と事件の両面で調べているみたいですよ」

テレビのワイドショーや夕刊紙から情報を得ては、自分なりの推理を楽しむ同僚がいるそうで、その彼から聞いたのだと孝昭は苦笑した。

「事件の可能性もあるんですか」

「一部のテレビでは、弁護士さんの顔や髪の毛から、防犯用のスプレーの成分が検出されたと言っていたみたいですね」

信号が変わり、孝昭は静かに車を発進させる。

「スプレーを噴射されて、石段から落ちたんですか」

「ワイドショーでは、そんな風に言ってました。でも、テレビですから」

孝昭は、多くの疑惑を報じておきながら、事件解決には至らなかったドンファンと呼ばれた男性の急死事件を引き合いに出した。

「テレビは騒ぐだけ騒いでおしまい、という面がありますからね。吉田神社は古堀さんのアパートと近いですね。お姉さんはその事故のことをご存じですか」

「たぶん。私が仕事で出ている間は、ほとんどテレビをつけっぱなしにしてますから」

友美はよほど調子が悪いとき以外、静かすぎるのを嫌がってテレビかラジオの音を絶やさない。

「調子が悪いと音もないんですね。いまお邪魔したとき、音はしませんでした」

「そうなんです。せっかく先生に来てもらったのに、どうしようかと思いました。だから部屋から出てきてくれたときはホッとしました。先生と話ができたのも驚きです。吉田神社の事故が関係あるんですか」

「神社は、お姉さんの行動範囲に入りますか」

「ええ。だいぶん良くなってきていたときは、一緒に散歩に出かけることもありました。近くですし、緑も多いですから」

「では事故のあった……えっと神楽岡社にも？」

「神社の名前は覚えてないですけど、境内にあるんでしたら、たぶん行ったことがあると思いますが」

語尾に、孝昭が質問の意味を探ろうとしてるのを感じた。

「人は身近に事件とか、事故とかが起こると、自分には関係ないと思ってしまうものなんです。だから大雨で避難勧告が発せられても、それを自分のこととして受け取れず逃げるのが遅れてしまうんです。いつもと同じような日常、つまり正常な暮らしが続くんだと思い込むんですね。正常性バイアスというんですが」

「去年の豪雨のときに、テレビで盛んに言っていたような気がします」

「危険が迫っていても、根拠なく自分は大丈夫だと思う精神状態のことです。それだけ人は、正常な日々を大切にしているんですよ。普通の暮らしを壊される不安の裏返しです。お姉さんにとって自分が普段よく行く場所で、人が亡くなったことは、相当な衝撃のはずです」

「あの転落事故が……。そう言われると、姉が夜中に大声を上げるようになったのは、事件の後からの気がしてきました」

「いや、結論は急がないでください。いますぐではなく、じっくり時間をかけ、冷静になって考えてください。僕の言葉が誘導してしまう可能性だってありますからね」

普段から遊んでいる公園の滑り台から、友達が転落して救急車で運ばれたのを目撃した子供がおねしょをし、救急車両のサイレンに怯え、遊具全般に寄りつかなくなった事例もある。

「事故や事件そのものだけでなく、パトカーや救急車、報道ヘリの音がストレスになることがあるんです。大きな事故なんかでは、報道陣が取材しにくることで現場の近所に住む方がノイローゼになることもあります」

「単純に結びつけずに、私自身が頭を冷やさないとダメですね」

「そうです」

慶太郎はうなずき、

「念のために聞きますが、四月以降でそれ以外に身近な大きな出来事、何かありました？」

と確かめた。

「そうですね、思い当たりませんね。近所で交通事故があったというのも聞かないですから」

「なるほど。ああこの辺りで結構です」

鞠小路の案内標識が見えたところで、慶太郎は車を下り、再度変化を綴る日誌を頼んで、クリニックへと歩いていった。

4

五月の最終週、「本宮心療内科クリニック鞠小路院」が開院した。二日ほど前に町内会向けの内覧会を行い、評判も上々だった。

しかし開院の今日、受付開始から一時間経つが、いまだにクライエントの姿はない。

「悪の十字架なんちゃって」

受付の中央に置かれた背もたれのないロビーチェアから立ち上がると、午前十時を指している壁の大きな時計を見て恭一が吹き出した。

「お前、笑い事か。新聞折り込みチラシとフリーペーパーへの広告で、初日は行列ができるかもしれないって言ったよな。宣伝はコピーで決まるとも言った」

ロビーチェアに腰掛けている慶太郎が手にしたチラシを掲げ、

「あの心のスーパードクター、ついに京都に見参！ 睡眠負債、不定愁訴など不調をこじらす前に、いざ本宮心療内科クリニック鞠小路院へ」

と読み上げた。

「名コピーだ」

「これじゃテレビ時代劇の惹句みたい、と難色を示す澄子を説得した身にもなれ」

台所にいる澄子に聞こえないよう声をひそめた。

「まあ実際テレビ放送が始まって、我らが慶太郎先生が画面に登場するようになれば、たちまち澄ちゃんだけでは対応できなくなるさ。それまでは沢渡大明神が与えたもうた休養期間だと思って、感謝しろ」

「いやに強気だな」

立ったままの腰に手をやる恭一を見上げる。

「弱まったと言われるが、まだまだテレビの影響力は大きい。ネットだって、検索ワードの上位は、結局テレビで流れた情報で占められてる」

「それがそのまま、うちの来院者獲得に結びつくかどうかは分からないだろう？」

「まあ見てろ。一回目のテレビ放送が六月六日。つまり七日から大入り満員ってことになる。覚悟しておくように澄ちゃんにも言っとけ」

大きな口を開けて笑った。

「自分で言えよ」

「そんな喜ばしいことは、夫の口から伝えるべきだ」

恭一は、なぜか忍び足で隣に座る。

「満員とまではいかなくても、そこそこ来てもらわないと……」

「しみじみした声、出すな。運が逃げていくぞ。何といっても人間は心意気ってのが大事だ。専門家なんだから、分かるだろう？　胸張って行こう」

恭一が自分の胸を叩いた。

「そうだな」

「そうだ。暇なのはいまだけだ。やり残したことがあったら、いまのうちにやっつけておけ」

「少し前に吉田神社で事故があったの知ってるか」

「もちろん。情報が命のコンサルだからな。弁護士さんが神社の階段から転落死したってやつだろう？　それがどうした」

「いや、事故と事件の両面で捜査してるって聞いたもんだから、ちょっと気になってな」

と慶太郎は椅子の上の余った折り込みチラシを揃える。

「お前が気にしてるということは、十中八、九患者がらみだな。またサービス診療やってるんじゃないだろうな」

「そんなことはしてない。れっきとしたクライエントだ。往診代も請求している」

「往診？ そんなの初耳だ」

「初めて言うんだ」

澄子にも言いそびれている。いつまで治療が必要か、いや治療の継続が可能なのかの見極めができていないからだ。

友美は起立性調節障害で入院してから不登校となり、その後引きこもり、うつ病と診断され、加療してもめざましい改善は認められていない。京都に転地し、両親から離れたことによる解放感と弟の世話を焼くという一種の作業療法的な効果、つまり自分の役割を見つけたことによる充足感で、一旦は回復傾向にあった。この間、二十年弱の年月が経っていることから根深さを感じるのだ。おそらく長期戦になるだろう。医師を嫌うクライエントに、前回のような世間話でなく、次からはカウンセリングを開始しなければならない。

「患者は近所に住んでいるのか」

「それは、明かせない。個人情報だ。それに守秘義務がある」

「コンサルというのは、会社の経営陣に等しい。放っておいたら、お前は金儲けを敵視する。それを俺は監視しないといけないんだ。身内だと思ってもらわんと」

「身内でもな」

「おい、それじゃ澄ちゃんにも患者のこと、隠すのか」

「澄子は看護師だ」

「澄ちゃんの次に大事なポジションなんだ、コンサルは。経営陣には知る権利がある。今後も協力したいんだよ」

　恭一は選挙の立候補者のような目をして慶太郎の手を握る。

「神社のすぐ側だ」

　慶太郎がため息まじりに言った。

「鞠小路院の最初の患者だな。いや慶太郎の営業力を見くびってたよ」

「そうじゃないんだ。お前も会ったことがある人のお姉さん」

　慶太郎は、飛び込み営業でクリニックにやってきた古堀孝昭の姉、友美の現状をかいつまんで話した。

「ほう、そんなことがあったのか。で、往診の結果、姉さんは回復しそうなのか」

「まだ何とも。カウンセリングもままならないかもしれない」

友美は実家にいるとき自傷行為をしたことがあると、孝昭は言っていた。しかし京都に住むようになってから、それはないという。だが、四月以降の友美の容態は元に戻ったようだ、とも彼は感じている。

過去の自傷行為だけでは分からないが、明確なうつ状態でなくとも、希死念慮といって、自らの死を願う気持ちが強くないにもかかわらず、自殺を試みようとする心理状態がある。死にたい気持ちの強い、自殺念慮の前段階ととらえる医師も多い。かつての自傷が希死念慮だったとすれば、また繰り返す危険がある。その辺りも、カウンセリングを実施する中で慎重に確認していく必要がある。これ以上悪化させてはならない。

「それにしても、近所で起こった事故が影響するなんてことがあるのか」

「亡くなってるからね。ともかく原因として考えられることは全部検討しなきゃならない。それに単なる事故でもなさそうだ。事件、事故の両面から調べているっていうんだから」

孝昭から聞いたことをそのまま恭一に伝えた。

「それは、まあ、警察の常套句だからな。針小棒大に、したり顔で語る無責任なコメンテーターがいるさ。亡くなった弁護士もその類いだ」

　弁護士なのに法律を無視した過激なコメントが多い、と恭一は島崎靖一の印象を口にした。

「そうなのか。どんな感じなんだ？」

「そうだな、俺が知っているだけでも、凶悪事件の加害者には目には目を、仇討ち制度を復活させるべきだ、なんて言ってた」

「弁護士らしくないな。それで人気があるのか」

「そんなんだから人気があるんだよ。出身は神戸の大学で、なんだったか格闘技をやっていて、文武両道に長けているそうだ。だから秀才タイプじゃなく体育会系の物言いをするんだろう。人気があるのは、血の気が多く粗野で強面と思いきや、顔立ちがソフトだからだと思う。それでいて野放図な若者の犯罪、いい年した中高年の破廉恥な行為を一刀両断する。それが視聴者をスカッとさせるんだ」

　性的暴行事件は、被害女性にとって一生の傷になるのにもかかわらず、不起訴になることが多い。それを、一生の傷を負わせたんだから男にも一生の罪を背負わせるべきだ、と島崎は主張するのだそうだ。

「一生の罪って？」

「欲望を奪う外科的手術をすればいい、と平然と言う。女性が内心思っていることを代弁するから、過激だけれど多くの女性は拍手を送るだろう？」

「不起訴だなんて、実に馬鹿らしい判断だからな」

医師として不謹慎だと思うけれど、レイプによる女性の肉体以上に被る精神的ダメージを知っているだけに、島崎の乱暴な主張を完全否定できない自分がいた。裁判官も弁護士もレイプ被害者の本当の辛さ、苦しみを理解していない。幾人かの被害女性を診た経験から、殺人と同じ量刑でも軽い、と慶太郎は思っていた。

一度の蛮行でも、フラッシュバックで何度も女性は身も心も傷つけられる。その痛みは何年、何十年も続くことがあるのだ。

「お前も、そう思うのか。じゃあ島崎弁護士のこと理解できるんじゃないか」

「言いたいことについては、分からんでもない。人気が出るのも」

「いいね、慶ちゃん」

恭一が体を慶太郎のほうに向けて坐り直し、にやついた。

「ダメ、ダメ。心療内科医はそんな過激なこと言えないし、言ってはならないんだ」

慶太郎は、テレビ出演の際に視聴者受けする言動を恭一が期待していることが分かり、慌てて釘を刺した。

「とはいえ、一回一回視聴者の記憶に残るようにしてくれよ」

「そんなことは知らん」

慶太郎は畳の上に言葉を放り投げた。人の心を癒やすのに刺激的な言葉は必要ない。

昼食に澄子が慶太郎のために用意していたサンドイッチを食べて、恭一は他の仕事に戻って行った。その日は夕方から夜にかけて電話による問い合わせが九人、結局来院者はなかった。

夜八時看板の明かりを落とし、慶太郎は診察室のソファーで、さっきメールで届いたテレビ局の台本に目を通していた。

「あのチラシ、やっぱり、さっぱり」

妙なイントネーションで澄子が言いながら、両手でコーヒーカップを持って診察室に入ってきた。一つを慶太郎の前に置くと、ソファーに腰を下ろし自分のカップに口をつけた。

「おう、ありがとう。まあ本院のときだって、こんなもんだったじゃないか」

慶太郎はカップを引き寄せる。

「同じじゃダメでしょう。起死回生がテーマなんだから」

「沢渡が言うように、今回はテレビがある」

とコーヒーを啜(すす)る。やや苦かった。

「ちらっと聞こえてきたんだけど、無理して過激なこと言わないでね。災いの門よ、口は」

「弁護士の事故のこと、聞いてたのか」

「私に内緒で往診したことも、ね」

澄子は両手でカップを包み込むように持ち、上目遣いで慶太郎を見る。

「往診にしても、ここでのクライエント第一号になると思ったんだ」

「それはいいの。ただ、なぜ黙っていたのかが気になる。本当にサービスカウンセリングじゃないわよね」

慶さん、優しすぎるから、と澄子が低い声で付け足す。

「沢渡と同じ心配をするんだな。きちんと診療費のことは話してある。けど、相談はクライエント本人じゃなく古堀さんからだったから。ほら京滋エアシステムズの営業マンの」

「様子を見た、ということでしょう？　ご本人に会って、最悪の場合初診料がもらえない可能性があった。だから私に黙ってたのね」

返事に窮し、慶太郎が澄子の視線を避けるようにテーブルのタブレットを見ると、画面にメール着信を知らせる表示がポップアップした。

「ごめん、古堀さんからのメールだ」

姉、友美の状態の変化を報告してくれることになっていると、澄子に言いながら再びタブレットに目を落とす。

「とにかく、隠し事はなしよ」

と澄子がカップをテーブルに戻し、椅子の背にもたれる。

「分かった」

小さく返事し、慶太郎はメールを読む。

本宮慶太郎先生
先日はお世話になりました。姉はあの後、自室に閉じこもったまま出てこなくなりました。私が用意した夕食はとらず、買い置きしていたスナック菓子とコーラ飲料で済ませたようです。心配になって何度か声をかけたのですが、返事もありません。
トイレに立ったときにメモを手渡され、そこには「はじめからお医者に診せる気やったんやろ。なんでそんなことしたん？　信じられへん」とありました。
次の日は、必要なこと以外口をきいてくれなくなってしまいました。どうすればいいのか、困っていました。二、三日様子を見てから、先生に相談しようと思っていたとき、フェルト手芸に使う羊毛を買ってもいいかと聞いてきました。大きな猫を作るからキロ単位で買いたいというのです。四月からほとんどやってなかった手芸を、どうやら再開したようです。

それがいまも続いていて、先生とした手芸の話が姉のやる気に火をつけたのかもしれません。

ただ没頭するあまり、部屋にこもる時間は増えました。また食事ですが、私が家にいるときだけ一緒にとれるようになっています。これは回復の兆しでしょうか。

まず現状はこんなところです。

「どんな状態なの？」

澄子がメールを黙読する慶太郎に声をかけてきた。

慶太郎は孝昭から聞いたことと、友美の初診での様子を話した。そしていま自分が目を通したところまでを読み上げ、

「共通の話題による陽性反応だ。次も話ができそうだな」

と、うなずく。

「どうかな、お医者さんに対する恐怖心が強そうじゃない？」

「白衣恐怖があるんだろうけどね」

「入院後に不登校なんて。原因は治療、それともお医者さんなのかしら」

「総合病院の小児病棟だと、いろいろな病気の子供と接触するからね」

重篤な患者と友達になることもある。その子が亡くなった場合、痛手でうつ病を発

症することだって十分考えられるのだ。

「それなら、お医者さんじゃなく、友人の死を思い出す病院そのものが嫌だということになるわ」

「だから往診なんだよ」

「でも四月くらいから変になったことの説明がつかないわよ。その頃、古堀さんが無理やり病院に連れて行こうとしたわけじゃないんでしょう？」

「うん。何が原因か見極めるために、日常の変化について書いてもらったんだ」

タブレットを示す。

「そっか、弁護士さんの事故のことを話してたのも、その一環なのね」

「もしかして、受付で喋ってることとって、台所に筒抜け？」

「クライエントが一人もいない状態ではね」

澄子が意味深な笑みを浮かべて、こちらを見た。

注意しないといけない、慶太郎は心中で自分を戒めた。

「私も百万遍(ひゃくまんべん)の近くで警察官の姿を見たわ。あれもその弁護士さんの事故を調べてたのかしら」

「かもしれない。事故と決まったわけじゃなさそうだしな」

「そうよね、一週間近くも捜査するのは変だもの。弁護士さんが亡くなったことを調べてるとすれば、やっぱり事件かも」

「事故でも事件でも弁護士の死が、自分のよく知る場所だった。もし、かつて入院していた病院で誰かが死んだとすると……」

「友美さんに、入院中の嫌なことを思い出させたってことね。そうなると二十年前に、病院で何があったか、それが鍵になるわ」

澄子は立てた人差し指を慶太郎に向けた。

「じゃあいいの？　彼女の治療のためにいろいろ調べても」

「乗りかかった船、いえ慶さんはもう乗っちゃってる。それにクライエントゼロよりはいいわ」

鞠小路院の今後は、恭一が言ったテレビの力を信じるしかない、と澄子が天井を仰いだ。

「テレビ、か」

とつぶやき、慶太郎は孝昭からのメールの続きを読み始めた。


　さて姉の変化について、日を追って思い出せるだけ書き連ねます。

　四月からおかしくなったと思っていたのですが、自分の手帳を見るとはっきり十日から急変したことが分かりました。

四月十日、部屋に閉じこもり、一度も顔を見せませんでした。新規契約祝いをしようと、友人から飲み会に誘われ、私の帰宅は十時を回っていました。連絡しなかった後ろめたさから、姉の好きな和菓子を買って帰り、一緒に食べようと声をかけましたが返事なし。具合が悪いのかと問うと「放っておいて」と強い口調で言われました。和菓子屋の領収書がありましたので、日付は確かです。当然弁当も作ってくれなくなりました。

それからしばらくして、姉は図書館に行くと言ってパーカーにマスク、サングラス姿で出かけたことがありました。

戻ってきた姉の手には段ボールがあり、それを使って窓という窓を塞ぎ始めました。理由を聞くと、不審者から守るためだと答えました。何かやることがあると落ち着くのか、こちらの言葉に反応できるようでした。

姉の自室には、覗かれていると言って、以前から厚手の遮光カーテンがかかっています。

昼間なのに暗くて気が滅入り、半日我慢しましたが、僕は段ボールを剝がしました。言い合いになる覚悟をしていたんですが、姉は何も言いませんでした。拍子抜けしたのを覚えています。

ただ、その日あたりから、姉は目がうつろで動きが緩慢になってきたような気がします。

四月二十五日、姉の機嫌がよく、一緒に上等の和菓子を食べました。給料日だから奮発した甲斐があったとメモに書いています。

五月に入ってから、また塞ぎ込み出し、よくうなされるようになりました。

ゴールデンウイークの終わり頃、姉がシフォンケーキを買ってきていて「有名店のだから美味しいよ」というメモがテーブルにありました。一緒に食べようと言いましたが、姉は部屋から出てきませんでした。

五月八日、やはりこの日です、姉の寝言が始まったのは。先生の誘導ではなく、あの吉田神社で弁護士が死んだというニュースが報道された日の夜からだと、はっきり言ってもいいです。

夜、新聞を読もうとしたんですがどこにもありません。辺りを探すと、すでに古紙回収の袋に八日付の夕刊が入っていました。姉はこれまでも、気まぐれに掃除をして、まだ私が読んでいない新聞を捨てることがありましたから、気にとめませんでした。しかし思い返すと、その日の新聞の一面が、吉田神社で起こった転落事故を報じたものだった気がしてきたので、図書館で調べました。やはり、トップ記事に『大学教授で弁護士、島崎氏死亡。K大学近くの神社で遺体発見される』という見出しで、丸窓で抜いた弁護士さんの顔、現場となった神社の写真と吉田神社の境内図が掲載されていたんです。境内図を見たとき、以前何度か姉と訪れた場所だと分かりました。

私でもゾッとしたくらいですから、姉が怖がったとしても不思議ではありません。

記事を添付しますので、参考にしてください。


慶太郎は添付された画像を開く。画像は夕刊の記事をそのまま写真に収めたものだった。

孝昭のメールにあった大見出しに続き、小見出しには『前夜にひとりで現場へ』とある。


８日の午前６時10分、京都市左京区(さきょうく)吉田(よしだ)神楽岡町(かぐらおかちょう)の吉田神社境内で、男性が頭から血を流して仰向けに倒れているという１１９番通報が入り、現場に急行した救急隊員によって１１０番通報された。男性はすでに死亡しており、死後数時間経過していることが分かった。京都府警によると男性が所持していた免許証などから京都市在住の弁護士で大学教授、島崎靖一さん（44）と判明。島崎さんが倒れていた場所は、吉田神社の境内にある神楽岡社の石段のすぐ下で、府警は誤って転落したとみている。ただ前夜ひとりで現場へ向かったことや、転落状況などに不自然な点もあり、事故と事件の両面から調べを進めている。

島崎さんは、大学教授としてK大学法学部で教鞭を執りながら、弁護士として活躍。テレビのコメンテーターとして歯に衣着せぬ辛口のコメントで人気を博していた。市内には今年三月に引っ越してきたばかりだったという。

記事は現場の神社の紹介、島崎を知る学者やテレビタレントの証言と続いていたが、慶太郎はタブレットの画面から顔を上げ、前に座る澄子を見た。

「まずいな。やっぱり誘導してしまったかもしれない」

「弟さん、お姉さんの容態の変化は、弁護士さんの事故のせいだとすっかり思い込んじゃったんだ」

「うん、たぶん。これを」

とタブレットを差し出す。

澄子は背もたれから体を起こして受け取ると、黙読する。そしてすぐ、こちらを見た。

「誘導したのかどうか、分からないわよ」

嫌なものを自分の目の届くところから消し去ってしまいたい気持ちで、友美が夕刊を捨てたのだとすれば、弁護士の事故が精神的なダメージを与えた証しではないのか、と澄子は主張した。

「古堀さんの記述を読む分には、そうかもしれない。けど、はじめに事故ありきの思い込みだったらまずいよ。彼自身が鋳型に塡めていってしまうからね。確証を得るためのデータが欲しいな」

「事故があったのが八日の早朝だから、夕刊は第一報よね。明くる日とか二日後に関連記事がなかったのかしら。ちょうどバタバタしてた頃だったから、ゆっくり新聞を読む暇なかった」

「調べてみるか」

「家、本院に戻らないとダメだわ。ここではまだ新聞購読してないし」

「じゃあ今夜戻ってから、古堀さんにメールしよう」

「うちにも全部残ってないかも」

クリニックの本院は、澄子の実家、坂下家の敷地に建っているため、留守が続くと義母の鈴子が掃除しにくる。義母は学研都市総合病院の外科病棟の看護師で、非番の時間をやり繰りし昼間にやってくることが多い。家もクリニックもピカピカになるのはありがたいが、プライバシーは守れない。小学六年生になった尊もそろそろ義母を煙たがっていた。いずれやんわりと言うつもりだが、鞠小路院で実績を出さないと聞き入れてもらえない雰囲気があった。結婚前から分かってはいたが、澄子と鈴子は仲がよく、世間で言う一卵性親子だ。それは澄子が結婚して尊が生まれても変わらず、子離れできない親だった。

外科病棟の看護師が相当なストレスを抱えていることは、よく知っている。その解消のために娘夫婦の家の清掃を選んだのだとすれば、厄介だ。ストレス軽減の代替案が必要になるだろう。

「彼に頼むか。正確な情報が必要だから」

慶太郎は、光田のスマホに連絡する。

光田はすぐに出た。

「先生直々の電話なんて珍しいですね。何かありましたか」

「いま話しても、いいですか」

「ええ、社内で原稿がまとまらなくて格闘中でした。ちょうどブレークできてよかった。あっと、すみません。先生の話が息抜きだと言ったんじゃありませんので」

「吉田神社で弁護士の島崎さんが亡くなった事故の記事について、調べてほしいことがあるんです」

「ほう、あれに興味を持たれたなんて。ひょっとしてまた、クライエントがらみですか」

光田の声のボリュームが上がった。

「何かを期待してるみたいだけど、その質問に答えられないことは、お分かりでしょう？」

「なるほど、それが答えというわけですね。いいですよ、先生のお役に立てるのなら何でも訊いてください、事件のこと」

「事件？　やっぱり純然たる事故じゃないんですね」

目潰しスプレーの成分が検出された話を聞いた、と慶太郎が言った。

「ああ、あれですか。どっかのサツ回り記者がフライングして、テレビなんかに出ている元刑事に漏らしたみたいですね。あんなことされると警察関係者への取材に影響が出る。まあ表に出てしまったものは仕方ないですけど。その件もありますが、他に犯人の遺留品と思われるものがあったんです。府警は事故だとは思っていません」

「そうなんですか、事件ですか。つまり殺人事件？」

「そうなります。ただその情報はまだ解禁されてないんで、詳しいことは記事になってません。先生は何を調べてほしいんですか」

「事件そのものじゃないんです。この弁護士さんの死について『京洛新聞』が、いつどれだけの記事を掲載したかを、正確に知りたいんです」

「事件そのものじゃない？　しかもうちの新聞社の記事でもない」

光田は気の抜けたような声を出した。

「申し訳ないけど」

「遺留品のことも聞きたくないんですか」

「少なくとも、いまは」

「むしろ私のほうが先生に相談したいくらいの代物なんですがね。いや、電話をもらったのにも運命的なものを感じているのに」

「調子いいなあ。で、相談って？」

慶太郎はちらっと澄子を見る。彼女はタブレットを読んでいた。

「犯人の遺留品だとしたら、それから目的や人間像、心理状態まで分かるかもしれないでしょう。もちろん凡人には無理ですが」

光田だけが懇意にしている刑事から聞き出した証拠品で、いまはきつく口外は禁じられているものなのだそうだ。

「じゃあ僕も聞かないほうがいいじゃないですか」

「先生から漏れる心配ないですからね。知恵貸してくださいよ、本物のスクープにするために。見て、感想だけでも」

「見るって、証拠品なんて見られるんですか」

「蛇の道は蛇です。近いうちに伺います」

「新聞記事の件は？」

「簡単に分かります。知り合いもいますしね」

「助かります。事件の第一報が八日の夕刊だったことは分かっています。知りたいのはその後の記事です」

「島崎氏の記事が、クライエントの症状に関係あるってことか。そっちの件も話せる段階になったら教えてくださいよ」

「それは期待しないでください」

「遺留品の分析のほうは、期待してます」

光田が笑い、

「そうだ、テレビレギュラーの件、改めてお礼を言います」

毎読新聞の関係者も大いに期待しているのだ、と言った。

「沢渡が一番はしゃいでますよ。では、新聞記事の件お願いします」

と、電話を切った。

「変なこと相談されたでしょう？」

澄子が唇を尖らせた。

「持ちつ持たれつだから」

「優先順位さえ守ってもらえば、私は何も言いません。これ見ると往診以後、友美さんはずっとフェルトの猫を作っていて、弟さんとの接触が減ってるみたいね」

澄子がタブレットを返してきた。

「何とか次のカウンセリングにこぎ着けないとな。テレビ放送の後くらいに実現できればいいんだけど」

慶太郎は、どうせテレビ出演するなら、放送というメディアを利用してみようと思い始めていた。

「澄子、フェルトのブローチってあったよね。どこかのバザーで買った猫の」

「ふくろうでしょう。へちゃむくれだけど、そこが可愛いって買った」

「それだ。それをテレビ出演のとき付ける」

澄子はびっくりした眼(め)を向け、

「かっこ悪い」

と眉をひそめた。

5

「姉ちゃん、テレビ観(み)ないか」

孝昭は襖越しに声をかけた。返事を待つことはもうない。少し襖に顔を近づけ言葉を続ける。

「本宮先生が出てるんだ」

午後三時放送の『関西ウエーブ』をあらかじめ録画しておいたものだ。できれば友美に見せてほしいと本宮医師から言われていた。

そこにどんな意図があるのかは分からないけれど、治療の役に立つのだろう。

「ほら、あの動物好きの心療内科医の本宮先生だ」

どう言えばいいのか迷い、友美も知っていることをわざわざ口にした。

「先生が番組の中で視聴者の相談を受けるんだって」

苦笑しつつ、テレビのリモコンのスイッチを入れる。代わり映えがしないタレントが画面に現れ、けたたましい笑い声が部屋中に響いた。

友美の気配を耳で探る。ごく小さな咳払いがしただけだった。

孝昭はテレビのハードディスクの録画メニューを開き、『関西ウエーブ』を選択した。

ＣＭの後、琴の音が耳に残る独特のジングルが流れ、男性タレントと女性アナウンサーが満面の笑みを浮かべて挨拶する。

番組は関西のグルメスポットや、頑張る企業人などをお笑い芸人が訪ねるレポートの後、家計節約術、簡単料理レシピ、便利グッズ紹介と主婦向けの話題が続き、なかなか本宮医師は出てこない。

この番組は、政治や事件などの話題には一切触れないのが特徴だと聞いていた。陰惨な光景を映した映像、殺伐としたニュースを取り上げないのは、友美の神経に障らなくていいが、孝昭は何度もあくびをこらえなければならなかった。知らず知らずの間に、刺激的なニュース映像に馴らされているようだ。

結局孝昭は、本宮医師のコーナーまで早送りした。

長めの髪の端正な顔が現れたところで、再生ボタンを押す。画面は和室の診察室のソファーに座った本宮医師を映し出した。濃紺のスーツ姿で胸に猫らしきフェルトのブローチをしていた。

「このコーナーはスタジオとクリニックを結んでお送りします。では、一回目の相談者をお呼びしましょう」

ＭＣの男性がそう告げると、磨りガラスの向こうに人影が現れ、用意してある椅子に腰掛けたようだ。服装のピンク、長い髪を掻き分けるしぐさのシルエットから女性であることが分かる。

「相談者は広島県在住、二十代後半の女性、仮名きららさんです。きららさんは長らく摂食障害で入院されていたそうです。また入院したいのですが、その必要はないと断られているということで、毎日不安が募っている、そうですね」

「はい、とても」

ボイスチェンジャーの声は妙に甲高く、孝昭は好きではなかった。

「先生、本宮心療内科クリニック鞠小路院の診察室にいらっしゃいます、本宮慶太郎先生」

「はい、本宮です、今日はよろしくお願いします。カウンセリングに入る前に、確認したいことがあります」

「はい、どうぞ」

そう言いながら、一瞬男性ＭＣは戸惑いの表情を見せた。それを隠すように画面を本宮医師に切り替えた。

「きららさん、初めまして本宮です」

二元中継となって画面が左右に分割された。左にきらら、右が本宮医師だ。

「よろしくお願いします」

きららの髪が上下に揺れた。

「きららさん、カウンセリングは対面で行うのが本則です。その意味から僕にだけきららさんの顔が窺(うかが)えるようにしてもらっています。また僕の姿も、きららさんには見えるようになっている。しかしテレビカメラは、直接話すときの空気まではとらえることができない。したがって実際の診察とまではいかないんです。ただ、この番組をきっかけに、きららさんと僕との間に信頼関係が築けたら、僕はあなたの町まで出かけて、継続診療をさせていただきます。その場合は放送後、スタッフに告げてください。よろしいですか、きららさん」

本宮医師の言葉に力がこもるたび、胸のブローチが揺れた。

そのフェルト細工は、友美のためのものではないか、と思えた。

「……分かりました」

少し間があったが、きららは頭を下げた。

スタジオに戻ったカメラが、待ちきれない様子の女性アナウンサーをとらえた。

「では、先生よろしくお願いします」

と彼女は番組を進行させた。

「きららさん、入院のきっかけになった症状はどんなものですか」

本宮医師が静かに訊く。

「過食して、吐いて、また食べての繰り返しでした。それが情けなくなって、もう辛くて……」

「それは辛いですね。いつ頃から、そんなしんどいことになったんですか」

「高三の夏くらいから」

「進路で悩んでいる頃ですか」

「真剣に受験勉強を始めたのが、夏で、夜遅くまで勉強してると母が夜食を作ってくれたんです。いくら食べてもお腹が膨れなくて」

「満腹感が得られなかった、それで食べ過ぎた。それは誰にでもあることです。では、入院してどうなりました？」

「過食をしなくなったから吐くこともなくなりました」

「病院生活があなたに合ったのかもしれません」

「だから、また入院しないと元に戻ってしまいます。それが怖くて入院をお願いしたんです。なのに」

「医師から、その必要はないと言われた」

「はい。分かってもらえなかったみたいです」

「では、入院してよかったと思う点を教えてください」

「大食いしなくなりました」

「病院食は量が決まってます。それを守ったんですね、偉いですよ。その他には？」

「えーっと、吐かなくなった」

きららの声が明るくなったようだ。

「じゃあ入院生活は楽しかったですか」

本宮医師の口元もほころぶ。

「いえ、それは……」

「辛いこともあった?」

「食事が不味くて、食べる時間も自由にならなかったから」

「時間の制約は仕方ないとしても、確かにきついですよね。食べたいもの、食べたいときはその日の体調によって変わります。また人によっても違う。それを一律に決められるのは辛いことです。でも改善されたから退院という運びになったんですね。退院後はいかがですか」

「自由に食べられるから、食べ過ぎないようにもの凄く注意してて……」

「でもやっぱり食べてしまうんですか」

「食べたくないんですけど、このままじゃダメになってしまう」

「吐いてしまった？」

「私、元に戻ってしまったんです、先生。過食と嘔吐を繰り返す毎日はもう嫌です。何とかしてください」

きららの機械を通した声は、一段と高くなり耳をつんざいた。

そこでコマーシャルが入った。早送りでＣＭを飛ばそうと思ったがやめ、孝昭は買ってきた缶コーヒーを開けた。

背後の襖を一瞥すると、隙間があるのが分かった。そこから友美が覗き見ているにちがいない。

友美が本宮医師に興味を持っているのは確かなようだ。

コマーシャルが終わり、番組が始まった。

「では再び、相談者のきららさん、本宮先生お願いします」

画面は女性の声をきっかけに、二元中継となった。

「きららさん、あなたは辛い時間を過ごしてきました。それが病院という空間で、強制力をもった時間の制約の中で回復したんですね。しかし制約されるのも実は苦痛だと感じている。結論から言いますと、再度入院という縛りは必要ない。はっきり言えば、僕は入院に反対です」

「ど、どうして、ですか。治りたいんですよ、私は」

怒声に近い声だった。

「食べることは生きることとです。けっして蔑(ないがし)ろにしてはなりません。ただ一日中、食べることを考えるというのも、貧しい。どうですか、入院中も退院してからも、常に食べることと闘っていたのではないですか」

本宮医師の話す内容は厳しいのに表情は優しかった。

孝昭の脳裏に琵琶湖(びわこ)の水面を走る帆船が浮かんだ。船は父が家を建てるときに使った材木の端材でこしらえたものだった。それを浮かべるとき、水の怖さを教えてくれた父の顔を思い出した。友達と喧嘩して、くさっていた小学五年生の春だ。

陽が傾き、それでもなお湖面がキラキラと輝いていて、水に鮎(あゆ)の匂いを感じた。孝昭はテレビの本宮医師を凝視した。父親とは似ても似つかぬ顔だった。どうして重なったのか不思議だ。

きららはしばらく黙っていた。そして、

「ずっと食べ物のことが頭にありました」

と吐き出すように言った。

「自由に食べても、制限されても、食べることを考える時間は同じだと思います。食べていないときも、食べ物のことを考え続けているんです」

「なんだか、バカみたい」

「バカバカしいでしょう？　過食、拒食を治すことだけを目標とするのはつまらないことだ。それを解決するだけの生き方をやめることから始めませんか」

「治すことを目標にしないんですか」

「ええ、人生はそれだけのためにあるんじゃないということを知るべきです。自分の家で、自由な時間を使って」

「どうすればいいんですか」

「あなたの一日の中で、食べることを思う以外の時間を作るんです。やってみませんか」

本宮医師は思い切って暮らしを変える勇気をもとう、とたたみかけた。

「できますか、私に」

「大丈夫です。どうすればいいのか一緒に考えましょう。食べることの素晴らしさを、本当の意味を知るために、食べないときの過ごし方、時間割を決めていきます」

本宮医師が微笑みかけ、続けた。

「時間割といっても強制的なものではありませんから安心してください。あなたの好きなもの、好きなことを教えてください」

と彼は視線をきららから外したのが分かった。そして言った。

「ここからはプライベートな領分ですから、テレビカメラを止めてください」

「えっ、先生それは」

ＭＣの二人が顔を見合わせた。

「何？」

声を上げたのは、孝昭だった。画面からテレビスタジオの慌てぶりが伝わってきたからだ。それが演出ではないことは、冷静でいなければならないはずのアナウンサーの表情で分かる。

背後の襖がガクッと音を立てた。アクシデントが起こったことを友美も知ったようだ。

「先生、それは放送はここまで、ということですか」

画面は女性アナウンサーと本宮医師とを映し出す二分割に切り替わり、彼女が言葉を探るような口調で本宮医師に尋ねる。

「そういうことです」

「視聴者のみなさんも、もうちょっと先生の治療に関する話をお聞きになりたいと思うのですが」

「先ほど、食べることは生きることだと言いました。つまり摂食障害は命に関わる営みに体が拒否反応を示しているとも考えられます。また、ちょっと専門的な言い方をすれば、脳の食欲中枢は愛情中枢と近い場所にある。えーっとあなたは……」

本宮医師は手許の書類に目を落とす。

「大貫美愛です」

「失礼しました。大貫さんも、親しくなりたい人とは一緒に食事をしたいと思いませんか」

「それは、そうですね」

大貫は恥ずかしそうに微笑んだ。

「お隣の亀野さん、ですね」

「あ、はい、ピンチポンチの亀野です」

「気になる女性を食事に誘うこと、あるでしょう？」

「それはもう、しょっちゅう。あっちゃー、えらいこと言うてしもた。女房が見てるんですよ、先生。これが生番組の怖さや」

スタジオに笑い声が漏れる。

「それは食事と愛情が密接な関係を持っているからです。それを本能的に知っているんですね、人間は」

「なーるほど、本能なら仕方ないですね。人間の本能やから」

亀野が笑みを浮かべながら、カメラの向こうの妻に念押しするかのように言う。

「それだけ根が深いものなんです。人の顔かたちが違うように、誰にでも有効だという対処法はありません。だから、きららさんの育った環境、経験などから治療方針を立てていく必要があるんです。そんな個人情報をテレビで流すのは問題でしょう」

本宮医師の目は真剣だった。

「ごもっともです」

と大きくうなずいてみせた亀野に続き、

「では、番組としての相談はここまでということで、先生ときららさんはこのまま個別相談という形にさせていただきます。それでよろしいでしょうか」

きららと本宮医師がほぼ同時に返事し、そこでコマーシャルに入った。

6

カメラマンなど中継スタッフが、礼を述べて「本宮心療内科クリニック鞠小路院」から撤収していった。彼らの表情は一様に硬く、言葉も少なかった。

「慶さん、お疲れさまでした。結局きららさん、出張診療を希望したんでしょう」

澄子が盆におしぼりと無糖炭酸水のペットボトルを載せて、診察室に入ってきた。

「うん。彼女自身はそう希望していた」

きららの本名は芝田里代（しばたりよ）で、年齢は二十六歳だ。住所をはじめ家族のことなどは聞けず、メールアドレスだけの交換となった。

「両親の許しが必要みたいね」

「成人女性なのにな。テレビカメラを回していても、それほど突っ込んだ話にはならなかった。結果的にあれでよかったんだと僕は思っている」

慶太郎は髪を掻き上げた。

「あれでいいわ。慶さんらしいと思った」

澄子は立ったまま、盆をテーブルに置いた。

「台本では、対処法を言い渡すとなっていたんだ。快刀乱麻（かいとうらんま）を断つごとくってト書きまで書いてある」

　慶太郎は一旦台本を持ち上げ、

「狙いは分かってたけど、芝田さんの表情を見ていたら、そんな簡単じゃないって思った」

　とテーブルの上に放り投げた。乾いた音を立て、そのまま天板の上を滑って畳の上に落ちた。

「心の治療に、快刀乱麻だなんて」

　澄子が台本を拾い上げ、ソファーに座る。

「芝田さんの頬は痩けてて、前歯に隙が目立っていたんだ」

「退院して太ったって言ってたわよ、彼女」

「あれで太ったとしたら、入院時の状態は相当悪かったことになる。逆に太ったと言うのは彼女の思い込みとしても病状はよくない。歯の溶け方からして、摂食障害は重い部類に入るんじゃないかな」

「ほとんど改善されてないかもしれないってことね」

「うん。なのに彼女を診た医師は入院加療の必要を認めないんだ。たぶん入院中に問題行動を起こしたか、もしくは親が反対したかだろう」

「で、慶さんは彼女の摂食障害の原因は、親なのかもしれないと踏んだのね」

「愛情不足が後の摂食障害を起こすこともあるからね。それを聞き出すには、幼少の頃の親子関係に触れざるを得なくなる。ＭＣの二人には悪かったけど、ああするしかなかったんだ」

「かえって慶さんの真面目な性質が際だって映ったんじゃないかしら。どうしたの、暗い顔して」

澄子が炭酸水を慶太郎の目の前へ差し出した。

「とはいえ、司会進行の二人の慌て方を考えると、番組を台無しにしてしまったような気がしてね」

捻ったペットボトルの蓋から、勢いよく炭酸が漏れる振動が慶太郎の指に伝わる。口に運ぶと、熱っぽい口中に清涼感が広がった。

「台無しってことはないわ。そもそもクライエントへのカウンセリングで、台本通りに運ばせようとしたのが間違いなのよ」

「しかし、仕事として受けたんだから……事前に言っておくべきだったな」

「実際にクライエントの顔を見るまで、病状は分からないわ。だから仕方ない」

澄子がきっぱりと言い切った。

「そう思ってくれるのは澄子だけだよ」

もう一口炭酸水を口に運ぶと、慶太郎のスマホが鳴った。画面に表示されたのは

「悪友」という文字だ。

「沢渡さんね？」

と察知した澄子にうなずき、電話に出た。

「お前、やってくれたな。開いた口が塞がらんぞ。放心状態で電話もかけられなかった。どういうつもりだ」

いきなり恭一がまくしたてる。

「成り行きだ」

「それも最悪の、な」

彼の背後から音響式信号機の電子音が聞こえた。

「お前いま、移動中か」

「タクシーの中だ。いま信号で停車しただけ。とりあえずそっちに向かってる」

ぶっきらぼうに答えた。

「わざわざ来なくていいよ」

「そっちがよくても、こっちはそうはいかん。コンサルとしては、今後の対応を考えなけりゃならんのだからな」

番組が終わった直後に、テレビ局のプロデューサーと電話で話したのだと、恭一は言った。

「やっぱり怒ってたか」

「怒る？　相手は大人だ。露骨に感情を出すことはない。それだけに怖いんだよ。とにかく電話ではまずい。いいか、クリニックから出るなよ。往診とかなんとか言って雲隠れするんじゃないぞ」

電話が切れた。

「聞こえてた」

澄子が肩をすくめた。

半時間ほどして、恭一がやってきた。ドタドタと足を鳴らして診察室まで上がり込むと、応接セットのソファーに座り、足を組んでおしぼりで顔を拭いた。おしぼりと一緒に出した炭酸水を勢いよく一口飲んでむせかえった。彼の忙しない動きに、京町家の風情は一気に掻き乱された。

「まあ、落ち着け」

「これが落ち着いていられるか。あの後もスポンサーへの謝罪で大変だったんだ。こっちにはまだ何も言ってきてないか」

恭一がそう言って受付のほうを向き、耳を澄ます格好をした。するとタイミングよく電話の呼び出し音が鳴り響く。

「ほらな。おそらく新聞社と放送局との間に入った光田だろう」

「いや、彼ならこっちにかけてくるはずだ」

慶太郎は自分のスマホをデスクから応接テーブルに移動させた。着信履歴はない。

さらに耳を澄ます。よろしくお願いしますと、澄子のよそ行きの声が聞こえてきた。

彼女が受話器を置くとすぐ、呼び出し音が鳴った。

「これはクレームだな。ネットで電話番号を調べて直接番組への文句を言ってきているに相違ない」

開院のとき撒(ま)いたチラシ同様、時代劇の台詞(せりふ)のような言い回しだ。

「沢渡、お前楽しんでないか」

「そんなわけなかろう。親友の窮地なんだ。いや、コンサルの契約者がへまをしでかしたんだぞ」

「目が笑ってるように見えるのは錯覚か」

「自分が失敗しておいて、素直さまで失うとは、泣けてくるよ。どうした我が本宮慶太郎先生よ」

「失敗とは思っていない。ただ番組の制作者への配慮がなかった点は、反省してる。多くの人に迷惑をかけてしまったよな」

「何よりも光田の顔を潰したな。それとスポンサーだ。で、次からの放送だけど」

「打ち切りか」

いたたまれず先回りした。

「一回きりで結論は出さない。今後の視聴率によっては、どうなるか分からんけどな。局にクレームがどのくらい入るかだな」

「それによってクビってことか」

こうしている間にも、電話が途切れることはないようだ。対応している澄子が可哀想だった。

慶太郎が受付室に注ぐ視線を見て、

「澄ちゃん、ここしばらくはクレーム対応に追われるな」

と恭一が言った。

「それは困る、診療にも差し支えるし」

「患者がいれば、だろ。テレビは起死回生ののろし、クリニックのプロモーションになるはずだったんだ。あんな中途半端なカウンセリングを見せられれば、興味を持っていた患者も敬遠してしまう。マイナスイメージがついたな」

「マイナス、か」

「局が望む快刀乱麻を断つ心療内科医だって評判が立つところだったんだぞ。でもあれじゃ、患者から逃げたって思われる。つまり、これだ」

恭一はバンザイをした。お手上げだと、言いたいのだ。

「これからどうすればいい？　スポンサーから何か訊いてきたんだろう？」

「次からのことだが、もっとカウンセリングの様子を見たいんだそうだ。そして患者の変化が分かるような演出がほしいと言っている」

「それは無理だ」

「待て待て、そう頑なになるな。あくまで演出だ。俺だって、テレビでお前のお説は拝聴したんだ。だからそんなに簡単なもんじゃないって分かった。変化したなと思わせる言葉を引き出せばいいんだ」

「そんなことできない。テレビ局がカウンセリングの実態とその成果を撮りたいのは分かるが、スポンサーがなぜカウンセリングの成功例のようなものを望むんだ」

慶太郎のコーナーは、和楽建設株式会社が筆頭スポンサーだった。カウンセリングそのものと、それほど関係があるとも思えない。

「和楽建設のマークは、家族の笑顔。その笑顔の条件の一つに健康を挙げている。健康住宅を標榜（ひょうぼう）している会社として、いくつかの健康番組のスポンサーになってるんだ。心療内科に関する番組にお金を出すのは今回が初めてだった」

それだけに期待していた、と恭一が担当者から嫌みを言われたのだそうだ。

「そう言われても……」

「承服できないのか」

「そうじゃないんだ。クライエントのプライバシーに関わる部分は絶対公開してはいけない。その他のことは割り切っているつもりだ。番組を混乱させないためにも、次からは事前に相談者の詳しい情報がほしい」

「その点は、プロデューサーと相談する。当初から、初対面の緊張感を視聴者に伝えたいってことだったからな」

「それはいいんだ。詳しい情報さえもらえれば」

テーブルの上のスマホが鳴った。

「光田さんだ」

そう言って慶太郎は通話ボタンを押した。

「先生、いま話していいですか」

「ええ。光田さんを板挟みにしてしまって」

「何ですか、それ」

「せっかくチャンスをもらったのに、謝ります」

慶太郎は背筋を伸ばす。

「何を謝るんです？　現場からの連絡がありましてね」

「たいそう立腹されていると思います。改めて謝罪に伺います」

「だから、どうして先生が謝らないといけないんですか」

光田は笑っているようだ。

「カウンセリングの途中で撮影を中止したから、制作サイドはかなり怒っているんでしょう？」

「それがよかったんじゃないかって、現場は騒いでました。さっき視聴率が出まして、あの時間帯の二位だったんだそうです。それは番組が始まって以来のことだといいます。瞬間視聴率が最も高かったのが先生の相談コーナーなんですって」

「本当ですか」

光田の言葉が理解できなかった。

「本当も嘘も、事実相談者が殺到してきているんです」

すでに相談したいと言ってきた人数は百名を超えたという。

「締め切りを番組終了後三十分以内としておいてよかったって、スタッフは言ってますよ。でないと、次回の相談者の人選にかなり時間を要しますからね。まあ局としては嬉しい悲鳴ではあるんですが。私も正直ほっとしています」

光田も右往左往しているMCを見て、これはまずい、と思ったらしい。普段から一般人相手のレポートなどで、数多くのハプニングに遭遇してきたMCたちの狼狽ぶりに驚いたというのだ。

「しかし、それが臨場感を生んだと現場の人間は分析しているようです。何より先生の誠実さが、悩みを抱えている方たちの心に響いたんじゃないですか。コーナー新企画は大成功です。改めて先生にお礼を言います。これから沢渡さんにも報告しようと思います」

「沢渡なら、ここにいますよ。代わりますね」

妙なことになっているようだ、と告げてスマホを恭一に差し出した。

「そ、そうみたいだな。そいつの声、でか過ぎる」

恭一はバツの悪そうな表情で電話に出た。

「俺もあれ見て飛んできたんだ。まずまず狙い通りってとこかな」

慶太郎の視線から逃げるように立ち上がり、恭一は裏庭の見える大きな窓のほうへ移動する。すべて見通していて、慶太郎が上手くやってくれると信じていたなどと適当なことを並べ、自分の手柄のように胸を張り出した。

「報告ありがとうな。じゃあ先生様に代わる」

スマホを返す態度も大きい。

「先生、時間かかってしまってすみません。例の件ですが」

光田の声の調子が変わった。

「新聞の事件報道は、五月八日付の夕刊での第一報の後、翌九日の朝刊、その日の夕刊には何もなく、次の日十日朝刊、さらに十三日の朝刊に関連する記事が掲載されています。ただ警察の思惑が絡んでいて、リークされる情報量はどんどん少なくなっている関係上、記事の扱いも小さくなってます。ＰＤＦで先生にメールしますね」

「ありがとうございます。お手数をおかけしました」

「例の遺留品ですが、やはり重要な証拠となりそうでしてね。担当係官からいっそうの規制がかかりましたよ」

「僕の興味を引こうとしてますね」

「見てもらえば、さらに興味が湧くこと請け合いなんですが……」

幼少期を示唆する極めて特徴的なものなのだ、と光田の言葉に熱がこもったのを感じた。

「幼少期、か」

きららこと、芝田里代の摂食障害と重なった。殺人事件だとして、その犯人が幼少期を示唆させるものを現場に残したとすれば、そこに強いメッセージを感じざるを得ない。

「いかがです、先生」

「気には、なります。しかしお役に立てるかどうか」

「前も言いましたが、警察の事件捜査の観点より精神医学的なアプローチが必要な気がしてるんです。私のブンヤとしての勘ですが。今夜、そうですね、遅くてもいいのでお目にかかれませんか」

テレビ出演で疲れているだろうが、どうしても会いたい、と光田の意志は固そうだ。

「ちょっと待ってください」

慶太郎は電話を持ったまま、診察室から出て受付室にいる澄子を覗く。澄子は受話器を首で挟み、予約を書き込むホワイトボードに向かっていた。

いつもは一つか二つ、予約が入っていればいいほうだった。だが、いま見ているホワイトボードには本日三つ、明日以降は午前に三つ、午後三つのペースで三週間先までクライエントの名前で埋まっているではないか。初診ばかりだから、時間がかかるにちがいない。とても定時の午後九時に終えられそうもない。カルテを整理する時間も必要になる。

「光田さん、十一時でもいいですか」

「もちろんです。夜行性なもんで、ありがたいくらいです」

7

孝昭はテレビを見終わり、夕食の準備のために台所に立つと、襖が開いた。

居間に現れた友美が、

「あの人、変」

と孝昭の背中に言葉を投げてきた。

「あの人って？」

惣菜屋で買った酢豚を増量しようと、タマネギを切りながら孝昭は尋ねた。むろん答えは分かっている。

立ったままの友美は答えなかった。

「本宮先生のこと？」

友美はうつむき、瞬きする。そんな動作のときはイエスのリアクションだと、孝昭は受け取っていた。

「テレビに出たの見てたんや。確かに変わってる。司会者が困ってたもんな」

「違う」

「えっ、本宮先生のことと違うんか」

「そうやけど変なんはブローチ」

友美は一息で言った。

「ああ、付けてたな猫」

やはり友美は、本宮医師の胸のフェルト細工に目がいったようだ。

「ふくろうや」

「よう分からんかったけど、あれ、ふくろうか」

「下手くそ」

ピクッと友美の眉が動いた。

「そらそうや、猫かふくろうか分からへんのやからな」

ガスレンジにフライパンを載せ、火を着けた。

「あんなん付けて、テレビに出るやなんて」

友美が酢豚の入ったトレーのラップを剝がしてくれた。

「ありがとう」

友美が手伝ってくれたことに驚いた。これだけ会話が成り立ったのも、ここ最近はなかったことだ。

「ふくろうが好きなんか」

と、友美が食器棚から皿を取り出す。

「さあ、どうやろ。聞いとくわ」

友美が瞬きをして、続けた。

「きららさん、よかったなぁ」

「相談者の女の人が？」

「うん」

「どうして？」

と聞き、フライパンにタマネギを入れるのをやめ、火を弱めた。油の爆ぜる音が小さくなる。

「お母さんのせいやって、口に出して言わなくて済んだんやもん」

襖の隙間からなのに、ちゃんとテレビを観ていたようだ。

「姉ちゃんは、きららさんの病の原因を彼女のお母さんだと思っているんやな」

「そんなん決まってる。本宮先生が言ってたやろ、食事と愛情が密接な関係を持っているって。子供の頃に何かがあったんや。お母さんを信じられなくなるようなことが」

「お父さんかもしれへんよ」

「孝昭には分からへん。一番裏切られたらあかん人は母親しかおらへん」

友美は、信じられないくらいの強い口調だった。

「姉ちゃん……もしかしてお母ちゃんに裏切られたことがあるんか」

孝昭が反射的に言った。聞いてはいけないこと、だったかもしれない。

「それはない。うちやのうて、知ってる子のことや」

「そうか、よかった」

孝昭は火を強めて、くし形のタマネギをフライパンで炒め、酢豚を入れる。酢豚の酸っぱい香りが部屋中に充満した。

台所の窓を開く。

「段ボール外したんや」

友美が煙の出て行く窓を見た。

「ごめん、暗かったから」

外したことには気づいていなかったようだ。

「うち、アホみたい」

友美は居間の座卓の座布団の上にしゃがみ込んだ。

火を止め、孝昭も居間に行き、友美の傍らに膝をついた。

「なんでアホなんや。そんなことないから」

「うち怖い。怖くてしょうがない」

友美の両手の指が座布団を鷲掴(わしづか)みにした。

「分かってる。吉田神社の事故のことやろ?」

もう聞いてしまうしかない、と孝昭は奥歯を嚙んだ。

「た、孝昭、あんた、何でそれを……」

驚きの目を向けてきた。座布団を摑んだ手が震えている。

「近くで人が死んだんや。誰かて怖い。それもよく知ってる場所なら、なおさらや。

だから新聞を捨てたんやろ？　みんな分かってる」

　孝昭は、落ち着かせようと背中をさすってやりながら言った。

「違う。あんたは何も分かってない」

　友美が孝昭の手を払った。そして立ち上がると襖の奥へ姿を消した。

「姉ちゃん」

　孝昭の幾度かの呼び掛けに、

「もう放っといて」

　と言ったきり、友美からの返事はなかった。

　失敗――。焦りすぎた。本宮医師の助言を待つべきだったのだ。

　孝昭は唇を噛んで、閉じられた襖を見詰めるしかなかった。


　三十分か、もっと長い時間が経っただろうか、孝昭は付けっぱなしのテレビ画面をぼんやりと見詰めていた。食欲はどこかへ失せ、温め直した酢豚とパックご飯を少し食べただけで箸が止まったままだ。

　我に返り、テレビの音量を下げた。姉の部屋から漏れる音に注意を払う。興奮して発作的に妙な真似をしないか、心配になってきた。

　孝昭はスマホに手を伸ばし、メールアプリをタップする。

『本宮先生　メールで失礼します。至急ご相談したいことが起きました。不用意に吉田神社であった事故のことを口に出してしまって』

本宮医師が出演したテレビの録画を見たこと、居間には出てこなかったけれど友美も襖の隙間から覗き見ていたこと、そして久しぶりに一緒に台所に立ち、夕飯の支度をしたことを会話も含めて克明に記した。

『機嫌は大変よかったんです。ところが突然、自分を「アホ」だと自虐するような言葉を吐き、「怖い」と怯え出しました。それで事故のこと、新聞を捨てたことにも触れてしまったんです。私のミスです。姉はとても興奮してしまい、発作的に自傷しないか心配です。先生、どうすればいいでしょう、教えてください』

孝昭は文章をざっと見直し、送信ボタンをタップした。

時計を見ると九時半を過ぎている。時間外相談になることへの謝罪を書き忘れたことに気づき、申し訳なく思っている旨の一文だけをメールした。

すぐに返事があるとは思っていない。それでも落ち着かず座卓の上を片づけてみたり、夕刊を開きながら何度もスマホを確認してしまう。自分のしたことが、どれだけ友美にプレッシャーをかけたのかだけでも知りたかった。

卓上の片づけを終え、二度目の乾拭(からぶ)きの途中でスマホのメール着信を告げる音が鳴った。本宮医師からだ。

孝昭は布巾を投げ出し、素早くメールを開いた。

『古堀孝昭様　報告、ありがとうございます。まずは孝昭さん自身が落ち着くことです。背筋を伸ばして目を閉じてください。

お腹にある空気を出し切るイメージでゆっくり息を吐きます。吸うときは、お腹や胸を風船に見立て、それを膨らませると思ってください。自分のリズムでそれを繰り返して、目を閉じているのが苦痛になったら、目を開いて結構です。

二人の会話など詳しく書いていただいたので、お姉さんの現在の状態を類推することができます。いくつか気になる言動があるのですが、やはりお姉さんの恐怖の感情と、吉田神社の事故とには因果関係がありそうですね。また新聞を捨てた行為が、事故のことを目にしたくないための拒否反応だった可能性も高くなりました。さらに、そのことをあなたに知られたことが分かり、お姉さんは罪悪感と羞恥心で、冷静さを失っている状態だと思われます。

自傷行為の経験があるお姉さんは、あなたが心配するように自傷するかもしれません。もし自傷行為を行ったことが分かっても、絶対に狼狽えてはなりません。

例えば痛みに呻く声が聞こえたら、声をかけてどうしたのかを尋ねるだけにしてほしい。

あるいはフェルト細工で使用するニードルで指を傷つけていることもあるでしょう。

そのときは、淡々と傷の消毒をしてあげてください。

自傷と自殺とはまったく違います。自傷は自殺しないための防御行為だから、むしろ自殺を自分で抑止していると言っていいでしょう。つまり自傷することで生きようとしているのです。

不安や恐怖の真の正体、実はご本人も分かっているとは限りません。いろいろなことやものがこんがらがって、つかみ所がない場合も多いんです。目に見えない敵に振り回されている。でも、自分の刺した指はどうでしょう。何度も突き刺し赤らみ、血が滲んでいる。それこそ痛みの原因だと、一目で分かりますね。自分で傷をつけることで、言葉にできない心の痛みを、目に見える形に置き換えているんです。得体の知れない痛みを、自らコントロールすることのできる痛みに変換している。そうすることで、何とか今を凌ごうとしているのだと思ってください。あるいは大声を出して暴れ、ものを破壊したい衝動を抑えるために自分を傷つけていることだってあるんです。

だから、「もっと自分を大切にしろ」などの言葉をかけないようにしましょう。自分を大切にしているからこその行為なのですから。また「何しているんだ」と責めたりしないで「これ以上傷が悪くならないようにしたからね」と大事に至らなかったことを喜んであげるような態度で接してあげてください。自傷そのものを認めるのではなく、軽く済んだことを肯定的に解釈してあげるんです。

ただし、自傷を発見できたときに限りますよ。無理に探りを入れるようなことはしないでください。大丈夫だから、僕を信じて今夜は眠ってください。何かあったらまた連絡もらえれば対応します。本宮慶太郎拝』

孝昭はメールを読み終えるとティッシュで頬を拭った。文章なのにまるで本宮医師がそこにいるような安心感に包まれ、徐々に気持ちが軽くなるのを感じた。

それにしても、自傷が、さらに自分を傷つけないための防御行為だとは知らなかった。実家で友美が腕を傷つけたとき、両親が大騒ぎしたのはよくなかったのだ。部屋に引きこもって、ひたすらニードルを羊毛に突き立てていたのは、自分の身代わりだったのかもしれない。部屋中に飾ってあったフェルト作品が自傷行為の代償だったとすれば、その数だけ友美は苦痛を抱えていたということになる。

生き延びられたのは、あのフェルトの猫や兎、羊たちのお陰だった。

孝昭はテレビの前の猫を見た。友美の部屋には、実家に劣らない数の動物が並んでいる。そして今も増え続けているのだ。

耳を澄ます。ザクザクザクと、羊毛に金属の針を抜き刺しする音がしていた。

8

慶太郎は、孝昭に二度目のメールを送信した。光田が教えてくれた吉田神社の転落事故について、いつまで新聞に掲載されていたかを彼に知らせ、そのすべてを友美が捨てているかを確認してもらおうと考えた。孝昭にミッションを与えることが、彼の不安や動揺を和らげるはずだ。

光田との約束の時間まで、友美の治療方針を練ろうと、慶太郎は診察室のデスクに着きノートを開いた。

現在の問題点は、事故を報じた新聞を捨てた事実を孝昭が本人に話したことでも、諍い(いさか)の結果、自傷する確率が高まったことでもない。それよりメールにあった、「近くで人が死んだんや。誰かて怖い。それもよく知ってる場所なら、なおさらや」という彼の言葉に対して、「違う。あんたは何も分かってない」という友美の文言がひっかかった。

友美の「違う」という言葉は、何を否定したものだろう。

近所で起こった人の死は、誰もが怖いということを否定したとすると、事故死そのものには特段の恐怖は感じていないことになる。それなら吉田神社での弁護士転落死を報道した新聞記事を遠ざけた意味が分からない。友美の恐怖の在処(ありか)はどこなのだろう。

友美から孝昭は、何を分かっていない、と責められたのか。それが分かれば、彼女が恐れるものの正体が見えてきそうだ。それを聞き出す上手い方法を考えないといけない。

慶太郎は、テーブル上にあるテレビの撮影時に付けていたフェルトのブローチを手にした。

「やっぱり、これを使うしかないか」

「慶さん、初診の予約なんだけど、三カ月どころじゃなくなった」

戸が開き、澄子は受付室から顔だけ出して告げた。

「どれくらい先まで埋まったの？」

「受け付け終了した時点で、四カ月と一週間後の人が最後。キャンセル待ちの方は除外したとしてね」

「一度のカウンセリングで終わりじゃないからな」

「一人じゃ無理になる。でも今日電話してきた方はみんな慶さんを見ての予約だから、助っ人には務まらない」

テレビ出演が続けばクライエント数はさらに増え、休日は返上しないといけなくなる、と澄子が目をくるりと回してみせた。

「今度ばかりは沢渡の言う通りになったね。しかし、こちらの準備ができてなかった」

「私のほうは、ナースの経験があって医療事務のできる当てがあるから聞いてみるけど、慶さんの代わりは、ね」

「考えないと、こっちが病院送りだよな。で、ナースの当てって誰？」

「私が以前勤めてた病院の後輩なんだけど、セクハラ受けて辞めちゃったってメールがあったのよ」

「産婦人科医院で、セクハラって」

澄子は何軒かの病院で看護師経験がある。慶太郎のクリニックを手伝う前は、京都市内の産婦人科病院に勤務していた。

「世も末。彼女、そう言って辞表を叩きつけたんだって」

「泣き寝入りかい？」

「院長の息子がセクハラの張本人だから、彼女の言い分が通らなかったみたい」

「セクハラを証明できないってことか。それじゃあ出るとこに出ても勝てないな。いや、マスコミにさらし者にされてしまうかもしれない。それもセクハラみたいなものだよな」

「だから世も末なのよ。その彼女、あっ名前は千葉あかりさんって言うんだけど、人間的には間違いない。私が保証する」

澄子が診察室に入ってきて、ホワイトボードに後輩の姓名を書いた。

「澄子に任せる。この分じゃとても手が足りないから、できるだけ早くきてもらったほうがいいね」

「慶さん、往診はもう無理じゃない？ テレビの相談者にもその旨は伝えないといけないと思う」

もしテレビ放送の相談者、里代が往診を望んできた場合、出張しなくてはならない。友美の治療も合わせると、慶太郎の仕事の容量を超えている、と澄子が言った。

「いままで、自分がアルバイト先を探してたのにな。逆の立場になるなんて思ってもみなかった。沢渡に相談するしかないかな」

「絶対に慶さん一人で面接してね。人柄重視じゃないとダメだから」

「当然、そうするよ」

「じゃあ私、家に帰るね。尊のことも心配だし」

「お義母さんと揉めてないかな」

「難しい年頃になってきたわ。大変だけど、休みには話、聞いてやって」

「ああ、分かってる」

この頃の尊は、熱中していたプラモデルを一緒に作ってと、せがまなくなった。『戦艦大和』も完成間近の状態のまま放置している。自立の徴候だが、気持ちが離れてしまうのはよくない。だがどうしても職業柄、父親ではなく心療内科医として分析してしまうのだ。たぶんそれを尊は見抜いている。だから慶太郎の前では本音を見せず、素直になれないようだ。

「あの子、目を見ないでしょう？　それは私にも、母にも同じ」

「こっちが、医療関係者特有の冷たい目で見るからかもしれない」

「やっぱり慶さんとも目を合わせないのね」

澄子が、安堵とも嘆きともつかぬため息をついた。

「沢渡もときたま僕の目を怖がるんだ。心の中まで見ようとしてる目だって。注意しないといけないのかな。クライエントにはそんなことないと思うんだけど」

「カウンセリングのときは優しい目よ」

と澄子が言ったとき、インターフォンの呼び出し音が鳴った。

「光田さんだ。もうそんな時間になったか」

「じゃあ挨拶だけして、私帰るね」

光田が澄子と入れ替わるように、診察室のソファーに腰掛けた。

「先生、お疲れのところ本当に申し訳ありません。これ冷めてしまいましたが、たこ焼きです」

「ああ、気を遣わないでください。家内も家に帰ったんでコーヒーしかありませんが」

慶太郎がコーヒーメーカーからサーバーを手に取ると、光田の前にあるカップに注ぎ入れた。

クリニックの前の通りを軽自動車の走り去る音が聞こえた。澄子が運転する車だ。

「奥さんも遅くまで大変ですね。私を待ってらしたんでは？」

「いえ、予約の電話に追われてたんです。そうだ改めてお礼を言わないと」

「電話でも言いましたが、お礼はこっちがしないといけません。局に先生を推薦して鼻が高いですよ。その上スクープのお手伝いまで」

光田が意味ありげに微笑んだ。

「スクープだなんて、それはちょっと」

「分かってます。とにかくこれを見てください」

光田はスマホを取り出し、何度かタッチした後、画面をこちらに向けた。

「現場にあったものですね」

スマホを受け取って、画面を注視する。花の型に切った紙のようだ。大きさは一緒に並べてある煙草よりも少し小さく、中心から放射線状の折り目らしきものが数本あって、何かが書かれている。画像を大きくするために慶太郎はピンチアウトした。

「全体に劣化してますね。文字は漢字で『優秀』。その文字を囲むように二重丸が描かれてるようだけど。二重丸のほうは赤色かな、大きくしないと見えない。形は桜、かな」

さらに画面に顔を近づけ、大きくしたり元に戻したりした。

「次の写真も見てください」

「裏面、か。色褪せてるけどピンク色の紙ですね。やっぱり桜だ」

慶太郎は顔を上げた。

「それが発見された場所、どこだと思います？」

「遺体の側なんでしょう。いや、わざわざ問うくらいだから……弁護士さんの服かズボンのポケットの中？」

と、探りながら光田の目を見て、スマホを返す。

「さすがですね、先生は。ただしポケットではなく握りしめてたんだそうです。刑事の口が堅かったんですが、粘って聞き出しました。しかも、痴漢対策用のスプレーの成分のオレオレジン・カプシカムが検出されている」

「犯人は、これを持っていた弁護士さんにスプレーを吹きかけ、石段の下へ突き落としたってことですか」

「やはり事故じゃないのは確実です。被害者自ら現場に向かってもいますからね」

「殺害が目的だったとは思えないですが」

スプレーで目潰しをしたのは、抵抗できなくするためだろう。けれど石段の上から突き落としても必ずしも絶命するとは限らない。確実に死なないと、犯人のリスクはこの上なく高まる。

「確実性に欠けるということでしょう？」

「犯人にとって危険過ぎる。未遂で終われば、顔を見られていることが仇になる。残忍なことを言うようですが、なぜとどめを刺さなかったかということです。被害者の死因に不審な点はないんですよね。確実に死に至らしめるような首を絞めた痕跡とか、薬物反応があるとか」

「その痕跡はなかったようです。まず、これは被害者か加害者、どちらの所持品なのかが警察内部でも問題になりました。指紋も複数検出されているようです」

光田は自分のスマホの画面に目を落とし、続ける。

「警察は当初、犯人の遺留物だと色めき立ったんですが、いまは島崎氏の持ち物だったのではないかと見方を変えています。鮮明ではないんですが、この優秀の文字の筆跡を調べた結果、いくつかのトメ・ハネの特徴が島崎氏の筆跡に似ていたというんです」

「いや、筆跡が島崎さんのものだとすれば、これは加害者が持ってきたものと考えるべきです。第一、自分で自分に優秀と書くのも変だ。おそらく受け持つ講座の生徒に対して使ったんでしょう。ただ現在の大学の授業で、紙の桜に優秀の文字を書いたものを使うとは思えません」

「そう思います。だから犯人が子供の頃というか、幼少期にもらったものじゃないかと思ったんです」

光田は眼鏡の位置を直すと、

「しかし島崎氏が教鞭を執り出したのは七年前で、神戸の大学の講師でした。それから三年経った四年前、三十八歳の若さで准教授となっています。いずれにしてもこんなものを彼が渡したのだとしたら、相手は大学生になってしまいます」

と肩をすくめた。

光田の話では、島崎は二十七歳で司法試験をパスし、講師時代にはすでに法律事務所を経営していたのだというから、順風満帆の法律家人生だったようだ。

「仮に七年前の講師時代の生徒が、これを持って会いに来た。うーん、法学部の学生にピンク色の紙でこしらえた花を、ね」

「女子学生なら案外喜ぶんじゃないですか。優秀であることを示す勲章、メダルのようなものを貰って。大学一年生ならまだ十八、九ですもの、先生」

「おや、幼少期という見方を変えるんですか。ブンヤの勘なんでしょう？」

「いえ、だから先生の意見を伺いたかったんです。確信を持ちたかったと言ったほうがいいかもしれません」

　光田はいつも立っている頭頂部の髪の寝癖を撫で付けた。

「ひとまず幼少期でも大学生でもいいですが、加害者は優秀の証しを何年か経って、再び持参した。そして島崎さんに催涙スプレーを噴射して突き落とし殺害。しかし桜の勲章は回収しなかった……」

「そこにメッセージ性があると、先生に申し上げたんです」

　光田がスマホを、将棋の駒のように音を立ててテーブルに置いた。

「決め打ちは危険な気もします。ピンク色、痴漢用のグッズは女性を連想させるものです。いかにも、ね」

　夜なのに島崎が油断して人気のない神社の境内に赴いたことや、痴漢撃退用のスプレーを使ったことは、犯人が女性であることに矛盾はしない。しかし、それが犯人の狙いであるとも考えられる。

「だから先生のお知恵を拝借したいんです。こんなもの大切に保管していた心理、それが見えてくれれば、犯人の人間像、事件の背景と動機が明らかになると私は思っています」

「これだけから……」

慶太郎は再びスマホを持ち上げ、花型の紙片の画像を見詰める。

「そうです、これだけからです。でも貴重な鍵じゃないでしょうか」

「人を殺める心理は、特殊な場合を除いて極限状態です。興奮した中でも、本人がことに重要だと思う事柄については、冷静な行動がとれるものです。例えば殺害するつもりで相手と対峙しているのに、わざわざ犯行の原因となる事柄について理路整然と説明したりする。死んでいく相手に思い知らせ、後悔させたいんです。そこに、こだわりをもつ」

「そのこだわりこそが、まさに花の紙片ですね」

「オレオレジン・カプシカムが付着していたことから、加害者の思惑の一端は見えますね」

「いいですね、それ」

「紙片を手渡せば、隙ができるはずだと思ったんじゃないかな。島崎さんの気持ちを引きつけるものだと、犯人は分かっていた。けっして忘れてはいない代物なんだとね。驚きなのか、懐かしさなのか……」

「お互いに印象に残っているものってことか。見えてきそうですね、犯人像が」

光田のペンがノートの上を走っている。

「そうなると、やはり幼少期か大学生なのかが問題になります。有力な遺留品であることは認めますが、それだけを見て謎を解くというのには限界がありますよ」

慶太郎は釘を刺しておいた。

「今すぐ、すべてを解明してくれとは申しません。捜査関係者にはない発想で、事件を追いたいんですよ。気になったことがあったら、どんなことでも言ってください。

「そんなこと言われても、警察を出し抜けないかもしれませんよ。向こうは捜査が仕事なんですからね」

「先生が頭脳で、私は手足となって調べます」

今までのように診察以外に時間を割けそうもない。推理をする時間がないのだ。

「受付にあるホワイトボードに貼ってあったスケジュール、見ました。ぎっしりですね。治療の合間がない感じです」

「ありがたいことです」

「先生が事件記事を掲載した新聞を気にされていたのは、患者さんがらみでしょうけど、どういった関係があるんです？」

と光田が思案顔で聞いてきた。

「何度も言ったように……」

慶太郎は口をチャックで閉じるしぐさをした。

「いや、患者さんの治療に役立つ可能性がないのか、と考えただけです」

「それについては、まずないでしょう」

むしろ、殺人事件だという報道がなされたとしたら、そのときの友美への影響が気がかりだ。

「そうですか、残念だな」

「仕事をこなしながら、頭の片隅においておきますよ」

慶太郎はコピー用紙を正方形に切り、何度か折ったり開いたりした後ハサミを入れて桜の花を作った。その中央に「優秀」と書き、それを赤ボールペンを使って二重丸で囲んだ。

「うまいもんですね。よく似てます」

「こう見えても手先は器用なほうなんです」

慶太郎は手術前の外科医がやるように、指先を上に向けてせわしなく動かした。なぜか義母と尊の顔が浮かんだ。

「やっぱり先生に相談して正解でした」

「いやいや、期待しないでください。たこ焼き、温めてきます。いっしょに突きましょう」

慶太郎が白いポリ袋を持ち上げた。

9

孝昭は営業部の先輩から紹介された女性と、京都駅に直結するホテルのラウンジにいた。北上歯科医院の院長、北上裕樹の娘、八恵だ。彼女も歯科医で、審美専門のクリニックを開業しようとしていた。衛生機器や空気清浄機など一式の提案をしろという話だった。

それは表向きで、先輩は営業先の北上院長から娘の婚活について相談を受けていて、孝昭が選ばれたのだった。今現在恋人がおらず、年上の女性が好みだからというのが理由らしい。姉の面倒ばかり見ていて恋人に愛想を尽かされて以来、シスターコンプレックスだという噂が部内で流れているようだ。八恵は三十九歳、友美より四歳も年上になる。見た目はずっと若く、理知的で整った顔立ちをしていたけれど、九歳も年上となると腰が引ける。

二人を引き合わせた理由を八恵は知らないのか、会ってからの話題はもっぱら空調設備についてだった。何より、孝昭の緊張に比べて彼女には屈託がないように見えた。

「そうそう、壁紙とかフローリングで空気をきれいにするものがあるって聞いたんですけど、御社でも扱ってますか」

アイスレモンティーのグラスを持ち上げたまま、八恵が尋ねた。

「よくご存じですね。当社にも機能性素材のものがございます。防臭、除菌、防カビ効果でホルムアルデヒド対策もできます」

孝昭は床に置いた大きな鞄からパンフレットを取り出し、

「お見積もりは、院内を見せていただいてからのほうがいいかと」

と言ってテーブルに置いた。

「実は、まだ物件が決められてないんですよ。二、三の候補から決めあぐねてるんです。さっきも物件を見てきたんですけどね」

八恵は微笑みながらグラスを静かにコースターに置いた。開いた唇から白い歯がこぼれた。父親が婚活を口にするほどだから、引っ込み思案な女性を想像していたけれど、長髪を後ろでまとめた顔立ちには、明るい印象を持った。

親が知らないだけで、すでに決まった人がいるにちがいない。

「決め手にかけるんですか」

「費用もずいぶん違うんで。いいな、と思うところは相当背伸びしないと届きません。決断力がないんです、昔から」

「買い物が、買い物だけに、しょうがないですよ」

「あのう」

八恵が言いにくそうな顔つきになり、

「父がご迷惑なことをお願いしているんじゃありませんか？」

と聞いてきた。

「ご存じ、だったんですね。やっぱり」

「ダメなら、ダメときっぱり断ってください。だからといって、他社に乗り換えるなんてことはしませんから」

八恵はきつく唇を結んだ。

「先生のことを心配されているんですよ。そもそも私のほうが断るなんてあり得ません。先生のほうが、あんな男ダメだって院長に断言してください」

「そんなこと、古堀さんにさらにご迷惑がかかります」

「大丈夫です、どうせ私なんかとは釣り合いません。私のほうは気にしませんが、先生が年下でもいいと思っていらっしゃるかどうかもありますから」

「年下？」

「ええ、私は今年で三十です」

「はあ……三十歳、ですか」

「見えませんか。格好のせいかもしれません」

孝昭はスーツを下に引っ張って髪を整えた。

「若くは、見えますよ。でも、それが何の関係があるんですか」

八恵が首を捻(ひね)っている。

「なら、こう言ってください。あんなシスコン男、こっちから願い下げだって」

と言い放った。

「シスコンって、あのすみません、父はいったい何をお願いしたんですか」

八恵は顔をしかめて言った。

「直接じゃないですが、私は先輩から……いや、それはいいとして、お父様には紹介された男はシスコンだったって、言ってもらえればいいんです」

八恵は唇を半開きにしたままこちらを見て、水で口を湿らせると、

「紹介か。参ったな」

とつぶやいた。

「私だって参りました」

おしぼりで額の汗を拭う。

「ごきょうだいがおられるんですか」

と小さな声で尋ねてきた。

「ええ、姉が」

「仲がいいんですね」

「まあ、いいんでしょうね、三十路（みそじ）の姉弟が狭いアパート暮らししてるんだから。それだけでもシスコンだと言われれば、確かにそうなのかもしれません。交際を断る理由として十分だと思います。本当に私のほうは大丈夫ですから、お気遣いなく」

一気に言うと、気持ちが楽になった。

「同居しているだけで、そんな風に言うもんじゃないわ」

「もう話してしまいますが、それだけではないんです。以前、姉とのことが原因で、恋人に愛想を尽かされたこともあるんです。しょうがないんですよ……」

病気なのだから友美が悪いのではない。心中で孝昭はそうつぶやいた。

「お姉さん思いなんですね。ちょっと確かめていいですか」

八恵は今にも「口を大きく開けて」と言って歯の治療を始めそうなくらい顔を近づけてきた。

「なんでしょうか」

孝昭は身を引き、聞き返した。

「たぶん大変な誤解をされているようです」

「誤解じゃなく、社内でシスコンという噂があることを知って、なるほどなぁ、とある意味納得してるんです。だって、いくら違うと言い訳しても、恋人より姉を優先させたことは事実ですからね。なら、もうそれでいいやって」

　投げやりな言い方になってしまった。

「そっちの誤解じゃないんです。古堀さんがシスターコンプレックスかどうかは、むしろどうでもいいんです」

「そ、そうですね。端(はな)からタイプじゃないって言えば済むことですよね」

「ああーもう、どう言えばいいのかな。その紹介とか、見合いとかが誤解なんです。私は何も聞いてないんですからね」

「えっ、ご存じないんですか」

「だから尋ねてるんです。私がさっき、父が無理なお願いをしてないかって伺ったのは、御社とは長い付き合いだから、大幅な値引きを強要してるんじゃないかってことなんです」

「……値引き」

「ええ、無理な値引き」

　ツーンと耳鳴りがしてラウンジにいる客たちのざわめきが遠のいていく。血の気が引く、というのはこのことだと孝昭は初めて知った。

「値引きの指示は、ないです、ありません」

　喉がカラカラで言葉が引っかかる。

「よかった。これで一つ私の懸念は解消しました。で、もう一つ」

「すみません。私の勘違いです。みんな忘れてください」

孝昭は勢いよく頭を下げた。

「父が、私のお見合いを画策したんでしょうから、古堀さんが謝ることじゃないです。むしろこっちのほうが……ごめんなさい、嫌な思いをさせてしまって」

テーブルを挟んで、互いが頭を下げている妙な格好となった。

「てっきり先生はご存じだと思い込んでしまって」

そう言って孝昭が顔を上げる。

「困ったものだわ、父にも。この件、御社の先輩にも迷惑がかからないよう考えてちゃんと処理しますから、心配しないでください」

いつまで経っても過保護だから、父と距離をとりたくて別の場所で開業しようとしているのに、と八恵は苦笑してみせた。

「距離をとるための独立開業なんですか」

会社としてはありがたいけれど、と孝昭は付け加えることを忘れなかった。話がこじれてしまっては、元も子もない。

「あなたがカミングアウトしてくれたから、私も白状するんじゃないけど、どうも私、ファザーコンプレックスみたいなんです」

八恵は、初対面の男性に何を告白しているんだろう、と両手で頬を覆うようにして、軽く二度叩いた。

「そうなんですか」

シスコンだと自分は認めているわけではないけれど、文句はのみ込んだ。

「私だって、何人かとお付き合いしたんですよ。でも、つい父と比べてしまうから、上手くいかない。過保護って言ったけど、全力で私を守ろうとしてくれているのは感じてるんです。父のような無償の愛を求めても、結局は青い鳥ですから」

「他人では太刀打ちできないでしょうね」

「なんだか皮肉でしょう？　父の望みを叶えるために、父と離れなきゃいけないなんて」

八恵が寂しそうな顔で微笑む。

「なかなか上手くいかないものですね」

「古堀さんもお姉さんと離れてみたらどうかしら。あ、すみません、余計なこと言って」

「いえ、それができればいいんですけど」

「簡単じゃないみたいですね。さあ仕事の話に戻りましょう」

八恵は、候補となっている物件を見てくれないか、と言った。

八恵が案内してくれた物件は、京都駅から徒歩で七、八分くらいのところに建つ四階建てのビルだった。一階が美容院で、その横の階段を使って二階へ上がる。

「剝き出しで何もないんですけど、前は喫茶店だったたって聞いてます」

不動産屋から借りているキーをドアに差し込みながら、八恵が言った。

中に入ると内装が剝がされ、コンクリートの壁や柱が露出していた。

「自由にリフォームしてもいいんですか」

孝昭は壁に沿って歩く。

「ええ。そこが気に入ったんです」

「広さは、ざっと見て十五坪くらいですから、ユニットは三台が限界でしょう。審美専門とおっしゃってましたけど、当然治療もされますよね」

ユニットとはデンタルチェアを中心にして、ライトや歯を削るタービン、吸引バキュームなどと、それらを操作するパネル、器具を置くテーブルやうがい用のスピットン一式の設備のことだ。

「ええ。審美専門のクリニックにしたいと言ったのは、父の医院との差別化を図るための大義名分です」

「となりますと、レントゲンも必要だし、審美のための独立したカウンセリングルームもあったほうがいいですね」

孝昭は方眼紙のノートを出して、エントランスには受付、待合室にトイレ、診察室に入るとすぐ左手にカウンセリンググルームとレントゲン室、奥に向かって歯科ユニットを二台並べ、もう一台を向きを変えてどうにか設置した手書き図面を作成した。機械室とスタッフ用トイレは診察室の外に持って行くことで、狭さをカバーするプランだ。リフォームそのものから提案するとなると自然に力が入る。工務店を継ぐために、親父から設計の勉強をさせられたことが無駄にならなかった。単に設計するだけでいいなら、工務店に残ってもよかったのだ。しかし跡を継いだ棟梁が、高所恐怖症では示しが付かない。

「こんな感じですかね」

孝昭はノートを八恵に見せた。

「古堀さん、凄いですね。ササッと図面が描けるなんて」

「ちょこっと設計の勉強したんです。空気清浄機とか衛生設備って本当に充実させるとなると、リフォームになってしまうんですよね。だから、そこまでできる今の会社に入ったんです」

「それにしても大したものだわ。うまく納まるものですね、三台も。窮屈さは感じないし、カウンセリンググルームまで設けられるなんて」

そう言いながらも八恵の表情はどこか晴れない。

「先生、ご要望があれば何なりと言ってくださいい。別のプランを提案させていただきますので、遠慮なく」

「父の医院は四十坪以上で、ユニット七台です。多い感じはするんだけど、窮屈さはない。でも、最近何人かの患者さんがパニック発作を起こしたんです。パニック障害の方は、歯医者さんにも来られないんです。だからそれなりの工夫をしてたのに」

「パニック発作？」

「ええ、閉塞感に耐えられない方もいらっしゃるんです」

「圧迫感のないライトとか、弊社でも扱ってますけど」

「椅子に座っていること自体が、よくないみたい。でも治療を受けてほしいんです、私は」

歯を白くしたり、歯列矯正で歯並びが整うと笑顔が増え、自信もつく。少しでも気持ちが前向きになることでパニック障害も緩和されないだろうか、と八恵が言った。

「それなら知り合いの心療内科医に相談してみます」

本宮医師の顔が浮かんだとたん、言葉が口をついて出ていた。患者への思いに共通する温かさを感じたからだ。

「ほんとですか」

八恵の顔に明るさが戻った。

それを見て、孝昭の心も躍った。姉以外の女性との会話は久しぶりだったからだろう。

「テレビにも出てる先生で、本宮慶太郎っていうんです」

「あの先生とお知り合いなんですか」

八恵も本宮医師の出演した番組を見ていた。司会者を困らせた印象も新鮮だったが、患者への配慮に感心したと八恵は感想を口にした。

「お忙しいでしょうが、たぶん相談に乗ってくれると思います」

「結局、父に感謝しないといけないのかな。いい人を紹介してもらったって」

八恵がはにかみ、小さな八重歯があるのに今気づいた。歯医者の娘なのに八重歯を抜いていないことに、なぜか親しみを覚えた。


「すみません、お昼休みに押し掛けてしまって」

孝昭は本宮医師の顔を見るなり謝罪した。話を聞いてほしいと電話すると、昼休みなら時間がとれると言ってくれたのだ。

「いえいえ、バタバタして連絡せずに申し訳ありません。メールでは、言葉は交わしてないが、落ち着いているとのことでしたが、それは変わりないですか」

「ええ、相変わらずです」

「そうですか。まあ、どうぞ召し上がってください」

テーブルには孝昭の分のサンドイッチとコーヒーも用意してくれていた。

「こんなことまでしてもらって、いいんでしょうか」

「遠慮しないで」

と、さらに勧めてくれた。

「では、いただきます。実はお腹ペコペコだったんです」

孝昭は玉子サンドを頬張った。だし巻き玉子を挟んだ京風のサンドイッチは好物の一つだ。

「話というのはお姉さんのことではないんですね」

「あっ、はい。そうなんです」

「なぜ分かったのか、という顔ですね。表情が明るく、どこか華やいでいる。お姉さんは相変わらずなのだから、お姉さんの話ではないと推察したんです。何かいいことありました？」

「参ったな、先生には。いや取り立てていいこと、というのでもないですが。大きな仕事になりそうなので興奮気味なのかもしれません」

孝昭は、北上八恵とのことを含め、設備関係の一切を請け負うことになった経緯を話した。

「パニック障害対策ですか。それはいいですね。拘束されているような気分になる場所に行くと過呼吸や動悸、めまいなどの症状が出ます。治療どころの騒ぎじゃない。歯の型を取るときが一番発作が起きやすいんです。じっとしていなければならない上に、息苦しいですから。パニック発作をもったクライエントが治療できるようにしてあげることは、実は歯医者嫌いのごく普通の人にも有効なんです。いいところに目を向けられました、北上先生」

「そう言っていただけると思ってたんです。そこで歯科医院用の圧迫感軽減ユニットを先生と一緒に開発できないか、と思いついたんです」

衛生関連商品の開発には、大学で化学や生物学を学んだ研究者が当たる。販売部門はそれを売るのが仕事だ。攻めの営業とはいえ、商品については受け身といっていい。しかし医療従事者と直接話をする営業マンにしか分からない商品への不満もある。フィードバックしても改善されることなど数えるほどだ。

「私、ずっと商品開発に関わりたいと思っていたんです。協力していただけませんか。本宮先生のネームバリューがあれば、社の上の者を説得できます」

「僕が開発までやるんですか」

「企画が通ればの話です。そのときに監修代は相談させてください。まずは企画書に先生のお名前を使用する許諾をいただけないかと」

「積極性が出てきたことは、いいことです。お姉さんのことを考えない時間も絶対に必要ですからね」

「北上先生の前で、シスコンだって言ったら、急に気持ちが楽になりました」

「そうですか。十分あり得ることです。あなたは自分のウイークポイントをよく知っている。これまでの経験から、シスコンだと陰口をたたかれ、噂になることを恐れてきた。そうならないよう、人一倍頑張ってきた。お姉さんのせいで営業成績が落ちたと言われたくなかった。知らず知らずのうちに重荷になっていくが、それ自体を認めたくない。事実お姉さんが好きだからね」

　本宮医師にしては珍しく断定的な言い方だ。

「先生、それじゃ本当にシスコンみたいじゃないですか」

「シスターコンプレックスの定義はさまざまです。恋愛感情など介在せず、一日の大半、お姉さんの心配をすること、また、自分のことや交際相手より優先順位が常に高い状態のことだ、と言う学者もいます。古堀さんの場合はお姉さんが病気という条件付きですが、おおむね該当するんじゃないですか。けれど、大切なのは、学者の定義なんかじゃありません。そこをウイークポイントだと古堀さんが思っている事実です。ややこしいですが、その自覚そのものを、シスコンと言ってもいいんですよ」

「そんな……」

反論できなかった。

「だから北上先生の前でそれを認めてしまうような発言をしたとき、他人に隠すべきウイークポイントではなくなったんです。悪いことではありません」

「やけくそでそう言っただけで、実際には自分をシスコンだとは思ってないんですけど……距離を置いては、と北上先生から言われました」

「いいアドバイスですよ。きつい言い方ですが、お姉さんの病気の何割かは、古堀さん、あなたが作り出している可能性がある」

「私が、ですか」

孝昭は咀嚼をとめた。自分のアパートに友美がやってきたときから生じた、心の奥底にしまっておいた優越感を見透かされたと思った。

友美は、起立性調節障害になるまで、運動もできたし成績もよかった。自慢の姉だったのだ。ところが七つのとき、友美への気持ちに小さな棘が生じた。原因は、孝昭のために父が作った寄木細工の正六面体パズルだ。

友美は苦戦する孝昭を見て笑った。それならやってみろ、と差し出したパズルを姉はあっという間に分解し、そして組み立てた。そのときの父の悲しげな表情に悔し涙が止まらなかった。父の跡取り息子としての期待を裏切ってしまったと受け取ったからだ。

病気で入院していた友美を毎日見舞ったのも、優越感を味わう気持ちがなかったといえば嘘になる。

そんな自分を小さな人間だ、と卑下した時期もある。ずっと「棘」を忘れようとしてきたのに、友美が再び目の前に現れた。

「すみません、気分を害しましたか」

本宮医師が声をかけてきた。

サンドイッチを味わうふりをして、

「そんなことありません」

とコーヒーを飲む。

「責めているのではありませんよ。依存関係というものは、片一方だけで成立しないということです。僕の治療の方向も、まさしく北上医師の提案と同じです。でも、だからといって闇雲(やみくも)に距離を置くと、それこそ共倒れですから、そこは慌てずやっていきましょう」

本宮医師は、おしぼりで手を拭い、タブレットのスリープ状態を解除した。

「往診ですが、今度の日曜日の午後はいかがです？」

「先生がよろしければ、私のほうは大丈夫です」

「では、午後一時に伺います」

本宮医師は立ち上がり、デスクの上にある例のブローチを手にした。

「これを持って行きます。体調を見てお姉さんに手直しをお願いしようと思ってます。なので終わりの時間が読めませんが、古堀さんのご都合はいいですか」

そう言ったとき、デスクの端からひらひらと紙切れが舞うように落ちた。

桜の花の形に切った白い紙だった。紙片には、優秀の文字に二重丸が見えた。

「先生も、お子さんにそれを？」

懐かしさに、つい訊いてしまった。

「いえ、うちの子供のではありません。古堀さんの子供時代には、こういったものを先生が使ったんですか」

拾い上げた紙片をテーブルに載せ、本宮医師がソファーに座り直す。

「私にではなく姉がもらってたんです。たぶん中学校の頃だったと思います。もっと小さなサイズで、ピンク色の折り紙でしたけど」

「ピンク色……それにもこんな文字が書かれていたんですか」

本宮医師が紙片をきちんと広げて文字を示した。

「ええ。優秀に朱色のペンで二重丸。それと同じですが、どうかしました？」

孝昭は、本宮医師のあまりに真剣な目が気になった。

「中学校で使っていたんですね」

「だと思います。ただ私は姉がゴミ箱に捨てていたものを見ただけなんで、詳しく分かりませんが」

それを見たのは、子供部屋で友美と机を並べていた時期だから、小学四年生くらいだったはずだ。ふと彼女のゴミ箱を覗くと何枚ものピンクの花が目に入った。いろいろなものを作る姉だったから、おおかた失敗作だろう、からかってやろうと拾い上げたのだ。

「でも、きれいな桜の形でしたし、中に優秀と書いてあったんで、なんで捨てちゃうんだろうと不思議に思って、それで覚えているんです」

「どうして捨てたのか、お聞きになりましたか」

「ええ。訊いたら、こんなもん嬉しくないって言って、手でちぎって粉々にしてしまいました」

「何枚もあったんですよね。それを全部？」

「たぶん。私なら、優秀だなんて書いてあったら捨てずにとっておきます。あまり褒められなかったもんで」

と笑ってみせたが、本宮医師の表情はほぐれなかった。

「生徒を褒めるのに、大津市の中学校では流行っていたことなんですかね」

「いや、そんな記憶はないです。私も同じ学校ですけど、見たことないですね」

「お姉さんのクラスだけってことか」

本宮医師はひとりごち、

「お姉さんがまだ持っている可能性はありませんよね」

と質問した。

「ないとは思いますが、あのう先生、その紙の桜と、姉の病気とに何か関係があるんでしょうか」

そもそも本宮医師が、どうして紙の桜を持っていたのだろうか。いや、友美の治療に関係があるから用意していたのではないのか。

「いえ特には。別件で気になることがありましてね。偶然、こんなものを使った人のことを調べていたもので」

本宮医師にしては歯切れが悪かった。

「学校の先生ですか」

「ええ、まあそんなところです。このことはお姉さんには確認しないでください。不用意に過去を思い出させてもいけませんのでね。あなたが四年生なら、お姉さんは十五歳くらいということになります。不登校になった時期に近いですし」

「やっぱり何かあるんですね」

「いえ、もし治療に関係があれば、包み隠さずお話ししますから。先ほどの話ですが、企画の意図も承知いたしましたし、北上先生にもできるだけのことは協力させていただきます、とお伝えください」

本宮医師は、話を打ち切る合図のようにパンを口に放り込んだ。

10

慶太郎は自分の作った紙の桜を手に取り、じっと見詰めていた。

皿やカップを下げに来た澄子が、

「それ、治療に使うの？」

と話しかけてきた。

「話してなかったけど、こんなものが吉田神社の事故現場で発見されているんだ。それも被害者が握りしめていたんだって」

光田からの極秘情報で、実際はピンク色の紙で一回り小さい、と説明した。

「やだ、どっぷり事件に首突っ込んでるんじゃない。もうそんな暇、ないんだからね」

澄子がドシッと音を立ててソファーに座った。

「まあ聞いてくれ。何だか妙な具合なんだ。ここだけの話として、澄子にも聞いてほしい」

慶太郎は、光田のもたらした花型の紙片の情報と、そこから推測される被害者と犯人との関係を澄子に話した。

「もらった瞬間は悪い気しないけど、大学生なら幼稚な感じがして嬉しいとまではいかないんじゃない？」

澄子は紙片をひらひらと弄ぶ。

「で、さっき来た古堀さんが、それを見た。同じものを友美さんが中学生のときに持っていたというんだ。友美さんも嬉しくないってゴミ箱に捨てたらしい」

「ちょっと待ってよ、慶さん。そんな偶然ってある？」

澄子が手の紙片を突き放すようにテーブルに置く。

「それは僕がコピー紙でこしらえたものだから」

「分かってるけど、ゾッとしたわ。被害者の弁護士さん、神戸の人だったわね。なら、やっぱり偶然ね。友美さんは嬉しくなかったかもしれないけど、他の中学生なら喜ぶかもしれないし、そんなに珍しいものじゃない」

「むろん事件現場のものと同じであるわけはないと思う。だけど澄子同様、僕も鳥肌ものだった」

「慶さんのさっきの様子だと、変な想像してたんでしょ？」

「分かるか、やっぱり。もの凄く馬鹿げたことだから口に出すのもはばかられる」

ある人物の死亡を報じた新聞を捨てる行為の説明として、矛盾しない仮説だった。

「それは短絡過ぎるわ、慶さん。往診の大義名分を事件の解決だとしたい気持ちが、強引な仮説を生み出すんだわ」

危険よ、と澄子は強い口調で戒めた。

「分かってる。だって友美さんは、中学生のときに粉々にして捨てているんだから、残っているはずがない」

すべてを捨てたとは言い切れないことを分かっていながら、慶太郎は言葉にした。安易な解答に飛びついてはならない、と自分に言い聞かせるためだ。

「ねえ、慶さん」

澄子の声は低くドスが利いていた。

「何だよ？　怖いな」

「はっきりさせておいたほうがいいと思う。光田さん、遺留品からは複数の指紋が検出されているって言ってたんでしょう？　なら、次の往診で友美さんの指紋が付いたものを持って帰ってくればいいわ」

「澄子、お前……」

「疑うなって言っても、想像はどんどん膨らんでいく。それはそれで友美さんが可哀想だし、失礼な話だとも思う。それなら科学的に証明してしまうべきよ」

「言う通りだけど……僕がやるってのがな」

「じゃ、誰ができる?」

　そう言われると慶太郎に言葉はない。

「そうと決まれば、日曜の往診の後、すぐに指紋の照合ができるように手配をしておいたほうがいいわよ。どっちみちクライエントを疑ってたら治療なんてできやしないもの。光田さんに連絡しなさいな、ハイ」

　と澄子は、陸上競技のリレー選手のバトンのように慶太郎のスマホを差し出した。

「光田さんの鼻息が聞こえてきそうだよ」

　慶太郎は深呼吸して、スマホの画面に表示された光田の番号をタップした。

　すぐに電話に出た光田に、友美のことは伏せ、現場に残された桜の花型の紙片に付着していた指紋と、自分が採取した指紋とを照合できるかを問うた。

「やっぱり先生は凄い。もうそこまで……やります、やらせていただきます。その辺りは何とでもしますから。いやー、それにしても驚きです。久しぶりに総毛立ちました。ご覧に入れられないのが残念なくらいです」

　電話を切ると慶太郎は、

「鼻息どころじゃなかった」

　そう漏らして澄子を見た。

「そりゃそうよ。奇跡的な偶然によって一気に事件に関与した人間、ううん、ほぼ犯人が特定されるんだから。新聞記者としてスクープ中のスクープになるわ」

「君まで鼻息を荒くしてどうするんだ。ああ、どうして僕は、事件に深入りしてしまうんだろう」

　まだ握り続けていたスマホをテーブルに置く。

「私も事件なんていやだわ。でも、いま思ったんだけど……やっぱり言わない」

　と澄子がソファーから立ち上がろうとした。

「おいおい、言いかけたんなら途中でやめないでくれよ。精神科医の気持ちを乱してどうする」

　澄子は座り直し、

「慶さんの使命なのかもって、光田さんとのやり取り聞いていて思ったの」

　と慶太郎を見詰める。

「大げさだな。僕の仕事は心の不調を改善してあげることだよ。警察官や弁護士とはちがってね」

　妻の言葉が照れくさく、慶太郎は足を組み直した。

「犯罪の加害者も被害者も、その家族たちも、もっと言えば通りすがりの目撃者さえもみんな心が傷ついてるって、慶さんは思ってるんでしょう？」

「事実、そうだからね」

「犯罪を中心に慶さんが救ってあげたい人がうごめいてるのよ。裏を返せば、そこに助けてほしい人が集まってる」

「そこに引き寄せられているってことか」

澄子が使命という言葉を使った本意が分かった。

「被害者に関心が向いているのは、警察が犯人を逮捕するまでだわ。加害者が判明すれば、いずれ世間の人は事件そのものを忘れてしまう。加害者の家族に至っては、端から考えの中にないわ。傷ついているのに。でも、そこまで気配りするのが本宮慶太郎じゃないの？」

「そう言ってくれると動きやすいよ」

「それもこれも、クライエントがたくさん来院してくださるからよ。みなさんの悩みだって事件なんだから。もう少し桜らしく見えるように色を塗ってあげる」

とウインクし、澄子はスケジュールの調整をすると言って、診察室を出て行った。

その日の診察を終えた後、大手を振って友美のことを調べることができると、慶太郎は大津の『斎藤こころのクリニック』に電話をかけた。

運よく斎藤院長につながり、十九年前にうつ病だと診断された女子高生のことを問い合わせたが、やはり年月の壁は厚くカルテは処分したという返答だった。

ここで引き下がっては澄子の言う使命を果たすことができない。当時の担当医が分からないかと食い下がると、斎藤は前院長に聞いてみると言ってくれ、電話をそのまま保留に切り替えたようだ。保留になったことが、すぐに分からなかったのは、音が聞こえない程の静かな始まりのエリック・サティの「三つのジムノペディ」第一番だったからかもしれない。

嫌いではない曲に耳を傾けながら、どこかで友美が人を突き落とすことなどできるはずがないし、何かの間違いだと思っていた。その一方で加害者をも救わねばならないとなれば、これからのカウンセリングの難しさに身震いせざるを得なかった。

音楽がプツッと切れると、

「お待たせしました。前院長の斎藤湖一に代わります」

という声が聞こえた。

「前院長が直接？」

「ええ。私の父です。隣の自宅におりますんで」

「そうですか。助かります、よろしくお願いします」

「もしもし、斎藤です。本宮先生、テレビで拝見しました。いやー面白かったです」

ゆったりとした話し方で掠れ気味の声、七十代だろうか。

「お恥ずかしい限りです、諸先輩を差し置いてテレビでカウンセリングをするだなんて」

「私はいいと思いますよ。心療内科への理解が広がるんじゃないかな」

慶太郎がコーナーの初回で、最近のテレビに多い過剰な演出やおふざけができない雰囲気を醸し出した、と斎藤は評価してくれた。

「そう言っていただけると、番組を続けていく価値もありそうです」

「ぜひ、間口を広げてください」

「恐れ入ります。それでですね、ご子息にもお伝えしたんですが、クライエントである古堀友美さんの過去の病状を調べておりまして。もし覚えておられたらと連絡させていただきました」

「その件ですが、カルテは五年で処分しています。ただ私は毎日、日記を付けてましてな」

その習慣は、医師となって患者を初めて診察した日から一日たりとも途切れてはいないのだそうだ。

「それは凄いですね。僕も日記は付けていますが、気の向いた日だけで」

「まあ癖になってるんで、書かないと眠れんのです」

「では、そこに古堀友美さんのことも？」

「ええ。近くクリニック開業の歴史をまとめようと昔の資料をひっくりかえしていたところでしてね。なんせ本宮先生からの問い合わせだ、慌てて探しましたよ」

斎藤は大きな声で笑った。

クリニックを開院したのが二十二年前で、まだクライエント数が少ないこともあって、友美の名前は容易に見つけ出せたそうだ。

「本宮先生みたいに人気があればいいんですが、開院当初は火の車でしてね」

「いや、うちもテレビのお陰で何とか回り出したって感じです。その古堀さんですが」

慶太郎は現在の友美の状態、同居する弟の世話をみるほど回復していたが、今年四月頃より抑うつ傾向を示し、自室へ引きこもり日常生活にも支障をきたしていることなどをかいつまんで話した。その上で、この問い合わせが診療目的の医療情報に当たり、個人情報保護の観点に則って（のっと）いる旨を確認し、後に正式な書類を提出する用意があることを伝えた。

「いやいや、堅苦しい書類は結構です。カルテの開示でもありませんしね」

「ご協力、感謝します。彼女が来院したときの様子は分かりますか」

　慶太郎はメモ用紙の上でボールペンを持ち直す。

「日記を読んでいるうちに、何となく思い出してくるもんですね。気になる患者の一人だったようだ。私は五十前で、さっき出た息子が医大に入学し、下に娘がいるんですが、これが十七歳。娘に近い年齢だったから印象に残ってるのかもしれません。日記にはこうあります。『四月十一日、初診。母記述の初診カードに、自分の体を傷つけるという文言あり、要注意。クリニックには母親が無理やり引きずってきた印象。学校に行かない、ご飯を食べない、部屋から出ない、何を聞いても返事をしないと、母親が興奮気味でまくし立て、当人はうつむき沈黙、終始無表情。世間話の後、ようやく引き出した当人の言葉は身体が怠くて動けない』」

「傷は手ですか」

　十九年前に今のようなニードルで羊毛を突くフェルト手芸が流行っていたとも思えない。となると刃物で切る行為だろう。多くは手首から腕にかけてになる。

「それに関して初診では確認してないみたいです。十八日の二回目の診察で『親指に傷あり』と記してますからね。さらに『顔色悪し。母に問えば、食事を摂らず、昼夜逆転の暮らし。昼寝をしているとき大きな声で叫ぶこと数回あり』と」

「悪夢を見ていた可能性もありますね」

　孝昭が夜中に聞いた友美の叫び声と同類のものなのだろうか。

「倦怠感に悪夢、それに三回目の診察でこんな話が出た。『母親、父親を極端に毛嫌いすることに困惑。家族がバラバラになっている。当人、自分は悪い子だから、いなくなったほうがいいと漏らす』」

「お父さんを毛嫌いしていた、というのは弟さんからも聞いてないですね」

「それで、滅多にやらないんですが、個別面接を行ったんです。すると表情が少し変わったみたいだ」

電話の向こうでページをめくる音がして、斎藤は続ける。

「記憶が鮮明でないところは日記を引用させてもらいます。『母親と別にされた娘は、通常は一人にされたことに不安を覚えると思うが、彼女はむしろホッとした顔つきになった。そして母親の待つ待合室を見る目に冷たいものを感じた』」

「なるほど、気になる反応ですね」

「さっきも言いましたが、娘がいます。思春期の女性の冷ややかな目というものに、私自身が敏感になっていたんで、気づけたんだと思います。この後にそのようなことを綴ってますんでね。そもそも娘が、私に対して距離をとり始めた時期と重なったために、日記で詳しく触れたんです。得てして身内の精神状態のほうが判断しにくいもんですからね。ただ、娘と明確に違う点として自傷行為がありました。登校拒否、男親への嫌悪、抑うつ症状、さらには母親への冷たい視線から、あることを疑った」

斎藤が息を吐き、

「父親からの虐待です」

と重い口調で言った。

「それは性的な暴行という意味ですね」

確かめるのも嫌な言葉だ。孝昭からまったく得られていない情報だが、慶太郎は驚かなかった。たとえ、そんなことがあったとしても、友美は姉としてそれを弟に言えるはずがなく、孝昭が知らないのも当然のことだからだ。

「得てして父親からの暴力を受けている女性は、それを止めてくれない母親に失望するものです。で、母娘の間に冷たい風が吹く。しかしながら本人からは聞き出せなかったので、事実は分かりません。その前の起立性調節障害での入院も、一種の逃避ではなかったかと考えられます」

「詐病（さびょう）だとおっしゃるんですか」

「徴候はあったんでしょうが、入院するほどではなかったのかもしれないですね。母親が言うには、退院してきてから引きこもりが始まったようですから」

トラウマから逃避できていたのに、退院して元に戻ったことが心的外傷後ストレス障害を悪化させ、うつ病へと移行したと斎藤は診断した。

「それで薬物療法を？」

「ええ。迷ったんですが、自殺されては困るんでね。リフレックスを処方しました」

「一五ミリグラムを一回ですか」

「いや、二回で一回は就寝前と記録してますね。それが徐々に増えていて最終的には四五ミリまでになってしまったようです」

「効果は、いかがでした？」

　十七歳以下ではそれほど効果は認められていない薬だ。そればかりか、眠気や倦怠感といった副作用に注意が必要になる。場合によっては、さらなる希死念慮を生じさせることもあるのだ。

「自傷行為は止んだみたいです。ただ、だんだん診察のインターバルが空いていきました。そのうち通院しなくなったようです。この患者に関して、日記で触れているのは四月から六月くらいまでの三カ月間で、それ以降はまた別のクライエントについて書き込んでます」

「通院をやめてしまうリスクについて、説明されなかったんですか」

「開院以来、来る者は拒まず、去る者は追わずというスタンスでやってきましたから。自分の意思で受診してもらわないと良くならないですからな」

「別のクリニックを受診したか、も分からないってことですね」

「それもクライエントの自由意思です」

斎藤の自信を持った言い方が引っかかったけれど、

「あの、登校拒否のほうですが、まったく学校に行かなかったんでしょうか」

と慶太郎は質問を変えた。

「えぇっと、こんな記述がありますね。『時折登校するが、昼前には帰宅。弟の手前、それは隠している』。ほとんど通学してないことは、弟さんに話してないんじゃないでしょうか」

「先生のクリニックに通院しなくなってからは、学校に行ってないことを両親も隠さなくなったようです。弟さんも知ってましたしね。学校やそれ以外かもしれませんが、誰かから優秀だと褒められたという話が出たことはありませんか」

「褒められたこと？　自己肯定するようなことは、たぶん聞いてないですね」

そう言ってから少し間が空き、

「そんな話、やっぱり書いてないようだ」

と斎藤が言った。

「では、優秀と書かれた花型の紙に心当たりはないですか」

「優秀と書いた……そんなのがあったら、必ず日記に書いてるでしょうな。とにかく当時は父による虐待、それを止めてくれない母への怒りで、彼女の心は壊れている状態だった、と診断してます」

「つまり心的外傷後ストレス障害によるうつ状態だと」

慶太郎は再度、診断結果を口にした。

「ただ本宮先生、私は今、安心もしています。だって、そうじゃないですか、トラウマを抱えながらも、その後十九年間自死せず生きていてくれたんですから」

「……確かにそうです。貴重なお時間をいただき、ありがとうございました。大変参考になりました。今後の治療に役立てていきます」

「また何かあったら電話ください。時間が合えば一献傾けましょう」

「ぜひ」

慶太郎はまた礼を述べ、電話を切った。

友美が父親からの性暴力を受けていたとすれば、斎藤の診断もうなずける。

ただ、もしそうなら吉田神社の事件との関係に変化が出てくる。恨むべきは父親であり、島崎ではない。島崎に優秀の紙を渡す意味もなければ、突き落とす動機もなくなる。無関係であったものを、新聞を捨てた行為だけで強引に結びつけてしまったのかもしれない。

慶太郎は、デスクの上の澄子が色を塗った紙の花を手に取る。

孝昭は友美がこの紙の花を所持していたところを目撃している。裏に優秀の文字と朱色の二重丸まで一致しているのだ。似たものが現場に残されていたのが偶然だ、とは思えない。だから、友美の指紋を採取しようとしているのではないか。

　親子関係については、孝昭を含めてヒアリングしなければならないと考えていたが、父娘（おやこ）関係を優先して探らねばならなくなった。まずは斎藤の見立てが正しかったかを見極める必要がある。トラウマを抱えていたとしても、十六歳の少女にいきなり薬物治療は早計だ。

　リフレックスは、注意すべき様々な副作用がある薬だが、それ以上に急な服用中止のほうが危険なのだ。ことに希死念慮を抱く患者は、中止を機に最悪の場合、命を絶つ恐れがある。

　父親からの性的暴力を疑っているならば、なおさら追跡の必要があった。少なくとも母親には治療中止のリスクを説明しておくべきだ。

　友美のトラウマからすれば、去る者は追わずは無責任だと言わざるを得ない。

　慶太郎は立ち上がると、鞠小路院にも持ち込んでいる木刀を手にした。正眼（せいがん）から上段に構えを変え、仮想の相手の面を打った。木刀の風を切る音が診察室内に響いた。

11

　連日の診療とカルテの整理で疲れ、睡眠導入剤の力を借りないと眠れなくなっていた。そのせいもあって友美の往診日、慶太郎にしては珍しく朝寝坊をした。

「目覚まし鳴った？」

着替えて洗面所から出ると午前九時を指す壁時計を睨み付け、リビングテーブルに着く。

「鳴ったけど、すぐに自分で止めたみたい。音がすぐにやんだから起きてくると思ってたら来ないし、心配になって見に行ったわよ。いびきかいてた」

澄子が吹き出す。

「起こしてくれればいいのに」

「日曜日だし、いつもと同じ時間に起きなくていいと思ったの。往診の時間にさえ間に合えばいいんでしょう」

澄子はサラダとトースト、コーヒーをテーブルに置いた。朝餉の香りで、お腹の虫が鳴った。

「尊は、道場か」

テーブルに付属するマガジンラックから朝刊を引っ張り出す。

「道場だけは文句言わずに行くわ」

「先生の教え方が上手だからじゃないか」

自転車で五、六分のところにある剣道場の師範は諸岡研吾という警察ＯＢだ。七十歳を超えてなお、矍鑠としていた。尊の入門時に会ったが、物腰が柔らかく表情も柔和な印象だ。見学した稽古でも、褒めて育てる指導方針らしく好感を持った。加えて澄子には内緒だが、指導を手伝う諸岡の孫娘がアイドルはだしの容姿で、男女を問わず練習生に人気があるようだ。練習の合間に、彼女を中心に車座ができる。

「あのお爺さん先生、優しそうだものね。私はついガミガミ言っちゃうから反発するんだろうけど、笑ってばかりはいられないし」

澄子は慶太郎の前に座って、ハーブティーをマグカップに注いだ。ローズマリーとハイビスカスの甘酸っぱい香りが食卓に加わる。

「この頃、相手をしてやる時間、本当になくなったもんな」

澄子に言われる前に、予防線を張ったけれど、尊はもうプラモデルよりも異性のほうに興味を持ち出しているのかもしれない。成長したと慶太郎は喜びたいが、澄子は複雑だろう。

「仕方ないわよ。こんなこと今だけだから」

「かもね」

慶太郎はポテトサラダを食べ、新聞を広げる。大方の読者がやるように、大見出しにサッと目を通し新聞記事の全体像をとらえ、興味ある記事だけ本文に目を通す。

「うん？」

視線を止めた。

「どうしたの？」

「吉田神社の事故の記事、小さいけど載ってる。転落した弁護士の顔や着衣、現場の遺留品から痴漢対策用のスプレーの成分、オレオレジン・カプシカムが出たことを公表したんだね。で、事故から事件捜査に切り替わったみたいだ。捜査本部が設置されたとある。それに、まだ関連は不明としながら、島崎さんにかかってきた女性からの電話について着目してるって」

「殺人犯は女性って言っているようなものね。例の花型の紙のことは？」

澄子もサラダを口に運ぶ。

「まだ、報じられてない。助かった」

そんなものが新聞に掲載されて友美が目にでもしたら、発作的に何をしでかすか読めない。たとえ島崎の事件に関与していないとしても、友美に花型紙片に秘められた過去があることは確かなのだ。散り散りに破り捨てるだけの動機がある以上、良い思い出であるはずがない。

「光田さんのように口の堅い記者だけじゃないでしょう？」

光田が重要証拠の花の紙を聞き出したように、他の記者も知る可能性がある。

「痴漢対策用スプレーもテレビに漏らした者がいるからね。その場合の用意もしておかないといけないな。古堀さんに連絡して、往診の前に少し話をするよ」

慶太郎は新聞を畳み、トーストを頬張った。


慶太郎は、孝昭のアパート近くにあるファミリーレストランで打ち合わせをしてから、友美に会うことにした。

店内は日曜にもかかわらずそれほど混んでおらず、二人は壁際の話しやすい席に座った。ドリンクバーを注文して慶太郎はコーラ、孝昭は紅茶をテーブルに運ぶ。

「北上先生のほうの企画はどうですか」

慶太郎はおしぼりで手を拭いながら尋ねた。

「企画書への反応はいいです。先生に監修をしていただくことになりそうなので、そのときは上司と正式な書類を持ってクリニックに伺います」

「それはよかった。歯科クリニックの準備のほうは進んでいますか」

「そっちはまだ二つの候補地で迷ってらっしゃいます。私が見た感じでも、甲乙つけがたいですね。もうちょっと悩まれるかも」

「いずれにしても古堀さんがリフォーム案を作成されるんですね」

「北上先生はそのつもりのようで」

孝昭は照れ笑いを浮かべ、すぐにおしぼりで顔を拭った。

「カウンセリングの前にご足労いただいたのは、二、三伺っておきたいことと、内密な話がありまして」

と慶太郎は、静かに切り出した。

「こちらこそ、ご配慮に感謝します」

慶太郎は、まず以前通院していた『斎藤こころのクリニック』の、友美を診た当時の医師と話したことを伝えた。ただし、性的虐待については孝昭が小学生だったことを考慮して伏せた。

「友美さんが登校拒否となった原因の一つに、親子関係があるのではないか、と斎藤医師はみていました。お姉さんとご両親の関係はどうでした？」

「私も子供でしたので、よく分からないんですが、姉が入院するまでは普通の家族だったと思います。普通っていうのがどんなものかと聞かれると困りますけど」

「そうですね、お互いがある程度本音で話し、本気で怒ったり、笑ったりできる家族を普通だと定義して、それでどうだと思います？」

「それなら、母親に怒られるのは私のほうです。姉が叱られているのを見たのも、やっぱり入院してからですね。しゃんとしなさいって」

「お父さんはどうですか」

「姉は怒られたことないと思います。前にも言いましたが優等生だったし、何より父のお気に入りです」

孝昭の言い方にはジェラシーを含んでいる風に感じた。

「入退院の後も、ですか」

「変わらなかったんじゃないですかね。斎藤先生は、どうして姉の病気の原因を親子関係にあると思われたんでしょうか。そこが分かりません」

と孝昭は、ようやくカップからティーバッグを取り出した。コーヒーのように濃くなった紅茶を啜る。

「理由については十九年も前のことですからはっきりしません。虐待を疑っていたという以外は」

「虐待だなんて、何を馬鹿な」

孝昭が声を荒らげ、カップをソーサーに乱暴に置いた。

「落ち着いてください、古堀さん。あくまで当時の斎藤先生の見解です」

「す、すみません。あり得ないことだったから」

孝昭は肩で息をしながら、うつむいた。

「不登校になる前に、すでに相当なトラウマを抱えていた。そう判断した結果、斎藤先生が導き出したものです。お姉さん自身が虐待されたと告白したんじゃない。むしろ登校拒否や引きこもりの理由が見当たらなかったんだと僕は思っています。ですが、まったく根拠のない診断も下しません。だからあえて古堀さんに伺っているんです」

些細(ささい)なことでいい、家族として何か違和感を覚えたことがないか、と訊いた。

「厳しい人です、父は。曲がったことが嫌いで、正義感は人一倍強い。虐待は絶対にありません」

　そう言い切った孝昭は涙目をしていた。

「分かりました。この件は忘れましょう」

「先生……」

「当時小学生だったあなたに酷な質問でした。本当の原因を見つけるためだと思ってお許しください。もう一つ、お話しすべきことがありまして。先日、花型の紙のことを話題にしました。お姉さんに関係がある場合、きちんと話すと言いましたね」

「やっぱり何か」

　孝昭は新しいおしぼりを袋から出した。逸(はや)る気持ちを抑えようとする行為だ。つまり紙片のことを話してから、ずっと心にひっかかっていたのだろう。

「本当はきちんと調べた上でお話ししようと思っていました。しかし、今日の朝刊を見て、それではさらに大変なことになりそうだと判断したんです」

「朝刊に載ってましたね。姉はまだ気づいてません」

　今自分が持ち歩いている、と傍らの黒い鞄に目をやった。

「そこにあった情報は、テレビですでに知っていた内容だったでしょう？」

「ええ、スプレーの成分名がはっきりしましたけど」

「先走った記者によるリークで、テレビに流出したんです。もう新聞社も隠す必要がなくなってしまった」

「じゃあ本来は伏せておくべき情報だったんですね」

「そうです、現場に残された重要な証拠になり得るかもしれないですから。とんでもない記者がいたもんです。今後も同じことが起こる可能性があります」

そんな裏事情を懇意にしている新聞記者から聞いたと話し、

「その記者から、遺留品に関し精神科医としての見解を求められている。それがこれなんです」

と、慶太郎は花型の紙片をテーブルの上に出した。

「先日先生のクリニックで拝見したものですね。あっ色も。これが遺留品って……いったいどういうことですか」

孝昭は紙をつまみ、目だけ慶太郎に向けた。

「同じ形状をした、ピンクの折り紙が弁護士の転落事故現場から見つかったんです。裏の白地に『優秀』と書かれ、朱色の二重丸がされていたそうです。それと同じように」

慶太郎は彼の手と顔に目をやる。紙片の震えは、心臓からの振動だろう、にわかに激しくなっている。

「そ、そんな、そんなこと、あるはずない……姉がそんなことをするはずないじゃありませんか」

「僕も、そう思っています。だからこそ古堀さん、あなたにお話ししているんです。警察の捜査に支障をきたしかねない秘密の暴露になると、分かってのことなんです」

いま孝昭を動揺させたまま、友美のカウンセリングを行うことはできない。元々敏感で繊細な友美は、孝昭の小さな心の変化にも反応するからだ。今後も彼の協力なしに友美の治療はできない。

「ではどうして、これが転落現場にあったんですか。痴漢対策用のスプレーの成分が弁護士に付着していたってことは、それを使った後に石段から突き落としたってことですか」

孝昭は紙片を離した右手を自分に引き寄せ、左の掌(てのひら)で包み込んだ。すでに彼の頭の中では、友美が現場に立っている映像が動き始めている。目の前の紙片と、小学生のとき見た、友美が破り捨てたものがオーバーラップしてしまっているようだ。

「これは、お姉さんが所持していたものではありませんし、現場に落ちていた実物でもない。それに、これを持っていた人物が弁護士さんを突き落としたと決まったわけでもないんです。いったん冷静になってくださいい、古堀さん」

と呼び掛けた。

「は、はい。深呼吸、ですよね」

孝昭は胸を膨らませたが、咳が込み上げて上手く息が吸えない様子だ。このまま浅い呼吸が続くと過呼吸になる。

事件に関連しているかもしれないという衝撃が大きいのだろうが、友美の過去を思い出し、自分もその頃に戻った瞬間に激しい身体反応を示したように見受けられる。どうやら孝昭にも、少なからず親子間の問題を抱えていた可能性がある。

「古堀さん、僕と一緒に一から十まで、数を数えてみましょう。息は自然でいいですよ」

慶太郎は指を折りながら、数を数える。

「一、二、三、そうです、その調子……」

孝昭は一つ数えるごとに、うなずき、徐々に呼吸が整ってきた。

「八、九、十。先生、ありがとうございます。落ち着きました」

「深呼吸が上手くできないときは、今のように十数えてください。そして落ち着いたら、また深呼吸をするといいですよ」

「すみません、私がこんなことでは」

孝昭はうつむいて首を振りながら、情けないという言葉を連発した。

「そんな風に自分を追い詰めないでください。これまでもずっと言ってきましたが、お姉さんのことと同じくらい、自分のことも大事にしないといけません。子供の頃の辛かったこととか、嫌だった思い出がふと頭に浮かんできた場合は、僕に話してほしい。お姉さんの治療に関係ないなんて気遣いは無用です。関係あるかないかは、専門家に任せてください。いいですね」

慶太郎は、孝昭にも「自己開示」してもらおうと思った。「自己開示」は文字通り、自分の考え、経験、人生観などこれまで秘密にしておいたことをさらけ出すことだ。一般的に人間関係を強く結びつける作用があるけれど、カウンセリングでは、自分でも気づかなかった自己に向き合い、それをよい方向へと差し向けることを目的とする。

例えば、友達と喧嘩別れしてそのままになっていることが、ずっと頭から離れないクライエントがいたとする。謝れなかったと後悔しているのなら、喧嘩の直後、顔を合わせなくてよかったと助言する。もし会っていたら「悪かった」という気持ちが生まれることがないほど、関係を悪化させたかもしれないからだ。後悔していることこそが、友情を保った証左だと、方向を転換させていく。喧嘩別れも悪いものではない、と前向きにとらえられるはずだ。

「……先生、そこまで私たちのことを」

「あなたの性格ですから、はいそうですか、そうさせてもらいます、とはいかないでしょう。それはよく分かっています。今やった呼吸と同じようにゆっくり、ゆっくりとね」

と慶太郎は微笑み、普段通りの顔つきで続ける。

「現場にあったこれが、お姉さんのものという仮説で考えてみますね」

慶太郎がテーブルの紙の桜花をまた手に取る。最も悪い状況から始め、徐々にストレスを和らげていく方法をとったほうがいいと判断した。

「姉のもの」

「仮説ですよ、あくまで。ゴミ箱に捨てられた花型の紙をお姉さんが保管していた。その可能性はありますね？」

「ええ、私が見つけることを前提に、捨てたのかもしれません」

孝昭はそれほど考えずに言ったように感じた。熟考しての発言よりも自己開示の度合いが高いと見るべきか。とすれば、小学生の頃に抱いた感情に近いものということになる。

「あなたが見つけることを前提に、というのはどういう意味ですか」

見当はつくけれど、聞き出すのが仕事だ。

「優等生の姉は、私の自慢でもありましたが、比べられる対象としては憎らしい相手でもあったんです。絶対私には言ってもらえないですよ、優秀なんて言葉。それを知っていて、私はこんなもの捨てるほどもらってるって、自慢したかったんじゃないかと思ったのが、正直な気持ちです」

「破ってみせることで、わざとあなたの気持ちを逆撫でしたと？」

「僻んでましたから、悪いほうに受け取ったんです。でも悔しさを表に出せなかった。そのほうがもっと惨めだと分かってたんで」

「それならすべてを破り捨てなかったとも考えられますね。ゴミ箱に捨てるのは、あなたが発見するまででいい。目的を達すれば、手許に残したかもしれません」

「現場に残されていたものは、やっぱり姉の……？」

孝昭は悲しげな目で慶太郎を見た。

「そうだとすると、それがどうして弁護士転落現場にあったのか考えなければなりません。その前に、お姉さんと島崎という弁護士の接点があったか否かについては、いかがです？　心当たりはありますか」

「まったく、ありません」

孝昭は即答し、

「と、思います。実家にいるときに知り合ったのなら、私には分かりません」

と言い直した。

「吉田神社の事故がニュースになってから、ご両親と話されましたか」

「一度、電話をしました」

「そのとき事故の話は出ませんでしたか」

「お互いの体を気遣って電話を切りました。特に姉の様子を気にしてました」

友美が京都に来てから、話題は友美の容態のことばかりだそうだ。

「ご両親が、お姉さんと直接話すことはなかった？」

「それはなかったです。呼んでも部屋から出てこないし、第一本人が嫌がります。嫌がるって言っても、さっきの話じゃないですが、虐待を疑われるような険悪なものじゃなくて、家を出て弟のところにいることが恥ずかしいみたいです。まあ、口うるさいから家出をしたんでしょうから、格好付かないんでしょうね。今さら何を言えばいいんだって、漏らしたこともありました」

「じゃあ京都に来て九年間、顔を合わせることはなかったんですか」

「いえ、当初は両親がうちに来たことが何度かありました。でも姉は部屋に閉じこもり出てきませんでした。そのうち体調がよくなると、少しは話すこともありますが積極的という感じじゃないですね。それでも実家には帰りたがらなかった」

やはり友美と両親の間には、何かある。突然家出をして実弟の住まいに居候する娘に対して、心配することは親として当然の感情だ。だとしても九年という月日を経てなおわだかまっているとすれば、どちらかに許しがたい何かがある。

「お姉さんのほうは、ご両親のことを気に掛けてますか」

「……心配はしていると思うんですが」

「言葉としては、出てこない。そうですね」

「ですが、憎しみ合っているんじゃないんです、本当に……」

「もちろん分かっています。僕が知りたいのは、少なくともご両親はお姉さんのことを心配しているということ。そして、もし亡くなった島崎弁護士さんを知っていたとすると、当然話題にのぼるであろうこと、なんです。その点はどうですか」

　紅茶を飲み、少し考えてから、

「母がこんなことを言ってました。テレビで吉田神社が映ってたけど、あんたのアパートの近くやなって。でも、亡くなった人のことには何も触れなかった気がします」

「お姉さんは知っていたが、ご両親は知らない。これも仮説です。そんな関係の弁護士と接点があるとすれば、いつ頃でしょうね」

　孝昭は十八歳で京都の会社に就職した。そのとき友美は二十三歳。二十六歳で家出をするまで引きこもりの生活をしていたが、体調のいいときは工務店の経理事務を手伝っていた。

「あなたが高校生のときに、お姉さんが島崎弁護士と知り合うことがあったのかどうか。また二十三歳から京都に出てくるまでの三年間で、そんな機会があったのか。考えてみてください」

慶太郎はコーラのおかわりをしに立つ。孝昭の緊張を解くためだ。コーラディスペンサーの前に立って一息つき、できるだけゆっくりと時間を稼ぐ。

ちらっと孝昭を見ると、スマホで誰かと話していた。垣間(かいま)見る表情から、おそらく実家への電話にちがいない。

盆に孝昭の分のコーラも載せた。たぶん冷たい飲み物を欲すると思ったからだ。電話が終わった頃に席に戻る。

「先生」

スマホをテーブルに置きながら孝昭が言った。

「電話はご実家に？」

そう言いながら、コーラを彼の前にも置く。

孝昭は礼を言って、

「ええ、父に。そしたら、やっぱり島崎さんなんてまったく知らないそうです。むろん母も。うちは小さな工務店ですが、土地の境界線とか、空き家の相続なんかで相談する弁護士さんが地元にいるんだそうです。単独では予算がないんで、周辺の住宅設備会社や下水道工事会社、電機メーカーが何社か共同で顧問契約してるみたいで。弁護士といえば、その方しか面識はないということです。で、私が知る限り姉は一日の大半を自室に閉じこもってたんで、あんな有名弁護士と関わり合いになるとは考えられません」

とコーラを口に含む。

「なら、九年前、京都に来てからの関係しか残ってませんね」

「かなり調子が良くなってましたけど、買い物ぐらいしか外出してないです」

孝昭は首を垂れた。

「とはいえ二十六歳から三十五歳までの期間に接触したとします。するとこの優秀の紙の存在がおかしくなる。中学生のときにもらった、こんなものを持参して何をしようとしたのか分かりません。結論から申します。現場に残されていた紙の優秀の文字は、筆跡から島崎さんが書いたものである確率は高いそうです」

「じゃあ姉は中学の頃に」

「お姉さんが中学生のとき、島崎さんは二十四歳で神戸の大学に通っていた。接点があるようには思えません」

「何が何だか分からない」

「ここでもう一つの仮説です。現場のものと、あなたがゴミ箱で見た桜型の紙は別物だ。つまり現場にお姉さんは行っていない。それを証明したいんです」

孝昭に内緒で指紋を採取することも考えた。しかしそれはどう考えても、信頼関係を最も重視しなければならない精神科医のやることではない。自分の仕事は、犯人さえ特定できればそれで終わりではないのだ。

友美の新聞記事への尋常ではない反応には何かがある。彼女の指紋が出るか、出ないかにかかわらず、その後も友美はクライエントだ。心を癒やしてやらなければならない。それは孝昭も同じだ。きちんと事実と向き合うために、慶太郎がこれからやろうとしていることの意味を理解していてほしい。

「証明なんてできるんですか」

「そのために、嫌なことをお願いしないといけません」

慶太郎は、今日のカウンセリングの際に友美の指紋を採取したい、と告げた。

「指紋が一致しなければ、桜型の紙は二種類あったということになります。お姉さんが中学生の頃もらったものと、別の誰かがもらったもの。その誰かが、島崎さんにスプレーを噴射し、石段から突き落とした犯人ということになります」

「姉じゃないことが証明される……」

孝昭は新しいおしぼりの封を切った。彼は緊張すると手を拭う癖があるようだ。

「奇妙な偶然だったということです、これは」

慶太郎は、桜型の紙を手帳に挟み、カウンセリングでの手順を話した。

12

孝昭は本宮医師を伴い、自宅に入った。鍵を開ける手が震え、そこでも十を数えなければならなかった。

「ただいま」

と声をかけ、中に入る。

リビングテーブルには、友美が昼食として食べたコンビニのサラダ、冷麺のプラスチック容器が出しっ放しになっている。孝昭はそれらを素早くシンクに片づけた。

「お邪魔します」

と言う本宮医師と共に、座卓のある居間へと進む。

「こんにちは、本宮慶太郎です。この間、テレビに出たんですが、見てくれましたか」

本宮医師が襖に近い場所から言った。

今回のカウンセリングも、やはり部屋から出てこようとしない友美と本宮医師の、襖越しの会話から始まった。

中で物音がして、友美が襖に近づいてくる気配があった。その反応の早さが、孝昭が声をかけるときとはちがう。

孝昭は冷蔵庫から麦茶のペットボトルを取り出すと、コップと一緒に卓に置き、

「姉ちゃんに頼みたいことがあるんだって」

と立ったまま声をかけた。打ち合わせた通り、友美が出てきたら本宮医師の隣に座れるようにスペースを用意しておく。

「そうなんです、友美さん。テレビ撮影で付けていたブローチの評判が良くなくてね。手を加えてほしいんです」

本宮医師は襖に耳を近づける。

その様子を見ながら、頭に桜型の折り紙がよぎる。

ゴミ箱に捨てられたピンク色の紙片、あんなものが二つも存在するのか。そんな偶然があるだろうか。本宮医師の言葉を疑いたくはない。彼は自分の手の内を明かしてくれているのだ。単に事件への興味で行動しているのなら、秘密裏に指紋を採取することもできた。

それは頭では分かっている。けれど父の友美への虐待疑惑に続いて、指紋の話が持ち上がれば、気持ちがぐらついても仕方ないではないか。今は、信じることより、疑わないでいるほうが難しい気さえする。

何より、もし友美の指紋と一致すればどうなる。その場合でも、本宮医師は友美の

味方でいてくれるのか。相談に応じてくれるのだろうか。

　孝昭は本宮医師に悟られぬよう、心中で十を数えたが、動悸とよからぬ思考は止まらない。

　友美が発作を起こしたとき、吉田神社の名を出したら「孝昭、あんた、何でそれを……」と言って、表情が変わった気がした。そして、近くで人が死んだことは誰もが怖いと慰めた直後の言葉が「あんたは何も分かってない」だった。

　あれは、友美自身が事件に関与したことを仄めかしていたともとれる。

　関与とは――。

　孝昭は自分の頬を拳で小突いた。そんな恐ろしいことをしていたのなら、あの程度の発作で収まるはずはない。いや、壊れやすい友美が事故から三週間、引きこもってはいるものの大きな発作を起こさず暮らしていることをどう考える。ない、絶対にあり得ないことを物語っているではないか。

「……僕は、ふくろうも猫も好きなんで、どちらでもいいんですが」

　本宮医師の一方的な話しかけが続いていた。

「ただ、この前、ここのテレビ台にある猫を見て、リアルなのもいいなと思ったんですよ。このモフモフ感、つけごたえあるなって。僕のふくろうは古い。一昔前のフェルト細工ですよね。ちゃんとお金払いますんで、やっぱり猫のブローチを作ってくれませんか。お願いします」

本宮医師は、少し声を低めた。営業では懇願するとき、むしろ大きな声を出すのだが、これも心理的な手法なのだろうか。

襖の向こう側で畳を擦る足音がした。

「視聴者って、けっこう見てるもんなんですね。きっと評判になります」

「猫は、いま人気だから」

と友美が襖を開き姿を見せた。

「こんにちは。とびきり可愛く、本物そっくりの猫を頼みます」

本宮医師は、いつの間にか手にしていたブローチが入った透明のポリ袋を、友美に見えるよう持ち上げた。

「どれだけ下手に作っても、それよりはリアルで可愛くなります。そこで待ってて」

「この袋に入れて持って帰りますので、お願いします」

友美は袋を奪い取るようにして、部屋に引っ込んでしまった。

本宮医師の声が追いかける。

「あの、どれくらい時間がかかります？」

「前に作ったものがあるんで、それをブローチにしますから、三十分ほどで」

襖越しの友美の返事は、いつもより力がこもっているように聞こえた。

本宮医師が軽くうなずく。

孝昭は、本宮医師と世間話をしながら座卓に出したポテトチップスをつまむ。治療を目的とした訪問ではないと、友美に感じさせる演出の一つだと本宮医師は言っていた。

だから吉田神社に結びつく文言は使わないように申し合わせしている。それ以外は本当にたわいもない雑談だ。

はじめは、野球が好きな孝昭に本宮医師が付き合ってくれた。関西人なのに西武ファンなのは、球団のメインキャラクターであるレオが好きだからだという話から、その作者である手塚治虫へと話題が移った。

「手塚漫画は、リアルタイムで読んでないんで、よく知らないんです。たまたま大津の散髪屋さんにあった『ジャングル大帝』が面白くて。これが西武に使われてるのかって、球団を応援するようになりました。先生はリアルタイムですよね」

「いや、そんなこともないです。小学校に上がるか、その前くらいに読んだ『ブッダ』が最初だったんじゃないかな。雑誌の連載だったと思います。だから、アニメのアトムもジャングル大帝も見てません。だいぶん後になって再放送で知ったんです」

本宮医師がノートに何かを書いて、こちらに向けた。

そこには『絵や芸術の話は、この後のカウンセリングに役立ちますので、とてもいいですよ』とあった。

孝昭は一つうなずき、

「『ブッダ』ですか。子供には難しいでしょう？　私は大人になってから読みました。五年ほど前だったかな」

と話を継いだ。

「釈迦（しゃか）の人生ですから、それは奥深い。五、六歳児に内容が分かるはずありません」

子供だった本宮医師は、内容よりも修行に出たばかりのシッダルタ、後のブッダが動物たちに話しかけるシーンの、トリやウサギ、魚や草木に至るまでに優しく注がれるまなざし、柔らかな表情に魅力を感じたのだと言った。

「漫画なんですけど、人間らしいっていうのはこういう顔つきなんだなって思いました。その反対に苦痛に歪（ゆが）んだ人の表情を嫌うようになりました。そりゃ僕らは、生身の人間ですから嫌なこと、苦しいことも悲しいこともあります。病気だってしますし、辛い別れも必ずある。そんなときに穏やかでいられるはずはない。でもそれを不幸の種にしてしまうか否かは、やっぱり心で決まる。そう思って精神科に興味をもった部分もあるんです。まあ、そう簡単ではなかったんですが」

「先生が精神科医になろうと決めたのは、そんな子供の頃だったんですか」

「いや、いや、それはもっともっと後です。『ブッダ』では病人を懸命に看病するシーンが出てきますから、薬学とか医学に精通する人への憧れは芽生えていたでしょうけどね。精神科医になると決めたのは阪神・淡路大震災です。まだ日本では新しい医学でもあり、興味もありましたが専門医になる覚悟はなかった。研修医だった僕も現場に駆り出されましてね。そこで自分のことも省みず患者と向き合う先生たちに出会った。その姿と『ブッダ』の看病する絵とが重なったのかもしれません。こじつけになるかな」

震災後ひと月が経った頃、体の傷は徐々に癒やされていくけれど、心的外傷後ストレス障害の傷はむしろ深くなることがあって、それが突然パニック発作を起こすのを目の当たりにした。大震災の避難所でのことだった、と本宮医師は述懐した。

震災が起こったのは、孝昭が五つのときだ。大津市内も激しい揺れで、飛び起きてテレビをつけると、アナウンサーが震度五だと叫んでいた。早朝の薄暗さが妙に不気味に感じたのも、この日が初めてだ。余震が来るたび、不安で堪(たま)らなかった。

その日から両親や工務店の職人の動きが慌ただしくなり、ただ事ではないと、姉弟で話した。多くの家の修理で忙しくなるから、いい子にしてないといけない、と言った友美の真顔もしっかりと覚えている。あのとき経験した以上の地震が、十六年後に東日本で起こるとは思ってもみなかった。

東日本大震災の報道を見るたび思い出し、恐怖や不安も蘇(よみがえ)る。そんなことを孝昭は本宮医師に話した。

「心的外傷後ストレス障害を発症した方も多いんです。恐怖体験もひどくなると、逆にまったく覚えていない人もいます。脳には記憶されているんですが、それを思い出すための回路を無意識に遮断してしまっているんです」

「そんなこともあるんですか。でも、嫌なことなら忘れたい。そのほうが幸せなんじゃないですか」

営業先での小さな失敗でも、思い出したくない。夢に出てきて、冷や汗で目が覚めることさえある。

「いま言ったように、記憶はしてるんです、脳の記憶部位に。それが厄介なんですよ。何かの拍子に、フラッシュバックしちゃうから。予測できないとき、場所で、ね。トラウマそのものを覚えてないので、当人にとっては脈絡がない恐怖です」

自分では経験したことがない恐ろしい場面や、音、匂い、触感が急に襲ってくる。予期しない分だけ精神的な衝撃は大きいと、本宮医師は説明した。

「心構えができないってことですね。聞くだけで怖いです」

孝昭はティッシュペーパーで手のひらを拭った。汗のべたつきが気になった。

「酷ですが、治療のためには、しまわれているトラウマと記憶との回路をつながないとなりません」

「思い出すということですね」

「ええ。何がトラウマを思い出す引き金になるかを、あらかじめ知ることで反応に対応し、それを緩和していくんです」

「それで良くなるんですか」

「症状にもよりますし、カウンセリングだけでは難しいこともあります。いろいろな方法を駆使し、それで回復した方もいらっしゃいますよ。ただそれは、僕たち医師の力じゃなく、ご本人の力です。寄り添いながら、弱った患者さんの生命力を元気にしてあげることしか、僕らにはできません」

本宮医師は襖を見た。そして、

「阪神・淡路大震災のときに、避難所でのカウンセリングをやったチームに凄い先生がいらしたんです。その先生が後の著作にこんなことを書かれた。『心的外傷から回復した人に、私は一種崇高ななにかを感じる。外傷体験によって失ったものはあまりに大きく、それを取り戻すことはできない。だが、それを乗り越えてさらに多くのものを成長させてゆく姿に接した時、私は人間に対する感動と敬意の念を新たにする』。何度も何度も読んでいるうちに覚えてしまいました」

と言った。

そのとき奥の部屋で物音がした。

薄い襖一枚、そのすぐ側で話す声は、ほとんどが筒抜けだ。

カウンセリングの原則は対面だけれど、それは自らの足で診療所に来たときのことだ。診療そのものを望まないクライエントには、漏れ聞こえる言葉のほうが耳に入ることがある、と本宮医師は打ち合わせで言っていた。

友美は二人の会話を聞いていたのだろうか。

「友美さん、できました？」

本宮医師が声をかける。

「もう、もう少し、です」

友美の鼻声は、すぐそこから聞こえた。襖に近い場所にいたようだ。

「話しながら、作業ってできるんですか」

「できますけど」

「じゃあ、話してもいいですか」

本宮医師は、軽い調子でさらりと聞いた。

返事がない。

孝昭は神経を耳に注ぎ、またティッシュに手を伸ばした。

緊張して手の汗を拭う孝昭に反し、本宮医師は閉まった襖に向かって、平然と聞く。

「さっき孝昭くんと漫画の話をしていたんです。僕は手塚治虫が好きでした。友美さんはどんな漫画を読んでました？」

　言葉が返ってくると思っていないのか、表情は変わらない。今度は質問を変えた。

「友美さんが小学校に入学した頃じゃなかったですか、『ちびまる子ちゃん』がテレビに登場したの。家内がコミック本で読んでて、アニメになったのを嬉しそうにしてましたよ。単純な線の漫画だけど、それだけに作者の……？」

　本宮医師が小首をかしげ、孝昭の顔を横目で見る。

「さくらももこ、ですか」

　と探るように、孝昭も本宮医師に目をやる。

「そう、そう、そのさくら、さくらももこのデッサン力は凄いんだって言ってました」

　そこで本宮医者が一拍おいて、

「家内も絵を描くのが好きなほうなんで」

　と補足し、孝昭にはどんな思い出があるかを聞いてきた。

「『ちびまる子ちゃん』が始まったのは、小さかったから覚えてないですが、小学生になるとずっと姉と見てました。その後の番組『サザエさん』とセットで」

　孝昭が答えた。

「孝昭さんが一年生のときは、友美さんは六年生ですね」

「姉はどうか分かりませんが、まるちゃんあたりは大丈夫ですが、『サザエさん』のエンディング曲が流れると、あーあ、もう日曜日が終わってしまうって気持ちになりました」

「『サザエさん』の歴史は長いですからね。あのエンディングに当時の憂鬱さを思い出す者が多くいますよ。僕もその一人です。『サザエさん』を観るのを楽しみにしてた分、終わってしまうと余計に寂しくなって。改まった言い方すると、自由な時間がある日曜日から学校に縛られる窮屈さへの嫌悪ですかね。特に月曜日の時間割に苦手科目があって悲しくなったもんです」

本宮医師は社会科が苦手だと言って、照れ笑いを浮かべた。

「私は体育とか図工以外、みんな苦手科目だったから」

「友美さんの得意科目は?」

友美は何も言わない。

「姉はオールマイティです。全部得意科目だったんじゃないですか」

「勉強もできてその上、絵心もある。でないと、こんなリアルな猫作れませんから」

友美には見えないのに、本宮医師はテレビ台に置かれたフェルト細工に目を向けながら言った。

「でも、実際の猫をよく知らないとここまで忠実なものになりませんよね。猫を飼っていたんですか」

　本宮医師の質問は、孝昭に向けられた。

「うちにはずっといましたね。飼うという意識はなく、工務店の周辺にいる野良が大工さんになついて、そのまま居着いちゃうんだって聞いてます。倉庫の前には空き地がありましたしね」

「なるほど、それで今にも動き出しそうな猫が作れるんですね。やっぱり友美さんは、猫が好きなんですね」

「動物はみんな」

　友美が低い声を出した。

　本宮医師が素早く座り直す。

「鳥も？」

「人間以外は好き」

「人は嫌いですか。家族も？」

　孝昭は返事が気になった。自分のことはともかく、両親への気持ちを探る本宮医師の意図が分かったからだ。

「……孝昭には感謝してる」

「ご両親は？」

「いまは、好きじゃない。ダメ？」

「いいえ。みんな家族と上手くいってたら、僕の仕事の八割くらいはなくなるんじゃないかな」

本宮医師は目を細め、さらに襖に顔を近づけて続ける。

「僕も、家内の母親が煙たいときがありますよ」

本宮医師は声をあげて笑った。それが孝昭にはわざとらしく見えた。

「煙たい？」

友美が聞いた。

「うちには小学六年生になる息子がいましてね。義母からすれば孫です。彼を可愛がるのはいいんですが、我が家にしょっちゅうやってくる。まあ僕に甲斐性がなく、家内の親の土地を借りてクリニックを開いたからしょうがないんですが。立場、弱いんですよ」

「私、結婚が幸せだとは思わない」

という友美の言葉を聞くと孝昭は、

『両親は縁談話をしきりに勧めていたみたいです』

そう卓上の広告にペンを走らせ、本宮医師に見せる。

本宮医師はうなずいてみせた。

「幸せのかたちは人それぞれです。みんなそれを探している。そして誰もが幸せになる資格を持っている。ちょっと青臭いかもしれないけど、そんなことを馬鹿正直に僕は信じているんです」

「私には、資格、ない」

「なぜそう思うんですか」

「愚か者だから」

「あなたが？」

「私なんて、いてもいなくても同じ……いえ、いないほうがいい」

手のひらで畳を叩くような音がした。

「そんな風に思う人のために、僕がいるんです。みんな幸せになるために存在する、と信じる医師として」

本宮医師はまた座り直し、友美がいるかのように襖に向き合う。

「私のことなんて知らないくせに」

時折、孝昭にぶつけてくる言葉だったけれど、投げやりな言い方には聞こえなかった。反発ではなく、冷静に考えながら話している感じがする。

「そうですね、まだよく知らない。だから知り合えれば、力になれると思います。と言っても、僕にはそれほどの力はない。一緒に考えて、あなたの心が少しでも軽くなる方法を見つけるくらいしかできません」

「軽くなるなんて絶対、無理。無理だと思う」

「そうでしょうか」

「私は……悪いことをしたんです。もう取り返しがつかない……」

孝昭は、手だけでなく額に汗が出ているのを感じた。シャツのボタンを外し、立ち上がって台所の換気扇を回した。部屋にこもった熱気を排出したかった。

「取り返しがつかない？」

「私がいなくなれば、いいだけかも」

「友美さんがいなくなれば、解決することなんですか」

「助かる」

「いなくなれば、助かるなんてあり得ない」

口調が強くなった。

「先生には分からないし、もう言いたくない」

「分かりました、これ以上は聞きません。どうです、ブローチはできました？」

「はい、できてます」

と襖が開くまで少し間があり、隙間から伸びてきた手にはポリ袋があった。

「ありがとう、袋に入れてくれたんですね。いやー凄い。見れば見るほど完璧な猫ちゃんです」

「それ付けて、テレビに出てくれる？」

「もちろんです。代金はいくらですか」

「いりません」

顔半分だけを見せて、友美が言った。

「そんなわけにもいかない。それじゃ孝昭さんと相談しますね。番組スタッフもきっと驚きます。収録が待ち遠しいな」

「あの、さっき言ってた漫画だけど、私も『サザエさん』の終わりの曲で変な気分になった。学校、行くのが嫌なわけじゃないけど」

友美が片目をしょぼつかせているのが、孝昭の座っている場所からも見えた。

「小学校は楽しかった？」

「あの頃だけ」

「とても優秀な、小学生だったんですものね」

「優秀……」

襖がもの凄い勢いで閉まった。そして、

「もう帰って」

と友美の甲高い声がした。

「大丈夫ですか？　では、もう帰りますね。このブローチを付ける僕を、今週の木曜日観てください。今日は本当にありがとうございました」

本宮医師は孝昭に目で合図を送ると、立ち上がって玄関に向かう。

「先生」

「古堀さん、今日はこれで」

本宮医師が表に出た。

「姉ちゃん、ちょっと送ってくるね」

と襖に向かって声をかけ、孝昭も急いで玄関を出た。

13

外は天気も良く、午後三時の太陽が眩しく真夏を思わせる。六月の半ばに入って、気温が三十度近い日が増えてきていた。

「古堀さん、吉田神社に行ってみませんか」

アパートの前に駐めた軽自動車の前まで来ると、慶太郎は孝昭のほうを振り返った。

「いいですけど、姉は大丈夫でしょうか」

急に態度が変わったから、と孝昭はアパートを振り返る。

「反応の程度からみて、衝撃は受けたでしょうが、発作にはつながらないと思います」

「それなら、独りにしても」

「ええ。今日はよく話をしてくれましたしね。自分というものを見詰めようとしている態度も垣間見られました。車はここに置いて歩きましょう」

慶太郎は、友美と一緒に行く神社への散歩ルートを通ってほしいと孝昭に頼んだ。

春日（かすが）通りを東に歩き、そこから北に進路を変える。そのまま進むと京都大学関連の建物が林立した場所に出た。さながら大学構内を歩いているように錯覚するほどだ。ここからは北の東一条通りを目指して行けば神社の表参道に着く、と孝昭はルートを説明してくれた。

地理に疎い慶太郎には、ただ吉田神社に向かって東に歩いているとしか分からない。

「古堀さん、さっきお姉さんの態度が急変したのは、僕の言った『優秀』という言葉を聞いたからです」

慶太郎は、並んで歩く孝昭に言った。

「やっぱりあの紙の桜は姉のものだったということですか」

「それは指紋の照合ではっきりするでしょう。それより優秀という言葉に過剰な反応を示した事実のほうが重要です」

「といいますと？」

「優秀という言葉を嫌っている。それは優秀と言われたことと、トラウマとなった経験が結びついている可能性を示しています」

「言葉と嫌なこととがリンクしているってことですよね」

「そういうことです」

と言ってふと慶太郎は前方を見る。突き当たりに朱い鳥居が見えた。

「あれが吉田神社ですか。散歩としては良い距離ですね」

「歩いて十五分くらいで着きますし、さらに境内を散策すれば結構いい運動になります」

買い物をしたり、ときには登録有形文化財に指定された吉田山荘という建物の中にある「真古館」という喫茶店に寄ったりして、半日外出することもあったと言う。そう話す孝昭の表情は楽しげだ。

「そんなことができるまで回復されてたんですね」

「ですから、てっきり良くなったものだと思い込んでました。それなのに今年の桜の咲く頃から元に戻ってしまって」

孝昭の表情も元に戻り、曇り出した。

「古堀さん。さっき、さくらもこの名前を出すとき、わざと桜を連想するように、さくら、さくらもことという言い方をしたのを覚えてますか」

「ええ。ああ、あれはわざとだったんですか。私はてっきり、ど忘れされたのかと思いました」

「いえ、あれも一種のテストみたいなものです。あのとき『桜』という言葉に反応はなかった。ですが、その後『優秀』という言葉を投げかけたときは、回避ともいうべき状態になりました。もう帰ってほしいと」

「先生に失礼な態度で、すみません」

「そんなことは構いません。すべて僕の責任におけるカウンセリングですから。そのお陰で、お姉さんは多くのことを教えてくれた。態度で語ってくれたんです」

「そうなんですか」

「あのときの桜に対しての無反応は、桜そのものには嫌な思い出はないとみていいでしょう。桜から連想するものとして学校や入学式などが考えられますが、いずれにも嫌な思い出はなかったようだ。さらに、小学校は楽しかったか、という質問に『あの頃だけ』と答えました。優秀という言葉と桜は、お姉さんの中でそれほど強く結びついていない印象を持ちました。しかし優秀という言葉が、今現在のお姉さんのトラウマと結びついていることは否定できません。ただ……」

「ただ、何ですか」

「何らかのトラウマ体験があった。それを思い出すトリガー、引き金が優秀という言葉だとします。しかし、優秀と書かれた桜の紙片が現場にあったことは、事故を報じる新聞紙面のどこにも書いていません。つまり友美さんと事件を結びつけるものは何もなかったはずです。なのに新聞を捨てた」

「やったことを隠したいからではないですか」

「それもあるかもしれない。事故の記事が掲載されている日の新聞を選んで処分する。ただ記事を見つけ出す行為は、現場に立ち戻るような怖さを伴います。なのにそれをしたのは、事件を把握したいという衝動からだと思います」

慶太郎は、孝昭が後々受ける衝撃を和らげようとしていた。友美の反応から、もはや事件に関わっていないとは言えないからだ。

「お姉さんが事件に関与していたことは間違いないでしょう。ですが、あなたが言ったように隠蔽工作なら、罪を免れたいという気持ちがある証拠です。おかしな言い方ですが、それは助かりたい、生きようともがくのと同じ意味です。希死念慮から脱する精神状態でもある。それは改善の兆しです」

慶太郎は自分は精神科医であり、警察官ではない、と今一度強調した。

「もがくことが、マイナスではないってことですか」

孝昭はそうつぶやいた。

「そういうことです。だから多少取り乱したとしても、いまの状態は心配ない、と判断しました」

話しながら二人は、朱い鳥居をくぐった。そこはまだ境内ではなく駐車場で、十数台の車が整列している。

「遠くにも鳥居が見えますね。あそこが境内への入り口ですか」

車列の向こうのこんもりとした森の緑を背景に、朱色が映える鳥居に目を凝らす。

「先生、吉田神社は初めてですか」

「実は市内はまだ慣れてないんですよ」

クリニックの本院がある精華町もそれほど詳しくはない。

「今くぐったのが一の鳥居と呼ばれるもので、あれが二の鳥居。で、他にもたくさんの鳥居があるんです」

「へえーそうなんですか」

「ここは広大です。それにたくさんの社（やしろ）があって、それらを回るだけで一時間以上はかかります」

孝昭は、少し考え、ホームページやネット記事の寄せ集めの知識ですが、と神社の説明をしてくれた。

吉田神社は、吉田山が平安京の鬼門の方角にあることから、中納言藤原山蔭卿（やまかげきょう）が八五九年に勧請して始まった。主祭神は「健御賀豆知命」「伊波比主命」「天之子八根命」「比売神」の四神で、奈良の春日大社と同じなのだそうだ。室町後期に吉田兼倶という人が吉田神道を創始して、全国の神を祀る大元宮を建て、江戸時代には神職の任免権を持つほどの権威を誇ったという。

「全国の神々を集めたというだけあって、その他に摂社、末社がいくつもあります。珍しいのではお菓子や料理にまつわる神社も。その中の一つが、事件現場の神楽岡社です」

「新聞の境内図では、外れにある印象でしたが、お二人はそこで散歩をしていたんですね」

「四神を祭ったメインの本宮は、人が多いんです。良くなっていたとはいえ、まだ人混みは苦手だったんで、もっぱら摂社、末社を巡ってました」

目的が参詣ではなく、気分を変えることと体を動かすことだからと孝昭は言った。

「なるほど。それで神楽岡社は馴染みの場所だった」

「姉は、さっき言ったお菓子の神社、菓祖神社と雷除けの神楽岡社とが気に入ってました」

駐車場を過ぎ、参道に敷き詰められた白石を踏みしめながら、「二の鳥居」をくぐり抜ける。そこからは緩やかながら長い石段が伸びていた。

石段を上り切ると広い境内に出る。すれ違う人は多くなかったのに、境内は思いのほか参詣客で賑(にぎ)わっていた。

「左に本宮とか社務所があります」

確かにほとんどの人が左方向へと歩き、そのまま本宮に向かっていくようだ。

「私たちはこちらに」

鳥居からすぐを右に折れた。

少し方向を変えるだけだが、うっそうとした木々に囲まれているせいで、涼風が心地いい。

「あの石段です」

「割と近いですね」

境内図ではもう少し距離があるように見えた。

「菓祖神社はもう少し外れにあります」

「初夏の昼間はいいですが、夜に待ち合わせする場所じゃないな」

慶太郎は前方の茂る緑を見ながら、先を歩く孝昭に言った。

「怖い、と思います。そもそも境内までの長い石段は心細くて上りたくないですよ。真っ暗になりますから。懐中電灯でもなければ、いま通った境内を突っ切ってここまで来るなんて無理です。本宮も社務所も閉まってるし、大の大人でも嫌でしょう」

初詣か節分祭など特別な行事でもない限り、駐車場の周辺などを除いて、夜は闇に包まれるのだそうだ。

「懐中電灯でも心許ないな。女性ならなおさらだ」

「そう、そうですよ、先生。考えてみれば、人一倍怖がりの姉がこんなところまで来られるはずないです」

孝昭が立ち止まり振り返る。

「その通りです、とは言えないのが心苦しい」

慶太郎はうつむき加減で言った。

「どうしてですか」

「恐怖を乗り越えるだけの何か、例えばより怖いことから逃げるためとか、怒りや恨みに支配されている場合には、周りが見えなくなることもあるからです。すみません、不安になるようなことばかり言って」

「先生、もし、現場で発見された桜型の紙に姉の指紋が付いていたら、姉はどうなるんですか」

孝昭が再び歩き出す。

「重要参考人として、任意での取り調べを受けるでしょうね」

「そんなことになったら、それこそ姉の心は持ちません。そうでしょう、先生」

孝昭が慶太郎を見上げた。

「指紋を照合するのは、私の知り合いの新聞記者です。その結果を警察に知らせる前に僕に相談してくれます。だから先回りして手を講じるつもりです」

慶太郎は、精神疾患を理由に、通常の取り調べを行わないよう働きかけるつもりでいた。

「そんなことができるんですか」

「きちんと方針を固めた上で、あなたに話すつもりだったんですが」

と断って、慶太郎はゆっくり歩きながら、友美を守るために考えられる方策を話すことにした。

「何かと問題の多い刑法第三十九条ですが、友美さんの場合には心神耗弱を理由にひとまず守ろうと思っています。幸い大津の『斎藤こころのクリニック』の前院長も友美さんの精神状態について覚えているし、カルテそのものはありませんが、日記に記録してくれています。斎藤先生と僕、二人の精神科医が証明すれば精神鑑定に持ち込めるはずです。むろん弁護士さんとも相談して」

「万が一指紋が一致しても、酷い目に遭うことはないんですね」

「以前にも言いましたが、友美さん自身の治療は続けます。悪化させたくない」

慶太郎はポリ袋が入っている鞄を手でさすった。

「よろしくお願いします」

孝昭は神社の石段下で立ち止まった。

「ここに、姉が……」

と孝昭が見上げる石段は、それほどの高さはないにもかかわらず、そそり立つように見えた。幅が狭く勾配が急で、手すりがないと横からも転落しそうな気になる。

「島崎さんが倒れていたのはこの辺りですね」

慶太郎は新聞に掲載されていた説明図を思い出しながら、石段の直下の地面に目をやる。そこに砂利の黒ずみを見つけると、島崎氏の血の痕ではなかろうかと思ってしまう。

「息が詰まりそうになります」

孝昭が大きく息を吸う。

「大丈夫ですか。気分が悪くなったら言ってください」

繊細な孝昭には、強いストレスがかかり続けている。

「いや、大丈夫です」

「人が亡くなった場所ですから、畏怖する気持ちが湧き出る。正常な人間の反応です」

慶太郎は地面に向かって手を合わせ、

「上ってみようと思うんですが」

と孝昭に声をかけた。彼も合掌している。

「はい、緊張してますけど」

孝昭は手すりを握る手に力を込めて石段に足をかけた。

上り始めるとさほどきつい段でもなく、さっと上り切れた。社の前で振り返り、石段の下を見た。

「ずいぶん高く感じますね」

他の建物の屋根を見下ろし、慶太郎が声をあげた。

吉田神社の境内そのものが丘の上にあり、そこからは市内が望めるため、実際よりも高所にいる感覚になる。

「初めてここに上がったとき姉も、そう言って驚いてました。でも、ここから見る風景が気に入ったようです」

「それほど苦労なく、鄙（ひな）びた森に身をおき、この石段を上ると劇的に目線が変わる。急速な変化で気が晴れたのかもしれません。しかしどういう経緯でここまで散歩するようになったんですか」

十五分はそれほど長い距離ではないが、引きこもっていた友美からすれば相当な難関だったはずだ。玄関までの距離ですら障壁になるケースを幾人か診てきた。

「あのアパートは会社の先輩が住んでいたんです。その方は京大出身で、散歩には吉田神社がいいぞって教えてくれたんです。で、姉を外に出す口実に、お菓子が神さんの神社があるって言ったら興味を持ってくれまして」

「菓祖神社でしたっけ」

「ええ。フェルト細工でケーキとかパフェを作っていたときもあって、外出の呼び水になるかなと思ったんです」

「それが巧(うま)くいったというわけですね。お菓子、か」

「お菓子が何か？」

「お姉さんが興味を持っていることを知っておきたいんです」

そう言って、慶太郎は数歩前に出て石段の下を覗き、

「うーん、ここから突き落とせば……人が死ぬと思ってもおかしくはないか」

と独りごちた。

「先生は、それを確かめたかったんですか」

慶太郎の横に並んで、孝昭も下を覗く。

社務所のほうが賑やかになってきているのが、人の流れで分かる。

「加害者の気持ちになって考えてみたんです。殺害するのが目的でここに呼び出したのだろうか、とね」

慶太郎は、加害者が「とどめ」を刺さなかったことへの疑問を孝昭に話した。光田とのやり取り以降、心の中にわだかまっていたことだ。非力な女性が痴漢撃退用のスプレーを使い、この石段から突き落とした。もし被害者がまだ生きていたとしたら、すぐに自分の仕業だと分かる。罪を免れたければ、必ず生死を確かめるはずだ。

しかし、犯人にとって致命的な証拠を残したのは、転落後の被害者に触れなかったからだとしか思えない。

「石段の下に倒れた島崎さんを見て動転し、一目散に逃げた。島崎さんに対して殺意はなかった」

慶太郎は推理を語った。

「……姉が呼び出した。いったい何の目的で……」

と孝昭は頬を引きつらせた。

「お姉さん、夜に外出されることはありますか」

気持ちが昂ぶっているのが分かったので、それを鎮静させるために、あえて質問をする。

「コンビニくらいは、一人でも行けるようになっていました」

「一人で買い物に行けていたんですから、あの夜も外出していたかもしれないですね」

「好きなお菓子を買うために、電車に乗って出かけたこともあります。私も仕事で遅くなることもたびたびだし、監視してるわけじゃないですから」

「ではお姉さんが、あなたに知られずに、島崎さんをここに呼び出すことは可能だ」

「私に隠れて、姉があの紙片を持って、ここに来た」

孝昭は、後ろの祠を振り返り、そのまま続ける。

「そして、島崎さんの顔にスプレーを噴射し、突き落とした」

と、石段ギリギリのところまで踏み出し、前のめりになった。

「十分、考えられることです。ところで、古堀さん。どうして島崎さんは、こんなところまでやってきたんでしょう？」

「それは、呼び出す際に、桜型の紙片のことを持ち出されたからですか」

「そうでしょうね。お姉さんの目的はそれを島崎さんに渡すことだった。そう考えると彼には、桜型の紙片そのものが大きなネックだったということになる。それを分かっていて、お姉さんは呼び出した。殺意がなかったとは言いきれなくなる」

「先生、そんな」

孝昭が悲しい声をあげた。

「ただし、証拠になるようなものを持ち帰らなかった事実が、必ずしも不利に働くとは限りません」

ファミレスでも言及したように心神耗弱の傍証になる、と孝昭を慰めた。

「やっぱり姉が……ここに呼び出して人を……」

孝昭のつぶやきを聞きながら、友美がこの場所を選んだということに何か引っかかりを覚えた。いくらスプレーを持っていたからといって、女性が指定するには危なすぎる。紙片が島崎のネックであるならばなおさらだ。

「人が増えてきましたね」

慶太郎が石段下に目を向けた。

若者たちが嬉しげに石段の下にたむろし、手にしたスマホを現場に向け出した。その数が徐々に増えてくる。友美が人混みを嫌って散歩に選んだ場所だけれど、今はそうではないらしい。

二人は、野次馬の勢いが収まりそうにないのを見て、他の場所に移動することにした。人垣を縫うように石段を下り、来た道を神社の駐車場まで戻る。

「いったい何なんですかね。人が亡くなった場所を撮るなんて」

鳥居の前まで来たとき、孝昭が不愉快そうに言った。

「あのはしゃぎようは、不気味でさえありますね。まるでパワースポットでもあるかのようだ」

「こっちは気が気じゃないっていうのに」

孝昭が鳥居を見上げる。

「あそこにいた人たちに罪悪感がないとは思いたくないですがね。自分一人なら気持ち悪くて避けたい場所なのに、集団心理が手伝って素直に本音を出せず、友達に合わせて平気を装っているんだろうと。ただ現代人の承認欲求がとても強くなっているのは感じます。人から認められず、フラストレーションがたまっているんでしょう」

「そんなの、みんなたまってますよ」

孝昭が地面に向かって言葉を吐いた。

「確かに、承認欲求は誰にでもありますから」

「人が死んだ場所の写真で欲求が満たせるんですか」

「ありきたりの石段下の写真であっても、テレビで有名な弁護士が転落死した現場だと言えば、凄いじゃないか、と思ってもらえる。それをSNSにアップすれば、中には『いいね！』をつける者がいますから、承認欲求を満たせるようですよ。ですが、手っ取り早く欲求が満たされると、充足感も持続しないものです。そのうちもっと刺激的なものでしか満足しなくなる。何事においても耐性ができるんです、人間は。いっぱい褒められないと、だんだん味気なくなっていきます。そうなると撮るものも過激にならざるを得ない」

「…………」

「念を押しておきます。僕は、古堀さん姉弟のサポーターです、ずっと」

これに孝昭は応えず、何も喋らなくなった。家に帰って友美の顔を見るのが辛いのだろう。

重い足取りにさせてしまったのは気の毒だが、それは慶太郎の目論(もくろ)みの一つでもあった。友美の指紋が検出されれば、残念ながら殺意の認定につながるであろうことが現場を見て実感できた。殺人事件の被疑者として逮捕される局面がやってきたとき、友美以上に孝昭の精神がもたない。そうなる前にさっき言った耐性を付けておきたかったのだ。

自宅への道すがら沈黙しているのは、迫りくる友美逮捕の恐怖をひしひしと感じているからだろう。そのときの友美の容態の心配もあるが、殺人容疑で逮捕された姉をもつ弟の立場、そして両親の驚きと悲しみなどが彼の胸中に渦巻いているはずだ。それらは往々にして、最悪を想定する。底を見せることが耐性につながってほしい。

一旦引いていた汗が、再び首筋あたりを湿らせてきたとき、アパートの前の駐車スペースにある軽自動車が見えてきた。

「指紋の結果は、真っ先にお知らせします。そのとき、対処法を考えましょう。いま古堀さんが心配しているようなことにならないよう、あらゆる努力をするつもりです。だから、難しいかもしれないですが、いつも通りの生活を心がけてください」

「やってみます」

孝昭は、絞り出すように言った。

14

「どうしたんです」

八恵の声が耳元で聞こえた。孝昭は自分が、剝き出しのコンクリート壁の前に突っ立っているのに気づいた。

「あ、先生、すみません」

「とても疲れていらっしゃるみたいですね」

「いえ、気の早い夏バテみたいなもんです。このところ暑いし、湿気は多いし」

本宮医師と神楽岡社の石段を上ってから二日間、ほとんど眠れていない。うつらうつらしたと思うと、夢に友美が人を殺める場面や刑務所に入っている姿が出てきて、飛び起きてしまうのだ。それからは悶々(もんもん)とし、何度も寝返りを打っているうちに朝を迎える。頭痛と吐き気を堪えながら、出社していた。有給をとって眠りたいけれど、今は、ひとときでも友美といたくなかった。

幸いなことに、本宮医師の見立て通り友美は落ち着いている。必要最小限の言葉しか交わさず、閉じこもっている部屋からは、断続的にニードルを羊毛に突き立てる音が聞こえ、夜中は二、三度奇声を発しているが、発作を起こしている様子はない。

「それにしてはしんどそうだし、顔色だって悪いですよ。ちょっと休憩しません？」

「はい」

孝昭は壁から離れ、不動産仲介業者が用意しているパイプ椅子を二脚窓際に置いた。部屋に入る前に買っておいたペットボトルのお茶を手にすると、

「先生もどうぞ」

と勧めた。

「ありがとう」

八恵が椅子に腰掛けるのを待って孝昭も座り、上着を脱ぐと背もたれにかけた。

「ここはほぼ正方形で、前見た物件よりリフォームしやすいですよ。それほど工期はかからないと思います」

茶を飲んで、孝昭が部屋を見渡す。

八恵が迷っている二つ目の物件のリフォーム計画を立てていた。

京都駅から地下鉄で一駅の五条駅で下り、地上出口から二、三分の商業ビルの一階だ。元は繊維関係の会社の事務所だったそうだ。そこを美容院が借りようとリフォームしていた最中に頓挫し、中途半端な状態で放置されていた。

「本当に、どうしたんですか。目も充血してますよ」

「そんなにひどい顔ですか」

孝昭は冗談めかして言いながら、両手で顔をさする。八恵は笑わなかった。

「どこか悪いんですか」

「いえ、ちがいます。実は姉のことで、ちょっと」

八恵には、シスターコンプレックスだと言ってしまっているから、姉を出しても冷やかされることもなく、奇妙な目で見られることもない。

「喧嘩した？」

「そう、喧嘩です。それも大喧嘩」

嘘で誤魔化した。事件に触れるわけにはいかない。どのみち殺人犯の弟となれば、仕事を失い、八恵とも話す機会さえなくなってしまうだろう。せめて友美が逮捕されるまでは、仕事の上だけでも八恵と会っていたい。

「そうだったの。嵐が過ぎるまで辛抱ね」

ようやく彼女の白い八重歯が見られた。

「辛抱するしかないですよね。どうも私は女の人の気持ちが分からないようです」

「性差ってあるから、しようがないわ。分からないことって、例えば？」

八恵が大きな目で見詰めてきた。

「例えば……そう、よくできる子がご褒美でもらったメダルを、ゴミ箱にポイって捨ててしまうとか」

しまった。

桜型の紙片に付いた指紋のことが頭から離れず、余計なことを口走った。

「メダルを？」

「いや、昔の話です。本物ではなく紙で作ったような」

「よくできましたって、先生がくれる花丸みたいなものね」

「そ、そういうものです」

汗が噴き出し、孝昭は窓を全開にした。室内が蒸し風呂状態だったために、生温(なまぬる)い風でも涼しく感じる。

「私ももらったことありますよ。確か、まだとってあるんじゃないかな。母が何でも残してるから」

賞状はもちろん、幼稚園の頃描いた絵から小学校時代の作文や工作、いま見ると赤面するほど下手くそなものまで保管している、と八恵が苦笑した。

「先生は優秀だったんでしょうから、蒐集(しゅうしゅう)し甲斐(がい)があったんでしょう」

ハンカチで汗を拭いて、椅子に戻る。

「特に文章の下手さは逆に才能があるかもって思うくらいなんです。だから理科系科目を頑張って、算数の先生からたくさんの花丸をもらいました」

八恵が、孝昭の話を聞いて思い出したと、懐かしげに言った。その教師が花丸を描いてくれたノートも残っているのだそうだ。

「ノートに花丸、励みになるでしょう？」

「私は、ね」

「ということは、嬉しくない子もいたんですか」

「ええ。もちろんその子、成績はよかったんです。でも先生が嫌いで、相性が悪かったんでしょうね」

「褒めてもらってるのに」

「そこが感情の生き物なんですね。嫌いだと、いくら褒められても嬉しくない。いえ、変に褒められるのを嫌がってました。その子、親が厳しかったから先生に反発して成績を落とすようなことはできなかったんで、私より花丸をもらってた。なのにノートを親に見せなかったんです」

きちんとノートをとっているかを確認するために「見ました」と親から確認のサインをもらう宿題が、定期的に出るのだそうだ。

「じゃあ宿題を提出したことになりませんよね」

「だから自分で親の字を真似て、提出してた。そこまで嫌いだったのよ」

「理由はなんですか」

嫌うのには、何か理由がある。

友美が桜型の紙片を捨てたのも、くれた人間、つまり島崎を嫌っていたのかもしれない。いや、好きも嫌いも、それどころか二人の接点すら見当たらない。

「女の子特有の、直感みたいなものだった」

「これといった理由がなく、単なる印象で嫌いになっちゃうんですか」

「そうでもない。目がいやらしいからって」

小学五年生ともなれば異性に敏感になる。ことに八恵の友人は早熟で、クラスの男児から女性的な体の変化をからかわれていた。そのせいもあって、その子も神経質になっていたのだそうだ。

「先生はどうだったんですか」

「私は奥手だったから」

照れくさそうな表情をして、八恵は茶を口にした。

「いえ、そういう意味じゃなく、お友達に注がれる目がいやらしいと思ったんですか」

「そういうことね。言われればやたらその子を当てたり、そばに寄って顔を覗き込んだりしてた気もする。それはその子がよくできるからだ、と思ってた。私が鈍感で、気にしてなかっただけかも」

頬を赤らめて微笑む八恵は、歯科医師ではなく童女に戻っているようだった。

「嫌いな人から褒められても、嬉しくないいんですね。私は褒められること自体が珍しい子供だったから、誰からでも単純に喜んでしまいますんで」

それが、友美と自分の決定的な違いかもしれない。友美にとってゴミ箱の桜は、嫌悪の塊のようなものだった。一枚残らず始末したい、という思いだったのではないか。もし現場に残されていた桜型の紙片が友美のものなら、そんなものをずっと保管していたことになる。

「あれ、どうしてこんな話になったのかしら。そうか、お姉さんとの喧嘩の原因の話からね。お姉さんがメダルを捨てたことで、揉めたんですか」

八重歯を見せながら、聞いてきた。

「ええ、まあ。メダルの話は、大昔のことなんです。私がそれにわだかまりを残してて、それを持ち出したから悪いんです。でも先生の話を聞いて、嫌いな先生からもらったメダルだったのかもしれない、と思いました」

孝昭は辻褄を合わせた。

「大昔って、いつ頃の話なんです?」

「私が小学四年生で、姉が中学……そんな昔のことを気にしてるなんて、やっぱりシスコンですね」

孝昭は自分を嘲るように言った。

「そうじゃないんです」

八恵はぴしゃりと言って、

「捨てたのはいつです？　もらってすぐとか、ずいぶん経ってからとか」

と真剣な目を向けてきた。

「よくは分かりません。でも、何枚も一緒に捨ててたから、少し貯めておいてから、ひと思いにゴミ箱行きとなったんじゃないですかね」

「貯まるまで、ある期間はとってあったのか」

八恵が天井にある空調の吹き出し口を見上げる。

「エアコンいれましょうか。まだ生きてるはずなんで」

「えっ、ああいいんです。お姉さんは急に先生が嫌いになったんだなって思って。たぶん嬉しくて貯めていたんです。なのにある日、突然すべてを捨ててしまいたい衝動に駆られたとしたら、きっと何かあったんですよ。可哀想だわ」

友美の身になって考えてくれていたのだ。どこか本宮医師と共通する温かさを感じた。

「そのことが、ずっと古堀さんの心に残ってるのは、幼心に何かあると思ったからじゃないかしら。それに、これは私の想像なんだけど、本宮先生とお知り合いなのは、もしかしてお姉さんのことで相談をしているからではないですか」

「ど、どうしてそう思うんです？」

「古堀さんがお姉さんのことを話すとき、いつも……回りくどい言い方をされるんです。これは悪い意味じゃなく、気を遣ってるというか、慎重な物言いになる気がして。腫れ物に触るような。つまりお姉さんは壊れてしまいそうな人なのかと」

それと心療内科医とが結びついた、と八恵は言った。

本宮医師との共通点がもう一つ見えた。鋭さだ。彼女を煙に巻くほどの力量を、孝昭は持ち合わせていない。

「姉は、高校に入学してすぐ、うつ病にかかって、引きこもってました」

九年前に突然家を出て、孝昭のアパートで同居することになったこと、ずいぶん改善していたのに四月頃に悪化して、営業先だった本宮心療内科クリニックの本宮医師に相談したことを話した。

「ただ、発症当時もお医者にかかっていたんですが良くならなかったこともあって、病院嫌いになってて、本人にはカウンセリングだと告げず、本宮先生に往診してもらってる状態です」

「そうだったんですか。それは大変ですね」

八恵が声を低め、

「でも、当人が診療だと分からず、カウンセリングってできるものなんですか。治りたいという気持ちが大事だって聞いたことがあります」

と言った。

「可能なのかは分かりませんけど、親身になって話を聞き出そうとしてくださってます。傍(はた)で見ていて先生の苦心には頭が下がりますよ」

こうしている間にも、知人の新聞記者に情報を聞いているかもしれない。カウンセリングは時間制なのに、友美のために多くの時間を費やしてくれている。

「姉だけじゃなく、いつも私のことも気遣ってくれて……二人のサポーターだって言ってくれてます」

「古堀さん、いつも立ち会ってるんですよね」

「ええ、自宅ですから」

質問の意図を八恵の目の中に探した。

本宮医師と話すようになって、人の目を見ることが増えた。

「ケアラーって言葉があるそうなんですが、ご存じですか」

「いえ、聞いたことないです。でも言葉の意味からすれば、ケアをする人のことですよね。ちがいます？」

「そうです。古堀さんも、お姉さんのケアラーだということになります」

「姉には介護は必要ありませんよ。そこまで悪くないです」

「そう言うと思いました」

口元がほころんだ。八恵の広めの額にうっすら汗が光っている。

「え、ちがうんですか」

「父の手伝いで、高齢者とか障害者のケア施設に訪問治療したことがあって、そこで出会った方に聞いた話だと、ケアラーというのは心や体に不調がある方を、無償で世話をする人すべてをさす言葉だそうです。無償、つまり親兄弟、親戚、友人知人みんなケアラーなんですって。だから古堀さんも立派なケアラーです」

「なんかピンときませんね。どうしてもケアは、私なんかより大変な介護をイメージします」

無償であることは確かだが、ひとくくりにされることにも違和感を抱く。毎日の介護で疲弊した人たちに申し訳ないとも思った。少なくとも友美は日常生活において自立してくれている。

「言葉については、それぞれ受け止め方があるでしょうけど、そのケアラーを支えるＮＰＯがあるんだそうです。ケアされる人もケアする人も生身の人間なんですから、大切にしないとダメだというのが主旨で。でも古堀さんには、本宮先生がいらっしゃるから大丈夫ですね。たぶん往診は、お姉さんだけのためじゃないと思って」

「そういうことですか。私も、そう感じてます」

無償であることがケアラーの条件ならば、孝昭にとって本宮医師はケアラーになる。それどころか、カウンセリング以外に事件の調査まで無償で取り組んでくれている。

「お目にかかりたい」

八恵が、孝昭の顔から床に目を落とした。

悲しげな顔に見え、孝昭は訊いた。

「心配事でもあるんですか。お父さんのこととか」

「いえ、何もないです。まあ私も人並みの悩みはありますけどね」

と八恵は無理に笑ったように見えた。

いつでも紹介します、と言おうとしてやめた。指紋の件がはっきりするまで、本宮医師の手を煩わせたくない、という理屈からではない。いま芽生えた本宮医師への嫉妬からだと孝昭ははっきりと認識していた。

「あら、いけない。古堀さんをケアしなきゃという話をしてるのに、余計なことを言って、私ってダメですね。古堀さんとてもお疲れの様子ですし、本当に大丈夫ですか。喧嘩になるほど、お姉さんの具合がよくないんでしょうけれど」

「いや、それはもう」

「古堀さん、あまり思い詰めず、自分の時間を作るべきです」

そう言ってから一拍おき、

「自分らしくいられる時間」

と八恵は言い換えた。

「それなら仕事です。こうして先生のクリニックのために協力している時間が、一番自分らしくいられるんです」

「そう、なんですか。私は嬉しいけど」

「先生と話してると」

姉のことを忘れられます、と言おうとした、そのとき床に置いていたバッグから、スマホの着信音が鳴った。

「古堀さんの電話」

八恵が椅子から立ち、バッグをとって手渡してくれた。

孝昭はバッグからスマホを取り出し、さっきまで見ていたコンクリート壁のほうへと移動する。

電話は本宮医師からのものだ。

「はい先生、古堀です」

「古堀さん、今日の夜、クリニックに来られますか」

本宮医師の声は暗くないけれど、抑揚がなかった。

「もしかして、分かったんですか」

孝昭は、八恵に顔が見えないように向きを変え、スマホを持ちかえた。

「いや、結果は僕も聞いてません。夜に光田という記者が来ることになっています。一緒に聞いたほうがいいだろうと思いまして」

「分かりました。で、何時頃に伺えばよろしいですか」

手が震えた。スマホを両手で持つ。

「彼が来るのが九時頃。それ以降で出てこられる時間で結構です。無理なら、結果は僕のほうから電話しますが」

やはり本宮医師の話し方は淡々としていた。

「では九時に」

「お姉さんの容態はいかがです」

「相変わらず、閉じこもってます。でも悪くはなってないと思います」

「それはよかった。すみませんでした、仕事中に」

「先生、本当に結果を聞いておられないんですか」

光田記者から連絡を受けたとき、きっと指紋の有無について話し合ったはずだ。万事慎重な本宮医師が、あらかじめ結果を知らずに孝昭と会うはずはない。

「古堀さん、僕を信じてください」

「教えてください。覚悟がいります」

結果が悪い、と決めつけている自分がいた。

「では、今夜九時に」

「先生、本宮先生」

孝昭は叫んだが電話は切れていた。

「本宮先生からですね」

八恵が聞いた。

孝昭は八恵の質問に答えず、スマホの時間表示を見た。九時まで三時間以上もある。

「顔が真っ青です」

八恵が近寄る。

「八恵さん、お願いがあります。いまから時間とっていただけませんか」

孝昭の声が打ちっぱなしの内壁に反響した。

第二章　過　去

1

孝昭は、八恵の目を見詰めながら返事を待った。

「分かりました」

と八恵はスマホを取り出し、父親に夜の診療を休みたいと連絡を入れた。

「先生、すみません。私のために……」

孝昭は電話を切る八恵を待って頭を下げた。

「いいんです。徐々に手伝う頻度を下げていかないと、と思っていたので」

入れ替わりに勤務する歯科医師が決まっていて、その人も娘がうろうろするとやりづらいだろうから、と八恵が微笑を浮かべた。

孝昭は礼を言って、窓を開けたままの状態でエアコンのスイッチを入れた。

防音の壁材がないからか大きく聞こえる駆動音とともに、埃(ほこり)とカビの臭いが吹き出した。臭いが気にならなくなるまで待って、静かに窓を閉じた。

五条通りを走る車の音や喧噪が消えると、孝昭の咳払いが風呂場にいるように木霊する。

窓際からパイプ椅子へ戻る僅かな間にも、やはり事件のことを口外していいものか、孝昭は逡巡した。今は一人では耐えられない。その気持ちが言わせた強引な要求だったけれど、彼女と少しでも長く一緒にいたいのは本心だ。傍にいてくれるだけで気丈夫だというのもあるが、何もかもぶちまけてしまいたい衝動に駆られてもいた。

だが、それが八恵なら受け止めてくれるという甘えだとすれば、彼女にとってこれほど迷惑な話はない。男としても情けないではないか。

「本宮先生、電話で何と？」

座ってから黙っている孝昭に、八恵が優しい口調で聞いてきた。

上手く言葉が出てこない。

「お姉さんがどうかされたんですね」

八恵の質問に、孝昭は何度もうなずき、

「その前に、さっきは八恵さんだなんて気安く呼んで、すみませんでした」

「いいんですよ、そんなこと。それより話してください」

「大変なことになってしまった……」

と言うとすぐ、深呼吸した。

事件に触れざるを得ない、と覚悟を決めた。八恵の人柄を信じるしかない。

「私は臆病者です。男のくせに怖がりです」

「強がるだけの男性は好きじゃない。だから話してください」

八恵が孝昭の目をじっと見た。

孝昭はさっきよりも大きな深呼吸をする。

「先月のことです。五月七日に吉田神社でテレビのコメンテーターなんかをやってる島崎弁護士が、神楽岡社の石段から転落死しました」

「その事故、新聞や週刊誌で騒いでますね。事故死なのかどうかって」

「今から言うことは、公になっていないことなんですけど」

「えっ、分かりました。私、絶対に他言しません」

八恵は、孝昭の意図を理解してくれたようだ。

「事故死ではない、と判断できるものが残されていたんです」

「事故でないとすれば……」

八恵が口を噤（つぐ）んだのが分かった。

「現場に残されていたのは」

孝昭は桜をかたどった紙片だったと言った。

「その紙に……優秀と書いて、朱色で丸がつけられていたんです」

孝昭は横を向き窓を見た。八恵の顔を見るのが怖かったのだ。何も言わない八恵が気を悪くしたのかと、彼女のほうを向くと目が合った。

「それがさっき話してた優秀のメダルのことなんですね」

「そう、です」

事故の記事が掲載された新聞が、友美の病状を悪化させたきっかけではとの仮説から、本宮医師は往診の傍ら事件の調査にも乗り出してくれた。そして新聞記者を通じて、現場に残された紙片に友美の指紋があるかを調べたのだ、と孝昭は説明した。

エアコンが効いているはずなのに、汗が噴き出す感覚が背中にあった。

「それは心配ですね」

彼女に慌てる様子はない。

「八恵先生は驚かないんですか」

「驚きました。でもそれより、古堀さんのお姉さんが事件に巻き込まれているのが気の毒だと思って」

「いや、先生、巻き込まれたんじゃなくて……」

姉の犯行かもしれないのだ、と言おうとした言葉を、八恵が遮るように、

「本宮先生からの電話では、現場のものと、お姉さんがずっと保存していたものが一

致したってことですか」

　と尋ねてきた。

「結果は言ってくれませんでした。今晩九時にクリニックで会ってから話すと」

「お姉さんの指紋があったら、現場にいたことが証明されるということですね」

　八恵は手に目をやる。自分の指紋を確認しているようだった。

「もう逃れようがありません。姉の指紋がなかったのなら、本宮先生は電話でそう言うはずです。何も会って話すことはない」

　自虐的な笑いを漏らしてしまった。とことん追い詰められると、泣き笑いのような滑稽なことをやる。姉のことで交際相手と別れたとき、シャワーを浴びながらそんな顔つきの自分が鏡に映っていた。おそらくそのときと同じ顔をしているだろう。

　孝昭は天井を見た。これ以上八恵に情けない顔をさらしたくない。

「殺人現場に落ちていた桜型の紙、優秀メダルにお姉さんの指紋が残っていたとします。確かにお姉さんがその紙片に触れたのかもしれません。けれど、殺人を犯したと決めつけるのは、どうなんでしょうね」

　八恵は妙に穏やかに話す。そのあまりの緊張感のなさに拍子抜けし、

「……どういうことです？」

　と孝昭は顔を突き出した。

「お姉さんと、亡くなった弁護士の島崎さんとは知り合いだったんですか」

「分かりません。島崎さんは神戸の人で、姉は大津から出ていませんし。勉強を教わったことはなかったと思うんですが、桜型の紙は確かに、姉のゴミ箱にありました」

「同じ紙を持ってたのに接点が分からない。ちょっと待ってください、島崎さんのプロフィールを見てみますね」

八恵はスマホで検索し、

「島崎靖一、四十四歳。神戸市生まれ、京都市在住。弁護士、K大法学部教授、テレビコメンテーター。小学四年生のときに両親が離婚し、新聞配達などで母親を助け、神戸大学在学中は昼夜を問わず数種のアルバイトをこなした。そんな多忙な中でも日本拳法部に所属し、文武両道にいそしむ。大学院生時代、二十七歳で司法試験に合格。大学の講師時代にはすでに先輩弁護士と共同で、法律事務所を開設。苦労する母親を助けてくれた弁護士に憧れて自らの進路を決めたという島崎氏は、弱者への支援の気持ちが人一倍強く、路上生活者や難病の子供の学習支援、犯罪被害者などの支援活動に参加していた。ことに性犯罪加害者への厳罰論は専門家から批判を浴びたもののマスコミ受けし、多くの番組のコメンテーターをつとめる」

と声を出して読んだ。そしてスマホから目を離して言った。

「お姉さんはお幾つでした？」

「三十五歳です」

「島崎さんとは九つちがい。古堀さんが、ゴミ箱に捨てた桜型の紙を確認したのはお姉さんが……？」

八恵が少し顔を傾けて訊いた。

「十五です」

「島崎さんは二十四歳、たぶん院生だから、大津の女子中学生との接点、普通はないですね。次に事件の当日の接点を考えましょうか」

「事件の夜のことは分からないんです」

先日本宮医師からも訊かれたが、ゴールデンウイーク直後は遅い帰宅が続いたくらいしか憶えていない。

「夜といっても何時頃だったのかしら」

「それもはっきりしていないみたいです。遺体が発見されたのは翌朝だったから」

新聞には死後数時間としか書いていない。

「島崎さんが神社に行った時間も分からないということですね」

「そういうことになります」

「現場は、お姉さんのよく知る場所ですか」

「散歩コースでした」

「島崎さんも知っている場所なんですよね？」

「報道では、外出前に誰かから電話があったと」

「はじめ転落事故とされていたのは、どうしてです？」

八恵は、まるで歯科問診のようにすらすらと質問してきた。

深刻にならず屈託のない八恵の質問に答えているうちに、暗澹たる気持ちが和らいでいくのを感じていた。その理由は分かっている。会ったこともないのに友美を信じていると思えたからだ。

「その神楽岡社は石段を上っていったところに祠があるんです。急な階段で、その下で島崎さんが倒れていたためです。ちょっと前に本宮先生が現場を見ておきたいとおっしゃったんで、ご一緒しました。そのときも上から確認したんですけど、段の途中で足を踏み外したくらいじゃあ怪我で済むかもしれませんが、一番上から転落すれば……」

「死んでしまう。それで当初は事故死だと思われたのが分かりました」

「本宮先生は、殺意はなかったんじゃないかと」

もし桜型の紙片を持参し、殺害目的で島崎を呼び出したとすれば、持参した紙片を回収しなかったことが不自然だ、と言う本宮医師の見立てを孝昭は口にした。

「電話で呼び出したのがお姉さんだとします。何年も連絡をとっていなかったら、自分だって分かってもらえるかどうか心配ですよ。だって声だけですから。何か確実に分かる符丁でもないと」

夜に誘うのならなおさらだ、と言ってから、

「それが桜型の紙なのかしら」

と付け加えた。

「電話でそれを、伝えたとおっしゃるんですか」

「そこなんです。実は私も臆病なところがあって、どうも電話が苦手なんです。これは父にしか言ってないんだけど、長年の悩みで。そのことを本宮先生に相談しようかなと思ってた」

「先生が？　そんな風にはとても」

「顔を見ないで話すと、相手の話し方に神経質になって」

ちょっとした語尾の変化、アクセントのちがいが気になって、話に集中できなくなるのだそうだ。

「二倍も、三倍も疲れちゃう。だから何でもメールで済ませてしまうんです。私は苦手意識が強いんですけど、多かれ少なかれ初めての番号に電話するのって、緊張するんじゃないでしょうか。もし、島崎さんと会うとなれば、それなりに隠密(おんみつ)行動をとらないとなりませんから、余計に」

友美の気持ちの負担が大きくなっていたはずだ、と説明して八恵は続けた。

「五月の七日より前、お姉さんの行動で変わったことはなかったですか。そう、例えばあなたの行動を気にするような、探るような」

「姉が私をですか……そんな風に考えたことがなかったんで」

「あなたのスケジュールを、お姉さんに伝えてました？」

「遅くなるときは出勤する前に言ってました。でも事前に分かるときだけで、外回りは相手先次第ですんで、時間の融通が利かないから」

「となると、殺人の計画は難しいですよ。やっぱり何かの拍子の事故じゃないかしら。それにしたって古堀さんの目を盗んで電話して、神社にまで行かないといけない。相当なプレッシャーですね」

事前におかしな行動が見られたはずだ、と八恵は強く主張した。

孝昭はしばらく考えたが思い当たることがない。事件翌日からの友美の行動ばかりに気をとられていた。

「思いつかないですね」

孝昭は唸った。

「そうですか。暮らしの中で普段しないようなことをしたとか、ないですか」

「そう言えば、ケーキ」

「ケーキ？」

八恵が瞼をパチパチさせた。

「姉はお菓子が好きで、近所のコンビニで買ってくることがあるんです。確かゴールデンウイークに、どこだったか有名な店のシフォンケーキを買ってきたんです」

孝昭は本宮医師に送ったメールをスマホでチェックした。

「ありました。『五月に入ってから、また塞ぎ込み出し、よくうなされるようになりました。ゴールデンウイークの終わり頃、姉がシフォンケーキを買ってきていて〈有名店のだから美味しいよ〉というメモがテーブルにありました。一緒に食べようと言いましたが、姉は部屋から出てきませんでした』。間違いないです」

「どこのお店か分かりますか」

「いえ、店名までは。でもそんなことが、変わったことになりますか」

「普段行かない場所に行くのには、何か理由があると私は思います。本宮先生なら、その何かに気づかれるかも」

八恵は腕時計を見た。

「古堀さん、もう時間が」

慌てて孝昭も時間を確かめた。午後八時半になっていた。

「食事もせずに、お付き合いさせてしまって。本当にすみませんでした」

椅子から立って、深々とお辞儀した。

「いえ、お役に立てたかどうか。古堀さん、さっき臆病者だと言いましたよね。でも私に話したくないことまで話してくれました。その決心、勇気のいることだわ。勇気のある人を私は臆病とは思いませんから」

「八恵先生、ありがとうございます」

「あの、先生はやめてください。さっきみたいに八恵でいいです」

八恵も立ち上がり、

「きっと大丈夫ですよ」

と右手を差し出す。

孝昭は握手した。

八恵は柔らかな手で、しかし力強く握ってきた。

2

「辛い報告になりましたね」

午後八時過ぎ、クリニックの診察室に姿を見せた光田が、慶太郎の顔を見るなり言った。

「ええ、古堀さんも察知したでしょうし」

慶太郎は苦笑した。

「結果を告げないことで、指紋が付着していたと言っているようなもんですものね」

「お忙しいのに無理を言いました」

慶太郎はソファーに腰掛けるよう促し、

「電話で伝えて、そのまま帰宅させたら事態がさらに悪化しそうに思ったんで、酷でしょうが致し方なかった」

と自分もテーブルに着いた。

「こっちは、びっくりした鑑識係官が説明しろとうるさくて、今は言えないと逃げるのが精いっぱいでした」

光田は、慶太郎から受け取ったポリ袋を知り合いの係官に渡し、桜型の紙片に残されたいくつかの指紋との照合を頼んだ。その際には、島崎氏に近い人物のものだとしか告げなかった。そして、親指の指紋が九八パーセント符合するとの結果が出た瞬間、係官の顔色が変わったという。

「結果によっては、たとえニュースソースであっても包み隠さず話すというのが、指紋照合の条件だったんでね」

長い付き合いだが、あんなに興奮した鑑識係官を見たのは初めてだったらしい。それだけ捜査が暗礁に乗り上げていて、そうした捜査課の空気は鑑識課にもなんとなく伝わっていたにちがいない、と話す光田の視線も熱を帯びている。

スクープを目の前にして、お預け状態でとどまってくれている光田に感謝すべきなのかもしれない。

「第一級の証拠ということですね」

「島崎氏のほうの、考えられる関係者指紋はすべて調べてるって言ってましたし、私の持ち込んだ指紋の主こそ、当然ながら最重要参考人ということになります」

「大学の方々の指紋も？」

「学部の先生から事務職、可哀想に法学部専攻の学生たちまで指紋を採取されたようです」

取材したから間違いないと光田は手帳を手にし、

「そうだ、事件当夜に電話を受けた事務職員の話も聞けたんです。このところ警察関係者も冷たい態度でしたし、学内では箝口令がしかれたみたいで、苦労しましたよ」

とページを繰った。取材者の文言を伝えるときは正確を期するのを基本にしているのだそうだ。

〈女性からの電話は午後七時半頃にありました。広報課から島崎研究室に回されてきたんですけれど、様子がおかしくて。島崎先生はいらっしゃるかという声が、蚊の鳴くようでして。広報課からの連絡はいつもテレビ局関係からで、もっとハキハキしてるんです。すると、補習の件でどうしても話があると言ってもらえれば分かりますと言うんです。切羽詰まった感じが伝わってきて、学籍番号と氏名も聞かず先生に取り次ぎました。こんなことになるなんて思ってもなかったから」

「この研究室の女性も、卒論でゼミの先生に泣き付いた経験があったそうで、同情して取り次いだけれど、それが間違いだったと落ち込んでました。彼女が妙に思ったのは島崎さんの反応だったようです。〈学生からの電話にはほとんど出ないので、無理だろうと思いながら先生の部屋に行き、女子学生が補習の件でどうしても話があると言ってきてますが、とお伝えしました。そしたら補習、と思案顔で何度も繰り返して、うん分かった、こっちに回してと〉。普段は休講の補講すらやらないらしく、ましてや学生からの補習に応じるなんて考えられないんだそうです」

「それなら、変に思っても不思議じゃないですね。彼女の証言からすると『補習』という言葉が島崎さんの興味を引いたようだ」

「符丁ですかね。古堀さんとの合言葉みたいな」

「いや、それなら思案顔で何度も繰り返したのが解せません。あらかじめ示し合わせた符丁なら、周りに違和感を与えるようなことはしないでしょう。理解するまでのほんの少し間があったのは、思い出すのに必要な時間だった」

「やっぱり、過去からやってきた女性？」

光田は軽く下唇を嚙んだ。

「それが友美さんだったと指紋が言っています。だけど、どうしても接点の問題が残ります。任意で調べられる際、そこを中心に質問されるでしょう。それを僕は是が非でも避けたいんです」

補習という言葉と、桜型の紙に書かれた優秀と朱色の丸は、一連の記憶だと想像できる。そしてそれが二十年の時間を越えて、二人を動かす力を持っていた。精神の深い部分で燻（くすぶ）り続けたトラウマである可能性が高い。

傷を負った時代、場所、出来事への回帰は、精神科医でも慎重を要するのだ。刑事の事情聴取や取り調べでの強引な回帰が、精神を破壊することにもなりかねない。

「これからどうされるおつもりです」

「まずは弟さんをコントロールしないといけない」

「どうすればいいんですか」

光田が時計を気にした。三十分ほどで九時になる。

「光田さんから指紋が合致したことを話してください。僕も古堀さんと初めて聞いたように装います」

「先生も知らないんですね」

「そうです。光田さんが誰にも話さず、一番に僕たちに伝えた印象を与えたい。それで光田さんを信頼のおける人間、つまり味方だと感じてもらいたいんです」

「私も味方……」

光田の眉が動いた。

彼は記者という職業が、常に良心的ではない側面を持っていることを分かっている。慶太郎の思う正義と、記者の業との狭間（はざま）で光田も闘っていると感じた。

「光田さん、この指紋の検出によって、殺意の有無にかかわらず古堀友美さんが島崎さんの死に関与していることは明らかとなりました。しかし僕は友美さんの主治医として、逮捕、勾留は避けたい。だから守秘義務に違反して、あなたに古堀姉弟に関することを明かした」

慶太郎は力を込めて言った。

「まさか先生……」

眼鏡越しでも、光田の目が鋭くなったのが分かった。

「お察しの通り、弁護士を通じて心神耗弱、場合によっては精神疾患を強調して心神喪失を主張しようと考えてます」

「それには反対です」

すぐさま光田が声を張りあげた。

「そう言うだろうと思って、事前に来てもらったんです」

「どうあれ、人が亡くなっているんです。友美さんが島崎さんの命を奪ったのなら、それ相当の償いをすべきだ。現状の法律で裁かれ、刑に服すしかありません。島崎さんには奥さんも娘さんもいるんですよ、先生」

光田は一気に喋った。

「もちろん分かっています。奥さんやお子さんの無念を考えれば、僕も胸が痛い。その方たちの心も絶対に壊してはならないから」

光田は腰掛けたまま、にじり出て、

「矛盾してます。むろん罰を科しても被害者の気持ちが晴れるわけではないかもしれない。なのに刑法三十九条で逃げられたら、憤怒（ふんぬ）の遣（や）りどころがないじゃないですか」

と言うと、視線をそらし誰に言うでもなくつぶやいた。

「正義は、どこにいくんですか」

小声だったけれど、ずしりと胸に響いた。

「相手は男性で、体格で勝り、格闘技の経験者です。明らかに女性に不利だ。いくら痴漢防止スプレーがあっても。刃物や他の凶器なら殺意があると認めますが」

現場を見たでしょう、と慶太郎は訊いた。

「ええ、何度も」

「僕も実際に現場の石段を見て、危険な高さだと思いました。しかしそれは、双方ともの危なさに変わりありません。となると、やっぱり体格差などを考えて、返り討ちにあう確率のほうが高くなる。呼び出したのがどちらであれ、様々な偶然によって起こった出来事だった。つまりは事故だったと僕は解釈したい。もっと言えば、正当防衛の可能性だってある」

「正当防衛、いいじゃないですか。そうお考えなら、それは裁判で争えばいい。何も刑法三十九条なんて持ち出さなくても」

怒気が語尾を強めた。

光田が「刑法三十九条」にアレルギー反応を示すのは、社会正義を担う新聞記者として当然だろう。

慶太郎とても、同じ思いだった。

まだ病院勤めをしていたとき、殺人犯の責任能力の有無をみる起訴前鑑定で、先輩の精神科医を手伝ったことがある。犯人は女子大学生で「ただ人が死ぬところを見たかった」という理由で、アパートの大家の妻の頭部を金槌（かなづち）で殴打し殺害した上に、浴室で解剖までしようとしていた。

頭部ＭＲＩやスペクトという脳の血流量測定など、医学的検査では異常は認められなかったけれど、解離体験尺度において解離性同一性障害を疑うスケールを示した。

また面接の最中に、七歳のモモ、成人男性の雄馬(ゆうま)、十五歳のゲイ七々瀬(ななせ)が姿を現した。さらに両親への手紙に殺害した相手のことを「一人暮らしに馴れない自分を気遣い、娘のように何かと世話を焼いてくれている」と書き、友人にも「いい人で、第二のお母さんのようだ」と漏らしていたとの捜査資料から、解離性同一性障害と診断し、犯行時の人格においては、心神喪失状態、すなわち当人が認識、あるいは制御することはできなかったことをもって弁識能力(責任能力)なしと先輩医師は結論づけた。

慶太郎は先輩医師の断定に承服できなかった。なぜなら被疑者があまりに器用に人格を変化させた点と、実家に送りつけていた段ボールの中に解離性同一性障害を扱った小説があった点が引っかかったからだ。

慶太郎は詐病の可能性を主張したが、聞き入れられず鑑定書は提出された。しかし検察側が求めた精神鑑定で、詐病が曝露(ばくろ)されたため公判が始まった。

慶太郎の判断が正しかった。そう思っていたある日、公判中の被告人の言動がおかしく、まともに意思疎通が図れないとの理由で、再び鑑定入院の後に措置入院となったのだ。

負け惜しみではなく、いまだに被告人の詐病を慶太郎は疑っている。もし詐病なら、多重の人格を生み出した原因だと被告人自らが話した、父親による度重なる虐待も事実かどうか分からない。家族面接で、そんなことしてません、と涙ながらに訴えた父と母の顔も瞼に焼き付いている。精神鑑定は周辺の人々を巻き込むがゆえに、慎重を期さねばならない、と慶太郎は肝に銘じてきた。

「光田さん、僕だって本当は辛いんです」

「先生が軽々しく卑怯（ひきょう）な戦法を考えておられるとは、私も思いません。いや、思いたくない」

光田の目はさらに鋭く、血走っている。わざと「卑怯な戦法」という言葉を使い、慶太郎に挑んでいるかのようだ。

「卑怯。そうですね、確かにそうかもしれません。でも、クライエントの命を守るために僕はなんでもやります。言い訳かもしれませんが、主治医の僕には鑑定の資格はありません。公正を期するために外されます。誘導や特別な配慮もできない。裁判所が認めた鑑定人の診断結果がすべてで、そこに正義は存在する」

「それでもなお、先生が鑑定を持ちかけるのは、古堀友美さんがそこまで重い精神疾患だと思ってらっしゃるってことですか」

「いいえ」

慶太郎は即座に否定し、

「トラウマを抱え、そのフラッシュバックに苦しみ、うつ状態であることは間違いないですが、解離性同一性障害との診断を下す所見は、今のところありません」

むろん解離性同一性障害だからといって、必ずしも責任能力を問われないわけではないが、と補った。

「それじゃ精神鑑定なんてしても、意味がない」

「いいえ、僕が友美さんのために抗(あらが)っている事実、懸命に取り組んでいる姿が大事なんです。逆に見捨てられたと感じた瞬間、自暴自棄になるでしょう。そうなってしまうと、もう本当のことを話さなくなる。それが何を意味するか」

答えを光田に委ねる。

「真相は闇の中……」

光田は眼鏡を外し、左手の親指と人差し指で目頭をつまんだ。

「真相が明かされなければ、加害者も被害者も、その周辺の方々も気持ちの持って行き場がなくなります。そして光田さん、あなたの記者魂も彷徨(さまよ)うことになりませんか」

光田は返事せず眼鏡をテーブルに置くと、今度は両手の中指でこめかみを揉む。やや間を置いて眼鏡を着けた。

「何だか丸め込まれた感じがしますけど、今日のところは引き下がります。倉持(くらもち)刑事への協力は保留にします。あっ、懇意にしているって言ってた一課の、倉持伴内(ばんない)というんです。元は舞鶴署の少年課にいた刑事で、物腰も柔らかいし強面でもありません」

「もし任意で呼び出されたとしても、威圧感は少ないということですね」

「と、思います。取り調べの様子を見たわけじゃないんで保証はできませんが」

「保留ということですが、いつまで待ってもらえますか」

光田は少し考えてから、

「鑑識係官の立場を考えると、三日、いや二日が限界です。指紋が一致した以上、それが誰のものなのかを伝えないわけには」

と言った。

「二日ですか……古堀さんと相談の上、沢渡に話の分かる弁護士を当たってもらいます。それでも友美さんの状態を考えれば五日は必要です。お願いします光田さん、真相解明のために」

慶太郎は膝に手を置き頭を下げ、言葉を継ぐ。

「協力してくれた鑑識の方には申し訳ないと思います。ですがジャーナリストとして、情報提供者を守ってほしい」

光田は、寝癖のある後頭部あたりに手を回したまま黙った。

沈黙が五分ほど続いただろうか、ようやく光田が口を開いた。

「……いくら先生の頼みでも、三十九条で逃げ失せることだけは承服できません」

そのとき、インターフォンの呼び鈴が鳴った。

「光田さん、頼みます。五日の猶予をください」

と慶太郎が食らいついたが、彼からの返事はなかった。

もう一度呼び鈴が鳴ったのを聞き、慶太郎は慌てて玄関へ向かった。


玄関口に立っている疲れ切った孝昭の顔は、青いというよりも土気色に近かった。上着を手にし、汗ばんだシャツに緩んだネクタイがだらしなく見える。クリニックに顔を見せたときの爽やかな営業マンの姿は、そこになかった。

「お疲れのところ申し訳ないです」

「いえ、こちらこそ」

と言う孝昭に、慶太郎は冷えたおしぼりを手渡し、診察室のソファーへと請じ入れる。孝昭を見ると、光田が立ち上がり互いに名乗り、名刺を交換した。それを尻目に慶太郎は台所に下り、冷たい麦茶を人数分盆に載せて診察室に戻る。

光田は先ほどまで慶太郎が座っていた場所に移り、慶太郎と孝昭は対面に腰掛けた。

「古堀さん、まずは冷たいお茶を召し上がってください。今日は本当に蒸し暑かったですね」

「ありがとうございます」

小声で返事した孝昭は、喉を鳴らして麦茶を飲んだ。

「おかわりを持ってきましょう」

「いえ、先生……それより」

奥歯を嚙みしめる咬筋（こうきん）が盛り上がり、緊張の度合いが分かる。

「そうですね。では光田さんから報告してもらいます」

慶太郎は孝昭と並んで、光田と向き合う。孝昭には芝居じみた行為に映っているだろう。それはそれでいいのだ。ある種の儀式めいた演出によって、彼の中で最悪の事態に備える心の準備が整えられるからだ。大の男二人が用意した、フィクションの意味を考えることで、少しでも客観視してくれればと願う。

「今回これの検査を依頼したのは、京都府警でもベテランの鑑識係官です」

光田はショルダーバッグから、ポリ袋の中にもう一つ袋が入ったものを取り出して置いた。

「技術だけではなく、信頼できる人物なんですね」

慶太郎が確認する。

「もちろんです。私自身も記者としての倫理規定に違背するととられかねない行為をしているし、それは当該鑑識係官とて同様ですからね。つまりそんな状況下で導き出された指紋照合の結果は極めて確度が高いとお受け止めください。島崎弁護士の転落死現場に残された桜型の紙片から採取された一指と二指の指紋と、本宮先生から渡されたポリ袋にあった一指、親指です、二指、人差し指のことですが、これらの照合結果は十二点法、つまり十二カ所の一致点により、一指において九八パーセント、二指は現場のものは不鮮明でしたので九二パーセントの確率で同一人物のものだという結果が出ました」

光田が言葉を切り、孝昭の様子を見た。

孝昭のポリ袋を見詰める目に力はなく、呼吸が乱れている。

「古堀さん、ゆっくり呼吸をしてください。いま光田さんが言ったことは、お姉さんの持ち物が現場にあったという事実の証明にすぎません」

慶太郎は孝昭の背中に手を当てた。

「……私は、どんな顔して、姉に接すればいいんですか」

深呼吸をしながらの孝昭の言葉があえぐようだった。

「これまで通りでいいんです。いま言ったように、お姉さんが人を殺めた証拠ではありません。ただ警察からは疑われるでしょう。その対策を一緒に考えたいんです」

背中に置いた手のさするリズムを、さらに遅くして呼吸を制御する。一定の回数を繰り返してから手を離した。

「まずは古堀さんが気を確かに持つことが大事です。ここに至るまでの間、あなたは最悪のことを考えてきたはずだ。精神的には、どん底だったかもしれません。しかし大丈夫、知恵を絞れば抜け出せる。そのために僕たちはここにいる」

「実はさっきまで北上先生と一緒だったんです」

「ほう、そうですか」

「北上先生に話してしまったんです。私が小学生のときに見た桜型の紙のことから、姉が置かれた状況まですっかり……」

　と声を震わせる孝昭に、

「彼女の反応はいかがでした？」

　慶太郎は優しく訊いた。

「さほど驚きませんでした。それどころか、たとえ指紋が合致したとしても、いま先生が言ったのと同じように、殺人と切り離して考えるべきだと」

「冷静で聡明な方だ。もう一人心強い味方を得たということになりますね」

　事件のことを打ち明けられる相手ができたことは、孝昭を精神面で支えてくれるだろう。それに、孝昭の話から類推して、八恵ならむやみに口外するとも思えない。

「それで光田さん、この結果を踏まえてどうされますか」

　慶太郎が改まった言い方をして、彼に向き直る。

「私は記者として、また便宜を図ってくれた鑑識係官の手前、この結果を当局に報告しなければなりません」

「光田さんのお立場、分かります。私たち姉弟のために尽力いただき感謝していま
す」

孝昭が背を丸めた。

「本宮先生の頼みですから。私はただ警察当局に隠し立てはできないということを理解していただければいいんです。照合した指紋があなたの姉である友美さんのものだったこと、つまり名前も明らかにする必要があります。それを受けて警察はお姉さんを重要参考人として事情聴取するはずです。その後、強力なアリバイでもなければ、そのまま逮捕される可能性が高いと思ったほうがいい」

光田ができる限り感情を殺し、淡々と話しているのが慶太郎には分かった。

「先日先生がおっしゃっていた流れ通りに、事が運ばれるということですね」

孝昭が隣の慶太郎を見た。

「方策としては、時間稼ぎという意味でも、一旦は心神喪失を主張して精神鑑定に持ち込みます」

慶太郎は光田が顔をしかめたのを見て、

「同時進行で、正当防衛による事故である証拠を集めたい」

と、ソファーから立ち上がり、彼の横に移動して孝昭と向き合った。

「事故……姉が島崎さんを呼び出していたとしても、大丈夫なんですか」

「検察は、計画性があったとして、殺意ありと主張するでしょうが、体力差と凶器を持っていない点を訴えれば殺人での立件は難しいと思っています」

その上こちらに有利なのは、島崎が格闘技の経験者であったことだ、と補足した。

「八恵先生が調べたんですが、日本拳法をやっていたんだそうですね」

孝昭は八恵を姓で呼ばなかった。二人の距離がかなり縮まっているとみていい。互いの信頼なくして、友美の現在の状態は話せなかっただろうし、殺人事件などに到底触れられるはずもない。

「そのようですね。たとえ学生時代の部活だとしても、そんな男性と向き合うのに女性が何の凶器も持たずに殺害しに行くなんて、まずあり得ないですから。しかし、それでも取り調べという関門がある。それが心配です」

これはむしろ、いま横にいる光田への言葉として、そのまま続けた。

「光田さんが警察に報告するまでの三日間で、お姉さんと島崎弁護士との接点、呼び出した動機、さらに殺意がなかったことを証明できるものを探します」

「……五日」

目をつぶって、声を上げたのは光田だった。

「では五日で」

言い直して、光田に会釈した。

「そんな短い間で」

孝昭の視線は光田に注がれた。

「これでも光田さんは、譲歩してくれたんです」

「申し訳ないですが、それ以上は無理です」

と光田はきっぱり言った。

「いずれにしても古堀さん、早いうちに往診する必要があります。往診時には、家にいてもらわないとなりませんので、何とかお願いします」

「はい、分かりました」

孝昭が口を結んだ。

「いいですか、刑が確定するまで、すなわち裁判が結審するまで、お姉さんは罪人ではない。それは肝に銘じておいてください」

「日本の刑事裁判は有罪率九九パーセントだと聞いたことが……」

「それでも逮捕されたことで狼狽(うろた)えないでください。あなたの怯えがお姉さんの動揺を誘う。そうなると警察や検察の言っていることのほうが事実ではないか、とお姉さん自身が錯覚しかねない。一緒に考え、守り抜く強い気持ちを持ってください。けっして臆病になってはダメだ。あなたは勇気を振り絞ってここに来たんです。だからできるはずです。やり遂げると腹をくくるんです」

慶太郎が鼓舞したのは、自分自身だった。光田の譲歩による五日間ではあるけれど、調べられることは限られる。そしてその核になるのが友美からの情報だ。精神的にダメージを負っていなくても、自分に不利になるような話を聞き出すのは至難の業なのだ。時として貝のように口を閉ざしてしまう彼女からのヒアリングは困難を極める。アプローチを間違えれば五日など無為に過ぎてしまうだろう。

「八恵先生にも、同じようなことを言われました」

「同じようなこと？」

パニック障害を持っている患者への配慮を、歯科クリニックに持ち込もうとしていた八恵の発想に興味があった。

「いつも最悪のことを考えてビクビクしている自分のことを、臆病でダメだ、と卑下したら、『私に話したくないことまで話してくれました。その決心、勇気のいることだ。勇気のある人を私は臆病とは思わない』と、励ましてくれたんです」

背中を押された形で、ここに来たのだ、と孝昭はようやく頬を緩めた。

「北上先生は頼もしい人だ」

「八恵先生はこんなこともおっしゃっていました」

島崎を呼び出すことが計画の一端なら、いきなり電話して自分であることを分かってくれるか心配だったはず。その不安は、大変な重圧となるのではないか。

「八恵先生は電話が苦手なんだそうです。だから余計に気になるんでしょう。私もそれを聞いて、姉も電話嫌いだったのを思い出しました。とても電話で場所と時間を指定するなんて無理な気がしてきて。それでも連絡しなければならないとなれば、連絡するまでの間、気が気じゃなかったんじゃないかって」

「呼び出そうにも、相手が自分のことを忘れていたら元も子もない。絶対に分かるようにしたはずだというのは同感です」

慶太郎の言葉を受けて、光田が大学で島崎を呼び出した女性の話をし、

「島崎さんの様子から、『補習』という言葉が人物特定の鍵になった。そう思えてなりません」

と感想を述べた。

「『補習』で、島崎さんは姉を認識した。そしてあんな場所に出向いたんですか」

「むろん二人の間で桜型の紙についてのやり取りもあったでしょう。その二つで島崎さんはちゃんと認識できたということです。それだけ二人にとっては重要な言葉であり、忘れることのできないアイテムだったんです」

光田の言ったことを、孝昭は咀嚼するようにうなずく。

「それで、また八恵先生の話で恐縮なんですが」

八恵のことを持ち出すたび、孝昭の顔色はよくなっていく。

「恐縮だなんて、ぜひお聞かせください」

快く促す。

「電話をかけなきゃとか、自分のことを分かってもらうにはどうすればいいのかとか、呼び出しに成功するだろうか、というプレッシャーがあると、普段とは違う行動をするんじゃないか。そのようなことを八恵先生が言ったんで、事件後ではなく事件前のことを思い出そうということになりました」

そして孝昭が引っかかりを覚えたことは「ケーキ」だったと言った。

「お菓子好きだったんですよね、お姉さんは」

菓子にまつわる神社を詣でたり、コンビニエンスストアで菓子やケーキを買ったりすることもある、と孝昭から聞いた話を光田にもした。

情報の共有こそ、ともに戦うチームには不可欠だからだ。

「シフォンケーキをゴールデンウイークの終わりに買ってきたんです。有名店だって姉が言ったから箱を見たんですが、いま思うと京都のものじゃなかった気がします」

「その話、僕にメールしてくれましたね」

慶太郎は、振り返ってデスクの上のタブレットに手を伸ばす。孝昭からもたらされたデータは「KT」というファイル名を付けてひとまとめにしてあった。

「なるほど、『有名店のだから美味しいよ』というメモがあったんですね」

慶太郎は、もっと早く気づくべきだった、と唇を噛んだ。

「やっぱり重要なことなんですか」

普段行かない場所に行くのには、何か理由がある。慶太郎ならその何かに気づくかも、と八恵が言っていたそうだ。

「お姉さんの異変ばかりを見つけようと神経を注いでいました。遠出は、それだけ病状の回復を示すものだと早合点していた。そこまでよくなりつつあったのに、事件報道を境に悪化していったと……。北上先生の指摘は感情の流れと合致します。お姉さんの場合、社会・社交不安障害があります。電話恐怖症を伴うこともあります。もしそうなら、今回のように長い間会っていない人への電話は、僕たちが緊張を覚えるようなレベルではありません。まさに恐怖そのものだと言ってもいい。北上先生も社交不安障害の可能性はありますね。話をしないと分かりませんが、電話での通話だけに限られているのなら『パフォーマンス限局型』と呼ばれるものです。しかしお姉さんは、人と接すること、社会や世間全体に恐怖を感じる『全般型』のようだ。この手の不安障害の方が、電話での呼び出しを企てることは僕たち医師には考えられない。その上、事前に普段の行動範囲を超え、京都市内を離れたとなると、シフォンケーキには大きな意味がある。痛い見逃しです！」

　慶太郎は自分の掌を拳で打った。

「あのケーキがそんな重大なことだったなんて。もっとちゃんと見ればよかった」

「京都のものではないと思われたのには、何か理由があるんですか」

「衛生商品を扱ってるんで、市内の医療、飲食関係の情報は常に仕入れています。有名な店との取引はそのまま実績となりますし、何より宣伝効果も見込めますんで」

　孝昭は、すらすらと菓子、パン屋の名前をいくつか口にした。

「聞き覚えがないお店だったということですね」

「ええ。店名ではないと思うんですが、ロゴタイプに見慣れない四字熟語が使ってあって、それも聞いたことがなくて」

　思い出そうと、孝昭が人差し指で額を叩く。

「市外だとして、有名店はいっぱいあります。なぜ、その店を選んだんでしょう」

　光田が、雑誌かテレビで紹介されたのかな、とつぶやく。

「姉が読む雑誌は手芸に関するものばかりですし、そんな情報はやっぱりテレビでしょうか。私とごくたまに見ますが、ケーキ屋さんの記憶はありません」

　と孝昭は依然として額に指を当てている。

「いずれにしても、お姉さんは数多くの恐怖を乗り越えて、その店に出向いたんだ。

そこに何かあるはずですよ。何とかその理由をカウンセリングの中で探ってみましょう。それと同時に、事件当夜五月七日のお姉さんの詳細な行動も知りたい」

「そのためには正確な犯行時間というか、島崎弁護士の死亡推定時刻が分かったほうがいいんでしょうけど」

と光田は浮かぬ顔だ。大学関係者への箝口令をはじめとして、解剖所見についても警察は口を噤んでいると悔しそうに言った。

「呼び出された時間が七時半頃だと分かっているし、発見が翌朝の六時十分です。その間十一時間弱。直腸温度や胃の内容物から二時間ほどの誤差で絞り込めるはずなんです。なのになぜか倉持刑事も公表しないんです。社会的影響力のある有名人が被害者の場合、稀に情報統制が行われることがあるんですが、それは交友関係に限ってのことが多い。解剖所見が明かされないというのは珍しいですよ」

「理由には、どういったことが考えられます？　記者の勘として」

捜査側に、死亡推定時刻をはっきりさせたくない意図があるのか、特定する必要がないのか、気になる。

「そうですね、解剖など検死で分かるのは、被害者が亡くなった時間じゃないですか。つまり……」

「犯行時刻ではない、ということですね。僕も同じ意見です。前にも触れましたけれど、とどめを刺してないから、転落してから明くる日発見されるまでの間に絶命した可能性がある。死亡推定時刻が判明しても、それがそのまま犯行時刻にはならない」

　その上、今の京都の季節は温度や湿度が安定していないので、そもそも死亡推定時刻に余計に幅を持たせないといけないだろう。そこにさらに息絶えるまでの時間を加味することになる。かえってアリバイ捜査の邪魔になると考え、あえて言及しないのかもしれない。

「明確な殺意がなかったことの証明になるかもしれないですね」

　光田が表情を変えずに慶太郎を見た。

「また当夜のことを思い出してほしいんですが、古堀さんが自宅に戻ったのは何時くらいでした？」

「ゴールデンウイーク明けは連日残業で、九時より早く帰ったことはなかったと思いますけれど、寄り道さえしていなければ帰宅時間が十時を回ることはなかったはずです。会社の日報を見ればはっきりします」

「帰宅してお姉さんが家にいなかったこと、ないですよね」

「ないです、あり得ません。いなかったら、心配で探し回ります」

「自室に閉じこもっていて、返事さえないこともあったんでしょう？」

「先生もご存じのように襖一枚ですから、気配で分かります」

孝昭が早口になった。

「疑っているんじゃないんです。あなたも警察から事情を聴かれることになる。そのために整理しておいたほうがいい」

「私も、やっぱり警察に」

「お姉さんの身内ですからね。もしお姉さんの犯行だとすると、島崎弁護士が石段から転落したのは、午後七時半から十時までの二時間半の間ということになります。ある意味警察よりも犯行時間を把握できているといってもいい」

「本宮先生、姉が暗くなってから外に出たとは、どうしても思えないんです。暗いと街中でも怖がるのに、あんな場所へなんか絶対無理です。指紋のほうが間違いだってことはないんですか」

孝昭は話しているうちに光田のほうを向いていた。その所作は時々刻々と揺れ動いている彼の心理を象徴している。信じたり疑ったりを繰り返し、犯人である証拠が眼前に示されてもなお、姉弟として、また友美の人間性をよく知る者として殺人という非道だけは認めたくないのだ。

「お気持ちは分かりますが、鑑識結果に疑いの余地はありません」

光田は静かに応え、麦茶に手を伸ばす。

「万に一つも？」

孝昭はすがるような目をした。

「お気の毒です」

光田の言葉に、萎れた花のようにうなだれる孝昭に、

「北上先生が言うように、指紋の一致は犯行そのものを決定づけるものではありません。警察には重大な証拠ですが、僕たちはちがう観点で向き合いましょう。指紋については一旦脇に置きませんか」

と前を向かせるよう、慶太郎は言葉をかけた。

「……………」

「夜道を、さらに境内の暗がりのほうへと歩く。そのためには懐中電灯か、もしくはスマホの明かりが必要だと思います。お姉さんスマホは？」

「いまは持ってないはずです。いやらしい広告を見てから毛嫌いしてしまって。懐中電灯は家にあります。でも持ち出せたかな」

台風で停電したことがあって、そのときに準備したけれど、孝昭もどこにしまったか忘れたそうだ。台風シーズンが近づけば確認するつもりだったという。

「そういうことは、ほとんど私がやってましたから」

「持ち出さなかったともいえないですね。とにかく島崎さんと会うことに執着していたということです。そうでないと引きこもっていた人がいきなり、あんな場所には行

けないと思います」

うっそうとした緑の中の古びた石段が脳裏をかすめる。

「結局のところ、島崎氏との接点が動機の解明に直結しそうだ。指示してもらえれば、どこへなりと調べに参りますよ」

光田の目にいつもの鋭さが戻った。

刑法三十九条を盾にして逃げるのが目的ではないことを、分かってくれたのだろう。しかし、事情聴取や取り調べが友美の精神を追い込むような局面がくれば――。

「頼りにしています」

慶太郎は笑みを返す。

「先生、私はどうすれば」

孝昭が聞いてきた。

「明日、古堀さんは通常通り出勤してもらって結構です。で、いつでも休暇が取れるように準備しておいてください。そうですね、夕方六時にここに来ることは可能ですか」

「大丈夫です」

「では、六時に。その足で往診します。ただ急に行くと警戒されるでしょう。そうだな、訪問の理由はブローチのお礼ということにします。お菓子を持参しましょう。一緒に食べながらケーキ店について聞き出そうと思います」

「分かりました」

「お菓子ですが、シフォンケーキだとわざとらしいし、何がいいですか」

慶太郎は、友美の好みを訊いた。

「洋酒が入ったものが苦手なんです。それ以外ならなんでも」

「洋酒以外、ですね」

慶太郎は念を押し、うなずいてみせた。

3

孝昭が自宅アパートに戻ると、襖の向こうから友美の声がした。

「何？　姉ちゃん」

聞き取りにくかった。

「八恵って誰？」

今度はしっかりした声だ。

「あっ、えーとリフォームのお客さんだけど」

「嘘。孝昭は、女性のお客さんを名前で呼ぶの？」

「名前……？」

とつぶやきながら、部屋を見回す。

卓上カレンダーが目にとまる。今日の日の欄に八恵と書いて丸を付けていた。打ち合わせの日が待ち遠しくて、迂闊にもマークを付けてしまった。卓上カレンダーなどに仕事の予定を記したことはなかったので、余計に目立ったのだろう。

「彼女？」

「ち、ちがう、ちがう。八恵いうんは歯医者さんや」

「お医者さんを、八恵って呼び捨てにしてるの？」

「まさか、そんなことあり得へん」

「私に、言えへん人か」

口調が叱るときの母親に似ていた。逆らえない強さがあり、正直に話すしかない。

「そんなことない。僕のただの片思いなだけやから」

音を立てて襖が開く。すぐそこに友美が正座していた。

「歯医者になんか行ったって聞いてへん」

「患者として知り合ったんやない。八恵先生はお父さんから独立して歯科クリニックを開院されるんや。リフォームの仕事で知り合った。歯医者さんのお嬢さんが、僕なんて相手にするはずがない」

半分本音を吐いた。

「私がいるから、あかんのやろ」

友美が自分で切った前髪は一文字で、その下の目が孝昭を凝視している。

「そんなこと関係ない。釣り合わないってだけや」

「私なんかいないほうがええんやろ？」

「何でそんなこと言うかな。ええ加減にしてくれよ」

「こんな時間まで、八恵さんと逢てたんか。片思いやのに」

「だから、改装をどうするか打ち合わせをして遅くなっただけ。しょうもないこと気にせんと、お茶でも飲もう」

「孝昭、その人と結婚したいん？」

「片思いやって言うてるやん」

「隠さんでもええ。あんたも男や」

「もうこの話はやめよ」

「男はみんな同じ、女の子に酷いことをする。あんたはそんな人間にならんといてほしかった」

急に友美の目から涙がこぼれ落ちた。

まずい、感情の起伏が激しい。

「とにかく冷たいお茶飲も」

「堪忍な、孝昭。こんなお姉ちゃんのせいで苦労ばかり。けど、お姉ちゃん、一人では生きていけへん」

さらに溢れる涙が友美の頬を伝う。

落ち着け。かつて本宮医師が言った「自傷することで生きようとしている」という言葉を心の中で反芻した。そうだ、一人で生きていけないということは死にたくない気持ちの表れなのだ。狼狽えてはならない。

「人間、生きてたら怪我とか病気は避けられへん。それが人間、ううん動物も植物もみんな同じとちがうか？　時間かかっても治ったらええんや。一緒に治そう。協力するさかい」

「お姉ちゃんは邪魔なだけやな」

「な、わけない。邪魔やったら、一緒に住まへん」

「八恵いう人のこと、忘れられるんか」

「忘れる……いや片思いやから」

「ほんまにあんた、その人に悪いことしてないんやろね」

友美の目が怖い。

「悪いことって？」

「いやらしいこと」

「ない、ない、絶対。お客さんなんやで。そんなことしたら訴えられて会社はクビや。その前に警察に捕まってしまう」

「警察……」

友美が目を見開く。

「姉ちゃんが言うようなことやったらの話や。何もしてないんやから警察なんか関係ない」

そう言い繕い、友美の表情を窺った。

「間に合った……」

と友美が妙なことを言った。

「なんて？」

「姉ちゃんは、いまのままの孝昭がいい。前の彼女と交際してたとき、あんたはおかしかった」

「おかしかった？」

友美の言葉に面食らった。

「分からへんのか」

やや上を向き半眼で孝昭を見る。正座する友美から見下ろされる格好となった。

「ぜんぜん」

「それが分からんから、姉ちゃんは心配なんや」

友美が涙を手で拭う。

孝昭はティッシュペーパーを箱から引き抜き差し出した。

「なあ姉ちゃん、何が心配なんや？」

「それは……どう言えばいいんか分からん。言いたいけど……言いたくない」

「ええ、そんなアホな」

「あのな孝昭、姉ちゃんかてこの病気しんどいんよ。治るもんなら治したい。そうしたら、あんたにきちんと話せるのに」

友美の手のティッシュペーパーがみるみる涙を吸った。

孝昭は、友美自ら病気であることを素直に認め、治したいと口にしたことに驚いた。姉らしく弟に何かを教えたがっているようだ。

「姉ちゃんがその気なら、どうやろ、本宮先生にカウンセリングを受けてみたら？」

勇気を出して声にした。

「カウンセリングやったら、昔に受けた」

「あの人は、前の医者とはちがうと思う」

「医者は医者や」

病院は嫌だ、といつものようにそっぽを向いた。

「無理にとは言わへん。そう言えば本宮先生が、近いうちにブローチのお礼がしたいって言うてた。電話で話したんやけど、ごっつ喜んではるみたいやった」

「お礼なんか……もっとええのん作れる」

「そやな。ほな、新しいの作ってあげたら？　きっと喜ばはるよ」

孝昭は声を上げて笑ってみせた。

「……お茶いらん、もう寝る」

そっけなく襖を閉めたが、一瞬友美の目元が緩んだようだった。

すぐにニードルを突き刺す音がし始めた。激情に至らせず、うまく気持ちをそらすことができたことに胸を撫でおろす。

いまの友美の顔を思うと、カウンセリングを拒否しているようには見えなかった。

「シャワー浴びてくる」

襖に向かって言って、孝昭は風呂場へ向かう。

頭から湯を浴びながら、本宮心療内科クリニックからの帰り道に車からかけた電話での、八恵との会話を思い出していた。

光田という新聞記者の話、本宮医師が正当防衛に持ち込もうとしていること、そして友美が有名菓子店に出かけたことに何かあるはずだという八恵の主張を話し、それに本宮医師も賛同し調べてくれる手筈になったことを報告した。

ある意味八恵の手柄なのに、それよりも、

「古堀さん、大丈夫？」

と孝昭を気遣ってくれた。指紋の一致という結果を正式に聞いて、孝昭がどれほど傷ついたか心配だと涙声を出した。

八恵の思いやりが、疲れ切っていた孝昭の心を回復させた。だからこそ友美に正面切ってカウンセリングを持ちかけられたのだ。

その上八恵は、お姉さんは人殺しなんてできないし、絶対しないのを一番知っているのは孝昭で、その孝昭を信じていると励ましてくれた。

自分のことを考えてくれる人がいる心強さと、温かさを孝昭は感じていた。そして、友美が八恵の名前に触れたことで、ますます彼女が特別な存在に思えてきた。

髪を拭きながら、冷蔵庫の缶ビールを取り出す。キッチンテーブルに着いてビールを喉に流し込んだ。

美味しいとは思わなかった。友美が警察の厄介になったらどうしようという不安がずっと頭から離れないからだ。それでも本宮医師に加えて、光田という新聞記者が協力してくれていると思うと心強かった。何と言っても、鑑識係官に指紋の鑑定を依頼できるほどの人脈があるのだ。

ビールを飲み干して缶を潰し、市指定の資源ゴミの袋に放り込む。その横にある新聞回収用の袋に目がとまった。

孝昭がまだ読んでいない今日の夕刊がそこにある。

もしやと思い、そっと新聞を引き抜いた。襖のほうを確かめ、できるだけ音を立てないように新聞を開く。

記事は『島崎弁護士転落事件、殺人事件として捜査』という見出しだった。

8日、京都市左京区の吉田神社の境内において遺体で発見された島崎靖一さん（44）は他殺と断定。捜査を殺人事件に切り替え、京都府警と川端署は合同の捜査本部を明日にも立ち上げることが警察関係者の取材で分かった。詳細は明らかにされていない。捜査本部は被害者の交友関係を中心に、引き続き聞き込みを強化する模様だ。

友美はこの記事を見て、孝昭が読む前に捨てようとした。やはり島崎事件の犯人は友美だということか。

流したばかりなのに、背中や脇の下から汗が噴き出す。

さっと拭ってパジャマに着替え、本宮医師にメールする。友美が病気を治したいという気持ちになっていることを知らせたかったのに、それだけでは済まなくなった。

『本宮先生

帰宅後、姉と話をすることができました。姉のほうから病気を治したいと言いましたので、本宮先生にカウンセリングを受けてみては、と持ちかけました』

そこまで入力して、会話の内容をそのまま文字化したほうが往診時に役立つと思い、できるだけ忠実に文章にした。そして懸念材料として新聞記事のことを書き込み、メールを送信した。

寝床を敷き、横になる。しかし本宮医師からの返信がないか気になって、眠る気にもなれない。もう一缶、ビールを飲もうかと迷っていると、メールの着信音が鳴った。スマホを持って体を起こす。

『詳しいやり取り参考になります。お疲れなのにありがとうございました。その感じなら自然に明日伺うことができそうですね。さて新聞記事の件ですが、古堀さんが帰った後、光田氏にも情報が入ったようです。スクープに近い内容みたいで、彼も本日の夕刊は読んでいなかったのでびっくりして、すぐ例の鑑識係官に確認してくれました。記事ではまだ明らかにされていませんが、顔面に残っていたのが催涙スプレーの成分であるオレオレジン・カプシカムの他に、レンガなどに使われる焼き固められた粘土と頁岩だったことが判明したんだそうです。当初は石段もしくは周辺の砂利や土だと思われていたようです。それで被害者はスプレーを浴びせかけられた後、レンガのようなもので顔面を殴打された可能性が高いとみています。神社境内、その周辺に同様のレンガは見つからなかったということで、犯人があらかじめ用意してきたものと踏んでいるようです。凶器を持って島崎さんと会ったとなれば、殺意がなかったとする僕の見立ては成り立たなくなります。少々作戦を変更すればいいだけのことですけどね。因みにレンガと聞いて、何か心当たりありますか』

現状の悪化を悲観せず、それでいて見え透いた慰めの言葉を使わない本宮医師のメールは、孝昭をひとまず落ち着かせてくれた。

孝昭は冷静になって、アパートにレンガを使った場所はないし、うちにも置いていないとメールした。

すると、ほとんど間を空けずに『分かりました。では明日六時に、よろしくお願いします』と返信が届いた。

明くる日の昼、孝昭は八恵をランチに誘った。普段ならウジウジと悩んで結局声をかけ損ねるのだが、今回はすんなりと電話できた。友美のことは、いまや二人の問題になりつつある気がする。彼女に頼るようで恥ずかしいが、八恵の明るい笑顔に会いたい気持ちが勝ったのだった。

見栄を張って高級ホテルのランチを候補に挙げたが、彼女は定食が食べたいと言った。ご馳走(ちそう)させてほしいと告げたから、孝昭の財布を気遣ってくれたにちがいない。

四条烏丸(からすま)の定食屋で焼き魚定食を食べ終わると、八恵が冷たい麦茶の入ったコップに手を伸ばす。

孝昭は自分も茶を飲み一呼吸置いてから、夕刊の記事を見つけた経緯と本宮医師とのメールの内容を話した。

「夕刊、私も読みましたけど、そんな証拠が出てきていたんですね」

「作戦変更をしないとって、本宮先生が言ってます」

「でも凶器がレンガというのが、何か変じゃないですか」

素手よりはマシだけれど、非力な女性にはかえって不利じゃないか、と八恵が言った。

「ですが準備していたのなら凶器だと思われても仕方ないですね。だけど、うちにレンガなんてないし」

「私はお姉さんが犯人じゃないと思っているんですが、辻褄合わせをしようとすると、吉田神社の外で拾って持って行ったということになります。これもやっぱり変。女性の発想として、相手を殺すためにその辺りに落ちているレンガを拾って行くなんてあるかしら。もしそうだとすると」

両手で持ったまま話していた八恵がトンと音を立て、まるでチェックメイトと言わんばかりにコップを置いた。

「そうだとすると？」

孝昭がそう訊くのを待っていたように、

「明確な殺意があったとは言えない証しではないですか」

と言った。

「どうしてですか」

定食屋で昼間からする話ではないので、孝昭は小声で尋ねた。

「もしレンガで殴りつけることで相手が死んでしまうと考えていたら、やっぱり準備して行きます。お姉さんが持てる適当な重さと大きさのレンガが現地で調達できるとは限りませんから。それではとても計画的とは言えません」

「なるほど、そうですね」

「一方、家から持って出たとします。古堀さんの家にないとなれば、誰かの家のものか、作りかけの住宅建築現場、もしくはホームセンターで買って用意しないといけませんよね。これも面倒だと思いませんか？」

「他人(ひと)の家のものを持って行くなんて、姉にはできないと思います。ただうちは実家が工務店ですから、姉もレンガとかの建築資材を見慣れているんで……」

本宮医師のメールでレンガという文字を見た瞬間、現場の大工さんから予備のレンガをもらって、それを積み木のようにして姉と遊んだ子供の頃を思い出していた。

「建築資材は一通りおもちゃになりました」

と孝昭は残り少なくなっている八恵のコップに、ポットの冷茶を注いだ。

「ありがとう。でもそれなら、なおさらそれで人を殺そうと思いますか。これも本宮先生の専門ですが、そのものにあるイメージとか、思い出とかってあるじゃないですか。例えば大工さんが使う金槌。見慣れてるでしょ、孝昭さん」

「え、ええ。勝手に使うと大目玉をもらいましたけど」

急に名前で呼ばれて、ビクッと背筋が伸びた。

「それで人を叩けます？」

八恵の真顔が嬉しかった。自分のために懸命に思案してくれているのだ。

「私にはできないですね。親父や大工さんたちが大切に扱い、作業後に毎日手入れをしている姿が目に焼き付いていますから」

「じゃあ釘はどうです。たぶん遊び道具になってたでしょう？　それで人を刺すことができますか」

「釘ですか。うーん、やっぱりできないな。端材に釘を打たせてもらうんですが、最初は真っ直ぐ打てませんでした。何度も打って長い釘がスーッと材木に打てたときは嬉しかった」

「釘にポジティブなイメージを持ってるから、ネガティブなことと結びつかないんだと私は思うんです。歯医者だって、結構危ないものを扱ってますよ」

ドリルにレーザーメス、即効性の麻酔薬と物騒なものを八恵は並べ、

「他人は手慣れた道具を使ったんだって言うかもしれません。でも苦労して習得したものだから、いろいろ思いが詰まってます。それを汚すことはしたくないです」

と、うなずいてみせた。

「姉なら、レンガはあり得ると思っていたんですが、八恵先生の話を聞いて、姉だから違うように思えてきました」

「よかったです。ちょっとでも孝昭さんの気持ちが楽になれば」

八重歯が覗く。

「八恵先生には感謝しています。姉をケアしてきて、どんなことでも自分を勘定に入れない癖がついてて、楽しいことというか、楽しんじゃいけないと思ってきたところがありました。でもこの間、ケアラーの話をしてもらって、自分自身をケアすることも大事だと分かり、罪悪感が少し軽くなりました」

孝昭は連日時間を割いてもらった礼を述べた。

「こちらこそ、ご馳走していただいて。とても美味しかった。今夜の往診、うまくい

くといいですね」

八恵は事件解決とは言わなかった。あくまで友美の病気を治療するためのカウンセリングであるということを、孝昭に気づかせてくれた。

「もっと信じないといけませんね」

「ええ、温かく見守ってあげてください」

八恵が腕時計を一瞥したのを機に、孝昭は会計伝票を手にした。

八恵を北上歯科クリニックまで送ってから、本宮医師にメールを送った。どうしてなのか、彼には二人がうまくいっていると言いたくなるのだった。

得意先を六社回って帰社する。いつものように業務日報を書いて上司に提出すると、夕食に誘われた。

「姉の調子がよくないんで、今日はこれで」

「そうか、お姉さんそんなに?」

「今後、往診が増えると思います。場合によっては早引きしないといけなくなるかもしれません」

上司の耳に入れておいたほうが、もしもの時に動きやすいだろうと、

「その節は、申し訳ないのですが、よろしくお願いします」

と孝昭は頭を下げた。

4

午後二時過ぎ、慶太郎が着信したばかりの孝昭のメールを読み終えたとき、クリニックに澄子が戻ってきた。

慶太郎が友美の好みを踏まえて、ある条件を満たすお菓子を探していると相談すると、澄子は、いいものがある、と地下鉄で烏丸御池駅まで出かけ、京洋菓子司『ジュヴァンセル』という店のパウンドケーキを買ってきたのだった。

「ご苦労さん。『竹取物語』っていうのか。これ三つとも同じもの？」

「どんなのか知っておいたほうがいいでしょう？　特に香りね。慶さんは古堀さんところで一緒にいただくんでしょうから、見るだけ、ね」

自分は家に帰ってから両親や尊とじっくり味わうわ、と笑う。

「もう一つは千葉さんにプレゼント。クライエントが増える一方なのに、誰かさんは横道にそれてばっかり。大変な中、彼女頑張ってくれてるから」

「それには一言もないよ。さて、どんなのかな」

ずしりと重い深緑色の紙箱の蓋を開くと、竹の皮に包まれた焦げ茶色のパウンドケーキが現れた。

「栗と黒豆、凄いな」

こぼれ落ちそうなくらいケーキの上に盛られた、丸ごとの栗と大粒の黒豆の甘露煮に、年甲斐もなく声をあげた。

「ケーキ部分にもマロンペーストが練り込んであるんですって。尊、栗が好きだから喜ぶわ」

「僕も栗は好物なんだけど、おあずけか」

顔に近づけ匂いをかぐ。

「栗と柚子の香りが堪らないでしょう？」

「そうだね」

両手で静かに持ち上げて、

「形も重さも申し分ない」

と澄子に微笑んだ。

「本当にいいの？　洋酒以外って言ってる人に、わざわざお酒が使ってあるものなんて。食べれば甘露煮にラム酒が入っているって分かるわよ」

澄子に言った条件は、友美の苦手な洋酒がそこはかとなく使われていること、形がどことなくレンガに似ているカステラかパウンドケーキが望ましいというものだった。

とはいえ洋酒を使ったケーキ類は、一見してそれと分かるようにしてある、いやそれを「売り」にするものが多い。そこで澄子が思いついたのが、以前友人の家でご馳走になった和菓子とパウンドケーキを融合させた『竹取物語』だった。

「あえて賭けに出る。話題をお菓子に振り向け、なぜシフォンケーキを買うために遠出をしたかを探るためだからね。そのためのアイテムとするには、食べてすんなり終わりではダメなんだ」

ケーキを通じて友美の心を揺さぶりたい。洋酒がその引き金にならないかと考えた。人の好き嫌いは、経験によって作られるものだ。思い出を引き出すきっかけになり得る。単にアルコールが分解できない体質である場合でも、初めてそれに気づくエピソードはあるものだ。

「こんなのいらないって、嫌われるだけかもよ」

澄子がケーキを慶太郎の手から取り上げる。

「それも意味があるんだ」

「そうなの？」

「うん。ここらで友美さんと古堀さんとの信頼関係をより強くしておこうと思ってね」

何度かの偶然を装った往診の限界を感じていた。昨夜、孝昭が友美に正式なカウンセリングを持ちかけたのは、友美を謀（たばか）っていることへの罪悪感があるからだ、と慶太郎は分析している。

背景にあるのは、自分のことを慶太郎に漏らしていると友美が感づいているのではないかという不安だ。

それを払拭するために、あえて友美の苦手とする洋酒入りのケーキを持参することにした。

その場で拒否され、うろたえたところを見せれば、孝昭が自分の好みすら慶太郎に話していない、と友美は感じるだろう。

「姉弟の結束を固くしておくのね」

「事件のことも含めて、これからは友美さんの過去を掘り下げていくことになる。僕の質問も、どうしたって核心をつかねばならない。友美さんが、僕も古堀さんも味方ではないと思っては困るんだ」

「友美さんには、弟さんが常に味方だって思わせてあげるのね。だけど何も、ケーキでレンガを連想させることはないんじゃないの？　何だかこっちまで変な気分になっちゃう」

ケーキを竹の皮に包み直しながら、澄子が言った。

「僕だって、食べ物からそんな連想したくないよ。普通は最も結びつかないからこそ、当事者には衝撃が大きいんだ。うまく有効打になってほしい」

慶太郎はテーブルの上にあるケーキの入った紙袋を引き寄せた。

「私はケーキはケーキとして、尊と美味しくいただきますわ」

おどけた言い方をして、コーヒーメーカーに豆と水を補充した。


「姉さん、本宮先生とそこで会った。ちょうどうちにみえるところだったんだって」

玄関口から屋内の友美に声をかける孝昭の後ろ姿を、慶太郎は見ていた。初訪問時のおどおどした様子がなくなっているように感じる。あのときは友美への対応となると、営業の際に見せた自信が漲る顔つきから一変し、卑屈ささえ漂わせていたのだ。八恵の存在が大きいのだろう。彼女のお陰で、自己肯定感を抱くようになってきている。今の孝昭なら、友美の頼みの綱になってくれるにちがいない。

「先生、入ってください」

と振り返った孝昭の顔つきに覚悟を見た。

「おじゃまします」

二人が卓袱台に座る位置は、テレビを背に孝昭、彼の左側で襖に近い場所に慶太郎と、これまでと同じだ。友美が部屋から出てくれば、孝昭の正面で襖を背面に彼女が座る。

「この間はブローチ、ありがとうございました。お菓子が好きだと伺ったんで、お礼にケーキを持ってきたんです」

少し間を置いて、

「他にも作ってくれると聞いたんですが、本当ですか」

と訊いてみた。

さらに一拍おいて、

「もっと凄いのができるんですって？　ぜひお願いしたいんですよ」

慶太郎は耳を澄ます。この行為も馴れてきたのか、友美との間合いを感じ取れるようになった。

剣道で、自分の竹刀が相手に届く距離と、相手の竹刀の切っ先が自分を打つ距離は微妙に違う。その間合いの読みで、勝負は決するといっても過言ではない。相手の竹刀が届かない距離にいれば、安全だが勝負にならない。慶太郎のやろうとしているのは、相手が打てば当たると思う距離まで近づき、打たせる戦法だ。実際には相手の竹刀は僅かに届かず、慶太郎の竹刀が相手を打つ。それゆえ間合いの読み誤りは、極めて危険なのだ。

「先生も一緒に食べましょう。お持たせで失礼ですけど。姉ちゃん、紅茶でいいよね」

孝昭が台所に立つ。

「僕も手伝います」

慶太郎も台所の孝昭の隣に立って、

「少し濃いめのミルクティーにしましょう。いいですか、友美さん」

念のために、洋酒の香りを紅茶の匂いで分かりにくくしたかった。

孝昭はミルクパンに牛乳を注ぎ火を着けた。そこに紅茶のティーバッグを入れ、焦げないように煮出す。すぐに紅茶の香りが広がった。

居間の襖のがたつく音がして、見ると友美が顔を覗かせていた。彼女の目は卓袱台の上に置いた緑の包み紙に注がれている。

そのうち四つん這い(よばい)でにじり寄り、襖から完全に体が出てきた。

「ブローチ、ありがとうございました。いろんな人にどこで買ったんだと聞かれます」

慶太郎が台所から話しかけ、すぐにカップと小振りの皿を三枚、盆に載せる。淡々と接することで、医師とクライエントであるというムード、カウンセリングをするという気配を匂わせたくなかった。

「いい香り」

と友美が襖を後ろ手で閉めた。

慶太郎は盆を持ち、孝昭に目配せをして一緒に居間に戻った。

「ミルクティーが合うんじゃないかと思って」

友美の前にマグカップを置いた。

「『竹取物語』、テレビで紹介してた」

友美が包みを手にした。

「俺も知ってる、ネーミングがいいなって思ってたんや。遠慮なく呼ばれよ、姉ちゃん」

「うん」

友美が切り分けるよう孝昭に包みを突き出す。

「僕はスイーツが大好きなんだけど、店とかには疎くて、これも家内に選んでもらったんですよ」

孝昭は包装を解き、竹の皮を開く。

「先生も召し上がったことないんですか。さあどんなんだろう」

「わあ、美味しそう」

友美が発した嬉しそうな声に慶太郎は安堵した。引きこもり傾向のある人は、こだわりが強く、自分の興味のあるものに対しては躁的な態度を示すことがある。それほど目前のケーキは、友美を引きつけているようだ。

孝昭は用意していたナイフで切り分けるために、一旦大きめの皿にケーキを移した。

「結構ずしりときますね」

「僕も、ケーキにしては重いと思いました。家内からパウンドケーキだって聞かされたとき、間違ってレンガでも買ってきたのかと思ったたって、冗談を言ったら嫌な顔をされました」

と笑いつつ慶太郎は、友美の表情のどんな微細な変化も見逃さないよう注視した。

「ケーキを固いレンガやなんて、心療内科医なのにデリカシーがない」

友美の視線は、ナイフが入るケーキだけに注がれていた。

だがレンガという語句がしっかり耳に入っていること、デリカシーがないという言葉でそれをちゃんと理解していることが分かる。表情筋に反応はなかったし、呼吸も乱れていない。

これは解離性健忘の中の選択的健忘による記憶障害なのだろうか。レンガで人を殴った事実があまりにも衝撃的で、それに関係するものだけを記憶の箱にしまい込んだとも考えられる。いや、自らレンガという言葉を使ったにもかかわらず、嫌悪を示す様子はなかった。いくら選択的健忘で、行為そのものが思い出せなくても、関連のあるものを避けたい気持ちが強く働くものだ。

例えばエレベーターで暴行された女性が、ショック状態から選択的健忘による記憶障害を発症した場合、暴行そのものは完全に忘れているのに、エレベーターを避ける。

解離はトラウマから自分を守る防衛本能だとも言えるからだ。

心療内科医が向き合っているのは、実は心の傷そのものではない。心に受けた傷に起因する身体症状と対峙している。つまり事件の不快な刺激をレンガから想起しないほど解離させていて、友美に身体症状として現れなければ、それはもはやトラウマではないとも言えるのだ。

しかしそれなら、新聞記事に対する一連の行動の説明がつかない。

焦るな、焦っては事を仕損じる。本来の目的を見失ってはならない。医師として友美の受けたトラウマを解放することが目的だ。そのために警察の取り調べはどうしても避ける必要がある。捜査官による追及は、トラウマを受けた現場に無理やり引き戻す行為に外ならない。それはトラウマを理解する専門家でも安易にやってはならないことだ。

「デリカシーですか。参ったな」

大げさに頭を掻く。

「じゃあ、いただきます」

切り分けたケーキを配り終えて、孝昭はフォークを友美と慶太郎に渡した。

「まずは、友美さんからどうぞ」

そう促すと、友美が目を輝かせて皿を手に取る。分厚く切ったパウンドケーキに載ったまるごとの栗にフォークを突き刺した。そして口に運んだ。

「栗、美味しい！　孝昭も食べてみぃ」

「ほんまか」

孝昭も栗が載ったところから食べた。

「旨い。美味しいです、先生」

「では僕も」

慶太郎はケーキを食べながら、なおも友美の表情を観察する。ラム酒の匂いは紅茶の香りで誤魔化すことができたようだが、どうしても独特の風味が口から鼻へ抜けた。気づかないはずがない。

しかし友美の口に運ぶ手は止まらない。

「友美さん、お口に合いましたか」

と尋ねてみた。

「洋菓子と和菓子のいいとこ取りって感じ。どちらも好きやから」

彼女の微笑みで、不快感を抱いてはいないことが分かった。

洋酒が苦手だというのは、孝昭の勘違いだったのか。それとも使用されているお酒の量にもよるのだろうか。

「友美さんは、スイーツは何でも？　今後の参考に、教えてください。苦手なものはないんですか。例えば僕は、あんず系の味だけがどうも苦手でして。アプリコットタルトなんかが食べられないんです」

こちらから間合いを詰めた。

「アプリコット、好き。美味しいのに」

「子供の頃に食べたあんずのシロップ漬けが原因です。小学二年生の歯の生え替わる時期に食べて前歯が抜けちゃった。その感覚が気持ち悪かったのと、歯抜けの状態のときに同級生に笑われた体験が結びついたんだと自己分析してるんです。理由が分かっても、苦手意識は治ってませんがね」

そう、理由が判明したところで改善できるとは限らない。逆に原因が分からなくても、克服できることもある。そこが人間心理の難しさだ。

慶太郎は、再度苦手なものはないかと訊いた。

「甘いもので？」

「ええ」

「それなら洋酒の入ったもの」

即答に近かった。

「洋酒、お酒がダメなんですね」

「ううん、洋酒。私だって夏にビールとか、寒いときに日本酒とか、たまに飲む」

ケーキを食べて、友美がミルクティーを美味しそうに啜る。

「洋酒だけが嫌いなんですね」

「大嫌い」

猫が顔に水を浴びたように激しく首を振った。

「すみません、嫌いなものなんて話題にして」

慶太郎は軽く頭を下げ、

「好きなものの話をしましょう」

と切り替えた。

「豆大福、松風、草餅、エクレア、レアチーズケーキ」

友美は子供のように甘味を並べた。

「お店のこだわりとか、あるんですか。特にどこそこの何が美味しいって」

「そんなんない。いま言うたお菓子で当たり外れはなかったもん。なあ孝昭」

友美は向かいでケーキを頬張っている孝昭に、同意を求めた。

「そやな、これは不味かったいうのはなかったかな。反対にメチャクチャ美味しかったいうのもなかったけど」

「私、とびきりなもん、好かん。みんな、誰もがそこそこ満足するもんのほうがええ」

その言葉を聞いて慶太郎は、孝昭に目で合図を送った。あるタイミングで、友美が買ってきたシフォンケーキの話を持ち出すよう打ち合わせていたのだ。

「けど、あれはとびきりやったで。いつぞや姉ちゃんが買うてきたシフォンケーキ」

「あれ、そんなに美味しかったか」

友美は皿を空にし、まだ大皿に残ったケーキをじっと見る。

慶太郎はもう一切れを彼女の皿に載せた。

「あっ、おおきに。さっきデリカシーがないって言うたこと、取り消したげる」

屈託のない笑顔を見せた。

遠出をして有名店でケーキを買ったこと自体に、特別な意味はないということか。

「とびきりって、そんなに美味しかったんですか」

と慶太郎はさりげなく訊き、ティーカップを手にした。

「ええ、具体的に言うのは難しいんですけど、今まで食べたものとはちょっと違うって感じました。姉ちゃん、有名店のやって言ってたんやなかった？」

「そうやけど」

「どこのですか。僕も食べてみたいですね」

慶太郎は手帳を出して書き留める準備をした。

「ごめん、忘れたわ」

「ほんまに？　京都のお店やなかった気がするんやけど」

「覚えがない」

友美の左目だけが瞬いた。

「そうですか、残念だな。シフォンケーキは家内が好きなんで、喜ぶと思ったんだけど」

慶太郎は手帳をしまい、

「いずれにしても美味しいものにありつくには、常にアンテナを張ってないといけないですね。友美さんはさっき、このパウンドケーキのことをテレビで知ったって言ってましたね」

情報収集の手段について、水を向けた。

「好きだから、グルメ番組はよく観る」

「メモをとるんですか」

「滅多にメモらへん。新聞に紹介されてたら切り抜くこともあるけど」

夕刊のグルメ情報をよく読む、と友美は言った。

「もしかしたら、そのシフォンケーキのお店も切り取ってるかもしれないですね」

「ほかした」

友美が言い捨て、

「竹取物語、美味しかったわ」

と、体をひるがえし襖を開く。

「待ってください。新しいブローチは？」

「そのサンプル見せようと思うんやけど」

「そうでしたか。それじゃあ、少し大きめのがいいかな」

と注文をつけるふりをして、焦りを隠した。

彼女が切り抜きについて、即時に「ほかした」、つまり捨てたと反応したことで、シフォンケーキの店は新聞で紹介されていたことが分かった。

ケーキの効用なのか、友美の機嫌はその後もよかった。ブローチでいっぱいになった紙袋を膝元に置き、そこからテーブルに出しては並べ、ひとつひとつ説明してくれた。

一時間ほど経過したとき、孝昭が、

「なあ、姉ちゃん。本宮先生やったらええんとちゃうか。カウンセリングを受けても」

と言った。

予定にないことだった。

「孝昭、それは……」

友美の表情が強張(こわば)ったのが見て取れる。

「こんなに話をしてる姉ちゃん、久しぶりに見た。姉ちゃんが悩んでること、相談できるんやないか？　もちろん俺は席外すさかい」

「孝昭あんた、はじめからそのつもりやったんか」

卓上に並べたブローチを手で集め出した。それを元の紙袋に入れて、サッと自室に入ってしまった。

「姉ちゃん、何でや。何であかんのや。自分でも治りたいって言うたやないか」

大きな声を出す孝昭を、慶太郎は手で制した。

「ちょっと、古堀さん」

「先生」

「気持ちは分かります。しかし今は抑えてください」

「すみません。姉が昔に戻ったみたいだったんで、つい」

「うん、話が弾みましたね」

慶太郎はさっき出した手帳に、

『ここからはところどころ筆談にします。とりあえず、ケーキの感想を話してください』

と書いて見せた。

「先生、本当にこのパウンドケーキ、旨かったです。営業先のお土産にしようかと思いました。女性にも男性にも受けそうです」

「木の実がいっぱいで、結構食べ応えがありましたからね。でも市内を飛び回ってる古堀さんなら、もっといろいろご存じなんじゃないですか」

『いま友美さんがブローチをしまった紙袋、見たことは？』

「ないですね。というか先生の好みが分からないので」

孝昭は首をかしげた。

「思い出したら、教えてください」

『琥珀(こはく)色の文字で、漢字四文字。陰翳礼讃(いんえいらいさん)とあったんですが』

と走り書きした。

谷崎潤一郎のエッセイに『陰翳礼讃』という題名のものがあったはずだ。

「あっ、そうだ。思い出しました」

孝昭は声に出さず、それです、と唇を動かした。

「どこですか」

「いや、今度クリニックにお持ちします。楽しみにしてください」

「それは嬉しいですね。では今日はこれでお暇(いとま)します。友美さん、またブローチを頼みにきますね。テレビスタッフからの評判もいいので、よろしくお願いします」

襖に言って立ち上がり、

「古堀さん、ではまた。そうだ、そろそろ抗菌マットの交換をお願いします」

と言いながら、慶太郎はアパートを後にした。

来るときは孝昭の車だったためタクシーを拾おうと、すっかり暮れた車道に出たとき、光田からの電話を受けた。

「先生、面倒なことになりました」

光田らしからぬ切羽詰まった言い方だった。

「僕も電話しようと思ってたところです。例のケーキ屋さんを見つけるヒントを摑んだんです。まず光田さんの面倒なことというのを訊きましょうか」

目の前をタクシーが通過したが、手を上げなかった。タクシードライバーにも気兼ねしなければならない内容だと思ったからだ。

「いま話していいですか、先生」

「外だから、うるさいでしょうが、大丈夫です」

「この間、一課の倉持刑事の話をしましたよね、元は少年課だった」

「物腰が柔らかい人ということでしたね」

「そうです。その倉持さんが、私と鑑識係官との密約に気がつきました」

鑑識課に光田が出入りしていることを聞きつけた倉持が、鑑識係官を呼び出して指紋の話を聞いたという。

「じゃあ、古堀友美さんのことが」

リミットが近づいている。鑑識係官がいくら光田との関係性を大事に思っていても、組織の人間だ。上からの指示に従わないわけにはいかない。当然光田とても同じで、捜査妨害だと新聞社にねじ込まれれば抗えない。新聞社の社員としてやっていけなくなるのだ。彼にも、協力してくれた鑑識係官にも迷惑はかけられない。

こうなることを覚悟はしていたが、あまりに早かった。

「いえ、まだ喋っていません。ただ、先生の名前を出してしまったんです」

「僕の？」

「ニュースソースは明かせないという私の立場を分かっていただいた上で、本宮先生と話してほしい、と逃げたんです。先生、すみません、それしか時間稼ぎができなかった」

分かっていただいた、という言葉遣いで、ピンときた。

「光田さん、倉持さんに代わってください。そこにいらっしゃるんでしょう？」

「分かりましたか。じゃあ代わります」

スマホが手渡される雑音に続き、

「本宮先生でいらっしゃいますか。電話で失礼します、京都府警一課の倉持と言います。先生、どうか捜査協力願えませんか」

　包み込むようなソフトな声と話し方だ。

「協力は惜しみません。ですが、光田記者にもニュースソースは明かせないという不文律があるように、僕には医師としての守秘義務があります。それを破れば罪になる」

　慶太郎は電話に集中するために立ち止まった。

「先生が守秘義務を持ち出されたことで、患者が関係しているのは明白ですね。捜査照会という形で情報提供してもらえないですか、そうすれば秘密漏示には当たりません」

　なるほど倉持は、強引なタイプではないと感じた。彼ならば事情を話せば、慶太郎の思いを分かってくれるかもしれない。

　もし交渉が決裂しても、治療の目処がつくまで個人情報保護法を盾に、回答を拒み続けてもいい。

「倉持さん、会って話しませんか」

「いいでしょう。当方は今からでも結構ですが、先生のご都合はいかがですか」

　押しは強いようだ。

「では今夜、九時に私のクリニックに来ていただきたい」

敵陣には旧態依然とした組織の論理が渦巻いているだろう。そこに踏み込むのは避けるべきだ。

「分かりました。今夜九時に伺います。光田さんに代わります」

「先生、本当に申し訳ありません」

電話を代わるなり光田が言った。

「いや、これは嫌みではなく、さすが光田さんだと思いましたよ」

医師が守秘義務違反した場合、秘密漏示罪に問われる。そうならないように捜査機関は、捜査照会の手続きをとる。しかし、その手続きを経てもなお、医師は本人の同意がなければ情報の開示を拒んでも罰則はない。それを知っていて光田は、慶太郎にボールを投げたのだ。鑑識課係官が指紋検査を白状してしまった以上、この方法しか光田自身と、友美を守る方法はなかっただろう。

「面目ないです」

「僕のほうも犯人を蔵匿するのが目的ではありません」

慶太郎はあえて法律用語を使い、

「その辺りを倉持さんには分かってもらうつもりです」

そう言い切った。

「それを聞いて安心しました。私は信じます、倉持さんと先生を」

「正念場ですので、僕も全力を尽くします。それで光田さんに調べてほしいのは、包装紙や袋に『陰翳礼讃』というロゴを使っているケーキ屋さんなんです」

「彼、思い出したんですか」

古堀という姓を口にしなかった。まだ倉持が傍にいるようだ。

「友美さんが持っていた紙袋に、そのロゴがあったんです。最近、新聞で紹介されている公算が強い」

「その言葉、谷崎潤一郎の随筆の題名ですよね」

「僕も真っ先にそれを思い出しました。店主がファンなのか、ゆかりの地に店を構えているか」

「関西でゆかりの地なら、京都以外では大阪船場、兵庫県の神戸か芦屋ですかね。案外すぐに見つかるかもしれないですよ」

光田の声から焦りは消えていた。

5

慶太郎の前には倉持がいた。挨拶を交わし名刺交換をして、慶太郎が出したコーヒーを口にしてから目を閉じ、彼は何も話さない。

倉持は背こそ慶太郎より十センチほど低いが、横幅は倍近くある。柔道の猛者（もさ）を思わせる猪首（いくび）で耳はいわゆる餃子（ぎょうざ）耳、耳介血腫（じかいけっしゅ）の状態だ。しかし顔付きは柔和で、子供が好きなアンパンマンに似ていた。一課の刑事よりも、元の少年課のほうが向いているような気がする。

慶太郎も沈黙に付き合うことにした。

「コーヒーご馳走さまでした」

と倉持は茶道のお点前（てまえ）のように一礼し、背筋を伸ばしてカップをソーサーに置いた。カップは空だ。

「もう一杯、いかがです？」

「私は無類のコーヒー好きでしてね。飲んでいるときは何も考えず、ひたすら味わいたいもので、失礼しました。満足したので結構です」

「そうでしたか」

「早速ですが、先生が関わっている人間の指紋が、殺人現場の遺留品に付着していた。この事実をどうお考えですか」

倉持は、電話のときよりもゆったりとした話し方だった。

「守秘義務がありますが、私の関係者であることを認めましょう。つまりクライエントです」

「なぜ患者さんの指紋なんかを調べたんですか」

「理由は言えません」

「質問を変えます。指紋採取のとき、本人の同意を得ましたか」

倉持の質問は鋭かった。

風体に惑わされてはならない、と慶太郎は気を引き締めた。

慶太郎は慎重に言葉を探す間、時を稼ぐようにゆっくりとコーヒーを飲んだ。返事を待つ倉持の視線は、さらに穏やかさを増す。

「言えません」

と、カップをテーブルに置く。

「つまり指紋採取も治療の一環で、そこで知り得た情報だから守秘義務があるとおっしゃるんですか」

倉持が目で笑った。

「…………」

治療だったと明言すれば、いま一度守秘義務を盾に取ることができるが、それこそ彼の思う壺だ。彼は患者の同意を得ない治療は医療倫理にもとることを知っている。

同意を得ずに治療が許されるのは、患者に意思決定能力がない場合に限られる。ただその場合でも、親族の同意を得るのが原則だ。ただし必要不可欠な加療だと認められるものでなければならない。守秘義務の範疇に友美の指紋採取を含めることなど、いくら足掻いても無理だ。

慶太郎の行為は、守秘義務の範疇でなくなるだけではなく、無断で医療とは無関係な行為をしたことになる。

「先生、どうなんですか」

「倉持さんの勝ちです」

慶太郎は投了した棋士のように頭を下げた。

「ではすべてを喋ってもらえるんですね」

倉持は胸ポケットから黒い手帳を出して開く。

「いえ、今は言えません。もし言えば警察は、僕の患者から事情聴取するでしょう。それが病気を悪化させかねない。医師としてそれはできないんです」

「心配には及びませんよ、先生。医療施設で話を伺うことを検討してもいい」

「外科的、または内科的疾患ならそれも可能でしょう。しかし精神疾患は場所や人が変わることが及ぼす影響が大きい。思春期心性の少年少女の違法行為を、たくさん見てきたあなたなら、いかにメンタル面が重要であるかお分かりのはずだ」

「思春期なんですか、指紋の主は」

倉持は手帳を閉じた。思春期心性という専門用語が、少年課だった彼の胸に届いたようだ。あるいは、発達心理学などを勉強した経験があるのかもしれない。

「いえ、成年です。ですが、学童期にトラウマを受けた可能性があります」

「遺留品の紙片の持ち主が、過去に受けた虐待の復讐を実行した。二重丸をつけて、優秀、と書いた被害者が、過去の加害者……か」

　大きな声の独り言だった。

「光田記者も頼んだと思いますが、僕からもお願いします。数日だけ待ってください」

「何か手掛かりを掴んでるんですか」

「手掛かりというほどのものかさえ、まだはっきりしません。その患者は事件の前に不可解な行動をとっています。それが事件に関係あるのかどうかは分かりませんが、普段はやらない、いや病状から考えればハードルの高いことをした。そんなことをする意味を解明することは、病気の治療にも役立ちます」

「治療、にも？」

「そうです。たとえ事件がその患者の犯行だとしても、逮捕して終わりではないでしょう？　起訴できる証拠や証言が得られなければならない。ちがいますか」

「そんなに悪い状態なんですか」

「言えません。ただ、客観的な傍証として事件前後の行動の意味を知る必要がある、と僕は思っています。罪を犯したなら、償わなければなりません。いくら僕のクライエントであっても。そのためにも、いま警察による事情聴取を敢行すべきでない、と主治医として申し上げたいんです。犯人特定、逮捕、そして立件を見据え、これこそが本当の意味での捜査協力だと思います。倉持さんの質問の答え、僕の疑問が解けるまで、待っていただけませんか」

　慶太郎はボールを倉持に投げた。

　倉持は何度か手帳を開いたり閉じたりして、

「二点、確認したい」

　と手を止め、スーツの前を整えた。

「何でしょう？」

「逃亡や証拠隠滅をさせない、と約束できますか」

「監視しているわけではないので、約束は無理です。ですが、面倒を見ている方がいます。その方とは連携できています。変わったことがあれば、すぐに知らせてくれるはずです」

　クライエントには希死念慮があって、そのためにも言動に注意を払っているのだ、と慶太郎は言った。

「キシネンリョ？」

「これと言って明確な理由はないんですが、心が死に向かってしまう状態です。自殺願望より危険な場合もあります。現に自傷行為も現出してますので」

「なるほど。先生が直接ではないにしろ、監督者がいるということですね」

　慶太郎はうなずき、

「確認事項のもう一つは？」

　と訊く。

「捜査照会の際に、先生が知り得た事柄、それは医療情報も含め、包み隠さず話していただけますね」

　このときの倉持の鋭い目、それは一課の刑事のものだった。

「ええ。信じてください」

「それで、何日くらい必要ですか、先生が指紋の主の犯行で間違いないと納得されるまでに」

「五日、ください」

「長いですね。その間、こちらで何か掴んでも、その被疑者が先生の患者であった場合、手が出せないんですからね」

「なら、こうしませんか。時間を短縮するために、倉持さんに調査を手伝っていただく、というのは？」

「警察が？」

倉持の大腿に力が入ったのが、テーブルの微かな振動で分かった。

「こちらの知り得た情報も分かるということです」

「うーん、それは」

倉持がここに来て初めて困惑の表情を浮かべた。民間人が警察を指揮すると言っているようなものだ。さすがに抵抗があるのだろう。

「精神科医として助言し、それを受けて倉持さんが指示するというのはどうですか」

「先生の意見を参考にした、ということなら」

いいでしょう、という倉持の承諾は、聞き取れないくらいの小声だった。

「こちらも手の内を明かすんです、五分五分です」

「最後にもう一つ。光田さんに関することです。私も彼を信頼していますが、署内の人間が皆そうだとは限りません。先生とは相当仲がよさそうだ」

「報道を控えろとおっしゃるんですか」

光田に限って、慶太郎に黙って記事にすることはない。しかし、警察がミスするようなことがあれば、ジャーナリストの一人として追及するだろう。それを止めることは慶太郎にはできない。いや、すべきではない。

「そこまでは言いません。彼自身が摑んでいる情報で、先生もご存じのことがあったら、それも私たちの耳に入れてほしいんです」

「私が知る範囲でなら」

慶太郎は改めてコーヒーのおかわりを勧めた。

「いただきましょう」

その言葉で慶太郎は、倉持との交渉が巧くいったと吐息を漏らした。


午後十一時過ぎ、慶太郎は光田と向かい合っていた。倉持の訪問を受け、どうなったのかが気がかりで、彼が連絡してきたのだ。

「さっきまでそこに倉持さんが座ってました」

腰掛けた光田の臀部(でんぶ)に、慶太郎が目をやった。

「道理で沈み込んでます」

と光田は尻を浮かせ、ソファーの表面を撫でた。そして、

「倉持さんとの話、どうなりました」

と不安げに尋ねてきた。

慶太郎が捜査協力の話をすると光田は笑顔になり、いつもの寝癖の髪を撫で付けた。

「さっそく倉持さんに『陰翳礼讃』のロゴを使った洋菓子屋、ケーキ専門店、喫茶店などを探してもらうことにしました」

「警察力を使ったほうが、当然早いですからね」

「とはいえ、友美さんの気まぐれで、その店へ行っただけだということもあります」

「空振り、ですか」

嫌な響きだ、と光田がため息をつく。

「だから、違うアプローチも考えておく必要があります。事件当日、島崎さんが、女性の電話の『補習』という言葉に反応しているとすれば、どうしても教育機関で被害者と接触したと考えられますね」

「桜型の紙も、そこに書かれた二重丸と『優秀』というのも、そうですよ」

「で、倉持さんに島崎氏の経歴を洗うようお願いしました。警察は彼が大学で教鞭を執っていたこと以外の情報を持っていませんでした。中高生を教える立場、塾や予備校、うーん家庭教師などの経験がないかまで、徹底的に調べてほしいと」

「履歴書にはない経歴ですね」

「そうです。もうそれしか考えられません。僕は思いきって友美さんのご両親に話を訊いてみようと思っています。光田さんには、同級生を当たってもらいたい。できたら友美さんの当時の様子を思い出してもらい、これを見せてください」

慶太郎は桜型の紙を示す。

「やってみましょう。マイナスの報道だと警戒されがちだし、そうだな、友美さんのフェルト細工が素晴らしいので、彼女を取材していることにします。どんな中学生だったのかを調べていると」

「いいですね。ただ警察に察知されないようにお願いします」

倉持が信用できないのではない。警察の捜査官に友美のことを知られれば、他の新聞記者に気取られる危険性があるのだ。

「心得てます」

「明日、古堀さんと話して、実家への訪問日を決めます。それまでは地元新聞に載った『陰翳礼讃』のロゴの店の記事を探しておいてください。友美さんが知り得たのはいつなのか、その裏取りになります。それを見て、行動を起こしたならば、彼女を駆り立てる何かが、紹介記事の中にあったということになりますから」

警察が店名を探り当てるのが先か、光田が記事を見つけるのが早いか、いずれにしても情報を補完し合うはずだ。

「店が分かっても、行動の動機になる記事がないと十分じゃない、ということですか」

「引きこもっている人を突き動かす、よほどのことなんです。友美さんが行動に出るほどの何かがある、そこに僕は賭けます」

今日は、光田よりも熱くなっている。慶太郎は、深夜にもかかわらずクーラーの温度を一度下げた。

6

二日後の昼、孝昭は助手席に本宮医師を乗せて、大津市内を走っていた。本宮心療内科クリニック鞠小路院から、四十分ほどで実家に着く。

「では先生、いきなり警察が踏み込んできて、姉を連れて行くことはない、と思っていいんですね」

本宮医師から実家を訪問したいと言われ、母に電話をした。すぐにでも両親と会わせたかったけれど、二人が揃って家にいる今日になった。

「少なくとも府警の捜査一課とは話がついています」

本宮医師の返事は心強かった。

「先生、ありがとうございます」

約束の午後二時少し前に、古堀工務店の駐車場に車を止めた。隣には父親愛用の軽トラが材木を積んだままで駐めてある。

孝昭はエンジンを切る前に、

「先生、母にはショックを受けないように、吉田神社の事件に姉が巻き込まれていて、精神的にまいってしまった。それで先生に診てもらってることになっています」

　と昨夜の母の動揺について、本宮医師に伝えておいた。

「承知しました」

「よろしくお願いします」

　二人は車から降りた。

「ただいま、俺」

　孝昭が玄関の扉を開けて、声をかけた。

「お帰り、待ってたよ」

　母が事務服のままで出てきた。

「こちら電話で話してた、姉さんがお世話になってるお医者さん」

　孝昭が紹介すると、

「本宮と言います。お時間を割いていただきありがとうございます」

　と、本宮医師が名刺を母に渡す。

「友美がお世話になって。仕事場なので散らかってますけど」

　頭を下げてから母は、奥の応接室へと案内する。

　応接室といっても、土間にテーブルと椅子を置いて、その周りには材木やサイジング、壁面ボードの見本や耐震構造の図解パネルでごった返している。懐かしい部屋だったけれど、孝昭がいたときよりも狭く感じた。

「何もありませんが」

と母は、冷たい緑茶と鮎の形をした和菓子をテーブルに出した。そのとき父が作業服に付いた木屑を払いながら入ってきた。

「こちら、友美のお医者さん」

母が差し出した名刺を受け取り、父は会釈した。

「本宮と言います。事件のことは孝昭さんからお聞きになったかと思います」

「友美がそんな怖いことに……信じられません」

母が激しく首を振る。

本宮医師は、改めて事件の概要を話した。

「人から傷つけられることがあっても人様に手を上げるようなこと、しません。何かの間違いやと思います」

口に手を当てて話を聞いていた母が、作業場の大工たちを気にしながら震える声で言った。

「私は、友美さんを診て、人を殺めることなどない、と確信しています。ただお嬢さんは今、大変不利な状況に置かれています。このままだと、警察の取り調べを受ける可能性が出てきました」

本宮医師は、心療内科医としての解釈を交えて再度問題点を整理してくれた。トラウマを受け、その結果心的外傷後ストレス障害を発症している可能性があり、その結果うつ状態、さらに引きこもってしまっている現状。そのトラウマの原因が、二重丸をつけた桜の紙片に関係があるという推論。さらに紙片に記された文字は事件の被害者、弁護士の島崎靖一の手によるものであるという事実を話した。

「そして警察が最も重要視しているのが、紙片に残されたお嬢さんの指紋です」

「えっ、そんな……それはどういうことになるんですか。友美が……犯人やいう意味ですか」

と言う母の横で、黙っていた父が体を強張らせ、

「違う、そんなことせん」

眉間に皺を寄せて声を絞り出した。

「お父さんのお気持ちよく分かります。私は、主治医としてお嬢さんを守るつもりで調査を行ってます。それに、お嬢さんの犯行だとするには妙なところがある」

本宮医師は言葉を切って、

「これはまだ公になっていないことですが、島崎さんはレンガで殴られ転落したと見られています。カウンセリングの中でレンガという言葉をお嬢さんの前で使い、レンガを連想されるようなものを見せました。ところが特段反応を示さなかった。これは

お嬢さんがレンガを手にしなかったことを示唆しています」

と父を見た。

孝昭は、本宮医師が父を安心させようと、解離性健忘の可能性を話さなかったことに心中で手を合わせた。

職人気質の父は融通が利かない。友美が病のせいで人を殺したかもしれないと知れば、被害者への申し訳なさで、一転して友美を裁いてくれ、と言い出しかねなかった。そうなれば家族の足並みが乱れてしまう。

本宮医師は一瞬で、父の性質を見抜いてくれたようだ。

「友美は、あの子はやってないんですね」

父に代わって母が確かめた。

「その裏付けが欲しいんです。友美さんの中学校時代のことを教えてください。特に不登校になった辺りのことを」

「そうですね。あの子、ずっと優等生でほんまに手のかからない子でした。親の私から言うのはなんですが、学校の勉強だけやなくて絵を描いても、ピアノを弾いてもいつも一等賞で、誇らしかったんです。ただ中学三年生の夏に朝礼で倒れてしもて、その後総合病院で起立性調節障害やて診断されたんです。それからが……」

塞ぎ込みがちになって、高校に進学しても以前のような明るく聡明な友美ではなくなった。それは、小学五年生だった孝昭でもその変化に気づいたのだから、母にしてみればなおさらのことだったにちがいない。

「入院がきっかけですか」

「そうやと思います。健康に自信をなくしたんやないでしょうか」

どんなに優秀であっても、健康でなければ持てる力を発揮できませんから、と母が悔しそうに言った。

「友美さん、塾とか習い事はされていましたか」

「小学生の頃はお習字とピアノを習ってましたが、中学生になってからは通ってません」

「小学生……孝昭さん、これを見たのは間違いなくお姉さんが中学生のときですね」

本宮医師が桜の紙片をこちらに示す。

「間違いないです。姉が小学生なら、私が低学年だったということになってしまいます」

「お母さん、お父さん、これが現場にあったものです。見覚えありますか」

本宮医師は母に紙片を渡す。

「こ、これが殺人事件の……」

母が慌てて手を離す。

「失礼しました。これは私が作ったもので、実物ではありません」

「そうですか。びっくりしました。いいえ、見たことないです。ねえ？」

母が紙を持ち上げ父にも見せたが、首を振る。

「中学生の頃にこれをもらうような場所、思い当たりませんか」

「学校ではないんですか」

「島崎さんが大津の中学校で教鞭を執ったことはありません。接点がないんです」

「先生やなかったら、やっぱり思い当たりませんね」

「そうですか」

母から紙片を返してもらった本宮医師が、

「入院期間は何日でしたっけ？」

と、何かを思いついたような顔つきで訊いた。

「えーと、三週間です」

「中三の夏ですね。受験には大事な時期だ。その間勉強はどうしてたんですか」

「それは……病院に参考書と問題集を持ち込んで……あっそうです、思い出しました。学習支援の教室があったんです」

「院内にですか」

「ええ、小児病棟に」

「そこでは病院の方が勉強をみていた？」

「いいえ、背広着てはった若いお兄さんで、ＮＰＯ法人の方や、と看護師さんから聞いた覚えがあります」

　母の顔に赤みが差した。

「大津総合病院でしたね」

「そうです、そうです」

　それを聞いて本宮医師はスマホを取り出し、画面をスワイプさせている。そして指が止まると電話を掛けた。

「もしもし、本宮です。お久しぶりです。先輩、大津総合病院にコネクションないですか。いえ、今日はバイトの話じゃないんです。その話はいずれ、また。二十年程前に小児科に入院歴のあるクライエントのことが知りたいんです。小児科はいませんか。では病院内部に詳しい方はおられないですか。入院環境の分かる方です。看護師のヨネモトさんですね。はい、はい、はい。先輩の名前出してもいいですか。ありがとうございました。では失礼します」

　電話を切ると、ネットで検索し、その手で大津総合病院の番号をタップした。

　紹介された米本に連絡が付いたようだ。本宮医師は、先輩医師の名を出し、自己紹介すると、二十年前の小児病棟で行われていた学習支援について訊いた。

「京阪奈学習支援NPO法人『いしずえ』ですね」

本宮医師は、首にスマホを挟みタブレットにメモすると、礼を述べて切った。

「『いしずえ』だ、そうですが、覚えていらっしゃいますか」

本宮医師が訊く。

「さあ、そこまでは覚えてないですね」

母がつぶやいた。

「うーん、五年前に解散してますね」

スマホで検索した本宮医師が言った。

「何とか当時を知る人物を探します。あのお母さん、友美さんの部屋というのは今どうなっていますか」

「あの子が家を飛び出したときのままにしてます。ここにいるときから、部屋の中のもんをちょっと動かしただけでも怒ってたさかい」

「そうですか、中学の卒業アルバムと、もし当時使ってた参考書や問題集があったら、見せていただきたいんですが」

ノートや日記類は本人の了解なしで見ることができないから、持ち出さないよう本宮医師が言い添えた。

「分かりました。あの子何でも残す質やから、特に引きこもってからは……参考書と問題集ですね」

母が部屋から出て行った。その後ろ姿を見ながら、今年五十九歳でいつも元気でエネルギッシュな印象に翳（かげ）りを感じた。八恵を連れて帰ったら喜ぶだろうか、とふと妙な妄想が浮かんだ。

「ここ、落ち着きますね」

本宮医師が父に微笑みかけた。

「先生、娘は治りますか」

ずっと考えていたことをやっと口に出せたというように、父は唐突に質問した。

「必ず回復します。たとえどんなトラウマが原因でも」

本宮医師がきっぱりと答えたのに驚き、孝昭は彼の横顔に目をやる。これまで断言を避けてきたように思っていたからだ。これも父を安心させるためなのだろうか。

「ほな治って、普通に……？」

父が言いたいことは分かっている。人並みに結婚して家庭が持てるようになるのか、と聞きたいのだ。

「普通というのがどんなものかは、人それぞれですから私にも分かりません。私が言いたいのは、トラウマそのものが心の傷なのではなく、それを思い出すたびに体が何らかの悲鳴を上げる。そのことによって傷になる。それを傷にならないようにできる、ということです。車を運転していると、急に動物が飛び出してくることがありますでしょう？」

「ここらはちょっと街を外れたら、まだ田舎道が多いさかい、野生の動物が出てきて轢（ひ）きかけたこともあります」

　父は短く刈ったごま塩頭を撫でる。

「ほとんどの動物は、その場でうずくまりブルブル震えて動かなくなる。これがどうしようもない恐怖に遭遇したときの対処法です。『凍結』って言って文字通り凍ったように固まる。動物たちはしばらくその状態にいて、ハッと気づいてその場から逃げていきます。それは動物である人間も同じなんです」

「人間も一緒」

　父と目が合った。父は木の香りや温（ぬく）もりが心地いいと思うのは、人が動物だったときから受け継いだ本能だ、とよく言っていた。その主張と重なる部分があると父も感じたのだろう。

「ええ。だから存分にブルブル震えて、場合によっては泣き喚（わめ）けば、動物のようにまた前に進める。けれど、脳が発達した人間はそれができなくなった。いろんな方法で回避する知恵を持ったんです。でも、根本的にはうずくまって凍結した状態は、改善されていません。発散できなかったから、いつまでも頭と心に残り続けることになった。それは永久凍土じゃないので、何かの拍子に出てきては同じ恐怖が蘇ることになります。いま友美さんはそんな状態だと思ってください。発散させるか、凍結した恐怖が溶け出しても同じことはもう起こらない、と思えれば、回復するんです。孤立させさせなければ」

「ちょっと分かってきた気がします。そんな風に説明してもろたことないさかい。あんな病気はもう一生あかんのか思てしもて」

「周りの助けが必要ですが、大丈夫です」

本宮医師がまた断じた。

母が戻ってきて、

「アルバムと数学の参考書と問題集。あの子の得意なんは国語やったんですけど、なかったんでこれにしました」

と、テーブルに置いた。

鼻孔に過去の匂いが届いた気がした。

本宮医師が手に取ったのは数学の問題集で、

「懐かしいですね」

とページを開く。

「ぎょうさん書き込みがありますでしょ？　何時間勉強しても苦にならへんかったみ

たいです」

母は嬉しそうに本宮医師の開いた問題集を見た。

「文章題では別解もきちんと書いてありますね。試験前の見直しに使えば、問題集なのに立派な参考書になりますよ」

ページを繰りながら本宮医師が言った。

「国語の問題集もあったらよかったんですけど」

書き込みの量は、他の科目より断然多かった、と母が当時見た感想を漏らし、その国語だけがないと不思議そうに言った。

「同じ場所にしまわれていたんですか」

「そうです、ひとつの段ボール箱に。高校進学の際に全部捨てかけたんですけど、私が止めました。何かもったいない気がして」

「小中高と全部残してあるんですか」

「いえ、中学のだけです。小学校の問題集とかドリルは処分して、私が絵日記とか図工で描いた絵、工作なんかと一緒に残してます。高校のはやっぱり……」

母がやっぱりと言ったのは、高校生時代に不登校になったせいだ。友美の高校一年生の時の担任教師が頼りないからだ、と母と父とが話していたのを孝昭は覚えている。

「中学のものは三年間分を保管していたんですか」

本宮医師は、いやにこだわるが、何か意味があるのだろうか。

「そうです」

「国語が得意なのに、ないんですね」

「はい、でもないのは中三のだけです。先生が受験の話をされたんで、つい中三のもんやと思って。他の学年のも取ってきましょか」

「いや結構です。その中三のものは、現国以外、古典もないんですね」

「国語科は全部やと思います」

「そうですか。では、アルバムを見ながら、お嬢さんと仲が良かった生徒さんを教えてください」

「仲の良かったたんは、小学校から一緒やった……」

母がアルバムを開き、集合写真に目を走らせ、

「西村千佳（にしむらちか）ちゃん、井上紗綾（いのうえさあや）ちゃんと、小林穂乃花（こばやしほのか）ちゃんとは仲良しでした」

と、本宮医師に告げた。

「二十年経ってますから、住所は分かりませんよね」

「みんな結婚して姓が変わってますけど、住所は知ってます。きちんと年賀状は送ってくれてますさかい」

母は姉に代わって、友人たちに賀状を送っていたのだという。

「住所を教えてもらいたいので、当人の了解を得てもらえますか」

　本宮医師は、毎読新聞の記者が友美のフェルト細工を取材していて、それを作った友美の中学校時代のことを取材する。そういう口実にしてほしいと頼んだ。

「分かりました。そのほうが助かります。事件のことを言うのはかなん、と思ってました」

「もし断られたら、それは仕方ないことですから、けっして無理をなさらないようにお願いします」

「はい。分かったら先生に連絡したらいいんですね」

「お願いします。ではアルバムと本をお預かりします」

　本宮医師はそれらを小脇に抱え、

「お母さん、お父さん、私は、何があっても友美さんを支えますから、心配しないでください」

　と席を立った。

7

　日本の警察の捜査力は素人が考えているほど低くなかった。慶太郎が、古堀家から戻った明くる日の午後、倉持から「陰翳礼讃」のロゴを使用した店が見つかったという電話があった。

「どこの店でした？」

「兵庫県芦屋市です」

「やっぱり谷崎潤一郎ゆかりの地でしたか」

「谷崎の好物だったロールケーキ『モカロール』が店名だといいます」

「なるほど、こだわりがありますね」

「その店がオープンしたのは、今年三月です。店長は戸沢寛、妻の佳鈴がパティシエールをしているようです」

倉持は店の住所と電話番号を教えてくれた。

「倉持さん、警察の捜査だということを明かしてはいないですよね」

要らぬ警戒心を持たせるのは、どんな場合でも得策ではない。

「もちろん。悟られないようにと、捜査員にも注意してます」

捜査の目的も伝えられないのに、そんな馬鹿な真似はできない、と倉持は皮肉っぽく言った。

「そうですね」

慶太郎は苦笑しながら、続けた。

「その『モカロール』ですが、メディアで紹介された、という告知がありませんでしたか」

「ちょっと待ってください」

少し間があって、

「新聞で紹介された、というPOPがあったようです。四月二十七日の京洛新聞の夕刊だったということです」

倉持が、調べた刑事に礼を言うのが聞こえた。

「助かります。もう一つお願いがあります。島崎さんの経歴ですが、京阪奈学習支援NPO法人『いしずえ』との関係を調べてほしいんです」

法人が五年前に解散していて、素人が調べるのは難しい、と慶太郎は言った。

「例の桜の紙と関係があるんですね」

「おそらく」

同時に、友美と島崎との接点を明確化することになる。真相に一歩近づいていることは確かだけれど、友美に有利な事実とは言いがたい。

「すでに被害者の経歴を洗い直している別働隊に、そのNPO法人のことを伝えます」

「たぶん主に国語科を担当していたんじゃないか、と。これはあくまで推測ですが」

「そこまで分かっているんですね。了解しました」

好きだった国語科の問題集だけを処分し、優秀の証しである桜型の紙片を捨てたことが島崎と結びつくとすれば、友美のトラウマはかなり根深い。カウンセリングにはいっそうの慎重さが求められるだろう。

「ではよろしくお願いします」

慶太郎はスマホを切ったその手で、光田に電話をかける。彼は今、友美の友人のところに出向いているはずだ。

「はい、先生。何でしょうか」

明るく聞いてくる光田の声の向こうから、レールの音がする。

「移動中ですね。いま話しても大丈夫ですか」

「いいですよ。午前中に大津市内の旧姓小林穂乃花さんと会って、福井に住む西村千佳さんに会うため、さっき米原で乗り換えたところです」

あと一時間二十分ほどかかるようだ、と光田はご機嫌だ。

「いい話が聞けたんですか」

「そうじゃないんですが、久しぶりの鉄道の旅、長閑（のどか）な車窓に癒やされてます。案外乗り鉄の素質があるのかなぁ」

「そういうことですか。いま倉持さんから報告がありまして」

「陰翳礼讃」のロゴを使っていたのが、今年三月にオープンしたケーキ専門店『モカロール』で、店長とパティシエールの名前を光田に報告した。

「新しい店なんですね」

「四月二十七日付の京洛新聞夕刊で紹介されたようです」

「そうだったんですか。先を越されたな」

光田の言い方に悔しさは感じられない。

「これから、その店に行くつもりです。店内には紹介されたことをＰＯＰにしてあるそうですから、その内容も分かるでしょう。そちらは、いつお戻りですか」

少しでも早く情報交換したかった。

「三人目の井上紗綾さんへのアポは明日の午後なんですよ。明日の午後十時にクリニックに伺いましょうか」

「そうしていただけるとありがたいです」

澄子に事情を話し、午後二時十五分の新快速姫路行きで芦屋に向かった。

電車のドアにもたれていると、立ったままの姿勢で何度か舟を漕いだ。今年で四十七歳、これが四十の時には感じなかった体力の衰えなのだろう。このところ休みなしの状態が続いているせいか、朝起きても疲れが残っていて体が重い。

午前中に四人のカウンセリングを終えて、夜には五人のクライエントが待っていると思うと、ついため息が出る。

カウンセリングは慶太郎の神経もすり減らす。クライエントの表情の変化や小さな所作の意味を、気づかれないように探る作業。言葉は諸刃(もろは)の剣となるので、言葉選びにもさらに神経を使わねばならない。

急にクライエントが増えたのもこたえている。一人のクライエントを診察する時間も相対的に少なくなってきているのが申し訳ない。カウンセリングを充実させるためには、診察量を減らすか、診察時間を増やすしかないだろう。

いずれにしても今のままではいけない。

四十分ほどで芦屋駅に降り立ち、タブレットに表示されたマップを頼りに『モカロール』を探す。駅前通りを南に歩き西国(さいごく)街道との交差点を過ぎたところに、ブラウンの三角屋根が見えてきた。タブレットの時刻を見ると、駅から五分くらいしか経っていない。

とはいえ友美は、アパートからここまで一時間以上かけてやってきたのだ。駅の雑踏、電車内の閉鎖空間での人の視線など、うつ傾向にある患者にはいくつものハードルがある。よほどの決心と覚悟があったとみるべきだろう。

いや、ここまでくれば、何か明確な理由があってほしい、と慶太郎は祈るような思いで、『モカロール』の扉を開けた。

午後三時過ぎだったせいもあって、店は多くの客で賑わっていた。内装はもちろんテーブルや椅子、菓子が入ったショーケース、レジ台に至るまでモカをイメージしたコーヒー色で統一されている。レジ横に倉持の話にもあった、新聞記事を紹介するPOPがワイヤースタンドに挟み込まれていた。


『モカロール』の名物その名も「もっと大人のモカロール」が、四月二十七日付の京洛新聞のグルメ情報のコーナー「うまいもん関西」で紹介されました！ 熱海で執筆していた谷崎潤一郎がこよなく愛したロールケーキに、当店のパティシエールがさらに大人のロマンの香りを加味した「うまいもん」です。ご賞味あれ。

POPを読んでいると、

「お酒がお嫌でなければ、モカロールがお勧めです」

白いコックコートに、ブラウンのイージースカーフとエプロン姿の女性が話しかけてきた。

「お酒？」

「はい、ラム酒をふんだんに使用しております」

「そうですか、それは美味しそうですね」

「お召し上がりですか、お持ち帰りですか」

「こちらでいただきます。お土産に二本お願いします」

「畏まりました、お持ち帰りのお時間は？」

「二時間くらいかな」

「保冷剤をお渡しの際にお付けします。店内でのお召し上がりには、コーヒーとセットですとお得ですが」

「では、それにします」

「コーヒーはアイスですか、ホットにされますか」

「ホットでお願いします」

と慶太郎は入り口に一番近い席に着いた。

女性はエプロンからパティシエ帽を取り出してかぶると、ショーケースの奥に入っていった。入れ替わるように白シャツの高校生くらいの女性が出てきた。

いま言葉を交わしたのがパティシエールで、戸沢佳鈴か。

ケースにはシフォンケーキもある。店にやってきた友美が、新聞で紹介された名物を買わなかったのは、おそらく同じようにラム酒がふんだんに使われていると言われたからだろう。いやそれについては、新聞の紹介記事でも触れているにちがいない。

最初からモカロールが目的ではなかったということか。

「お待たせいたしました。『もっと大人のモカロール』のコーヒーセットです」

「ここはシフォンケーキも有名なんですか」

テーブルにケーキの載った皿とコーヒーカップを並べる女性に尋ねた。

「シフォンも美味しいですが、有名なのはお酒を効かせた大人のケーキで、モカロール以外ではモンブランが人気あります」

「新聞に載ったとPOPにあるけど、その記事のコピーってありますか」

「はい、いまお持ちします」

すぐにラミネート加工した新聞の切り抜きを持ってきてくれた。

それを読む前に、ケーキフォークでモカロールを切り取って口に入れた。コーヒーの香りが先にきて、じわっとラム酒が口中から鼻に抜ける。さらに後に引く大人の苦味が旨かった。これはアルコールが苦手な者には勧められない。

慶太郎はもう一口ケーキを食べ、コーヒーを啜って新聞記事に目を移す。


大人のスイーツの決定版！

谷崎潤一郎が愛した「モカロール」を進化させたうまいもん。

その名も『モカロール』（兵庫県芦屋市○×町）は、今年三月三日にオープンしたばかり。店のパティシエールの戸沢佳鈴さん（31）は箕面温泉の老舗旅館の一人娘で、物心ついたときから遊び場は厨房というほど、幼いときから料理が好きだった。「和洋中何でもこなす料理人の仕事をずっと見てました。不思議と飽きなかったですね」。

好きこそものの上手なれ、就学前から包丁を握り、魚をさばけたという。そんな佳鈴さんが高校生のときに出会ったのが、旅館が招いたパティシエのピエール・鴨下氏だ。高校卒業後、鴨下氏について本格的に洋菓子を学び、一年間のフランス留学を経て二十五歳のとき箕面で菓子店をオープン。熱海で本場モカロールを食べ、シンプルさに魅せられ、谷崎ゆかりの地でもある芦屋でケーキ専門喫茶『モカロール』を開店するに至った。「吟味を重ねたアラビカ豆で出したコーヒーとラム酒の黄金比を見つけるまで、三カ月も試行錯誤しました。お陰で、どこにも真似のできない大人の味になったと自負しています。谷崎潤一郎さんに味わってほしかったですね」と佳鈴さんは白い歯を見せた。甘いものが苦手な人にこそ、味わってほしいうまいもん、発見！

と、記事は結ばれていて、その他には佳鈴の顔のアップと店の外観写真、店までのアクセス図が掲載されていた。写真の佳鈴は、間違いなくさっき対応してくれた女性だ。

友美はこの記事を読んで、いくつもの難関をくぐってきた。何がそうさせたのか、記事を読んでも分からない。

店の紹介が載ったのが四月二十七日で、シフォンケーキを買ってきたのがゴールデンウイークの終わりだと孝昭は記憶している。犯行日は五月七日。とすると友美がここを訪れたのは、五月六日か七日。ただ一日にストレスのかかることを二つもこなせるとは思えない。ここを訪れたのは五月六日か。

四月二十七日にこの店を知り、九日後にケーキを買いに来た。

「竹取物語」を食べたとき、慶太郎の「もしかしたら、そのシフォンケーキのお店も切り取ってるかもしれないですね」という言葉に、「ほかした」と友美は答えた。

反応の早さは、触れられたくない、という気持ちの表れのように思える。この店の記事を読んだことも、ここでシフォンケーキを買ったことも隠しておきたかったようだ。

慶太郎は店内を見回す。三月にオープンしたばかりの店に何があるというのだ。

新聞記事を読んだのなら、名物の「モカロール」にラム酒が使われていることは分かっている。シフォンケーキの記述はないから、それを目的に来店したのではない。ケーキを買いにきたのではないとすれば、人に会うためか。

慶太郎は新聞の佳鈴を見る。佳鈴は三十一歳で友美が三十五歳、四つ違い。出身地は大津市と箕面市と離れている。土地や学校以外の接点——。

慶太郎はスマホの孝昭の番号をタップする。

電話に出た彼に、

「お姉さんにネット環境はないんですよね」

と訊いた。

「ない、です。嫌ってましたから」

「お姉さんの知り合いで、戸沢佳鈴という名前を聞いたことはないですか」

「陰翳礼讃」のロゴを使った店が、三月にオープンしたばかりの芦屋の『モカロール』だと分かり、そこのパティシエールが佳鈴なのだと説明した。

「かりん……名前に聞き覚えがあるんですが……」

孝昭の曖昧な言い方に、

「お姉さんのお知り合いですか」

と慶太郎が聞き直す。

「それこそあの桜型の紙を捨てた頃に、姉が佳鈴という子から手紙を貰ったんです。いや正確には、うちの母が病院へ行って受け取ってきました」

友美は、他の病院に入院している佳鈴に、病院を通して手紙を出したようだ。その返事が送られてきたとき、友美はすでに退院していた。

「知らせを受けたんですけど、姉は二度と病院に行きたくないと言いまして」

「お母さんが取りに行かれたんですね。しかし古堀さん、佳鈴さんの名前をよく覚えていましたね」

「いや、うちの母が風邪予防にカリンシロップを作ってて、朝起きるとそれを飲めとうるさく言ってたんで、それと結びついて覚えているんだと思います」

それなら記憶ちがいはないだろう。エピソードを伴う記憶は長年保持されるものだ。

「病院間での通信ということは、佳鈴さんも入院していたんですね。お姉さんは彼女について何か言ってなかったですか」

コーヒーのおかわりを勧める女性に聞こえないように、慶太郎は声をひそめた。

「いや、佳鈴という名を聞いたのは、それっきりだったと思います」

「そうですか。でも、これでお姉さんが、佳鈴さんに会いに来たことが分かりました。ケーキが目的ではなかったようです」

「ずっと姉と交流があったのかな。そんな様子には気づきませんでしたけど」

「もし親しくしていたのなら、知ってる人が店をオープンさせたんです。何も隠すことはないでしょう」

「なら、どうして急に？」

「新聞記事で、お店のオープンを知り、顔と名前を見たんでしょうね」

「その方に会いたくなった？」

「そうです、何が何でも」

それほど大切な相手なら、友美は親交を継続させていただろう。ケーキを買ってきたとき、店のオープンを孝昭に話してもいい。新聞の切り抜きを捨てることもなかったはずだ。だが、嫌いな相手なら、わざわざ会いには来ない。

二人に共通するのは病院だけだ。同時期に別々の場所で入院生活を送っていた。なおかつ手紙のやり取りをしているのだ。

「佳鈴さんに話をしてみましょう。また連絡します」

不安そうな声の孝昭に、心配ないと伝え、スマホをテーブルに置き、慶太郎はケーキを平らげた。残ったコーヒーを飲むとレジに向かう。

精算する若い女性に、

「パティシエールの戸沢さんに伺いたいことがあるんですが、よろしいでしょうか」

と言って慶太郎は名刺を渡した。

「はあ、何かありましたか」

女性が身構えた。

「いや、ケーキもコーヒーもとても美味しかった。戸沢さんのご友人を知ってるもので、ご挨拶しようと思いましてね」

先ほど言葉を交わしたけれど、本人とは知らなかったのだ、と断りを入れた。

「少々お待ちください」

女性が奥へ行き、佳鈴と共に戻って来た。

佳鈴は手にした名刺を確認しながら、お辞儀した。

「私の友人をご存じだということですが」

「先月もここに来た、古堀友美さんです」

「古堀……？」

佳鈴は眉を顰(ひそ)めた。

「彼女、シフォンケーキを買いました。ここの名物に使われているラム酒がダメなんで」

「…………」

名刺を持った手が震え出したのを、慶太郎は見逃さなかった。

「思い出されました？」

「いえ、いつも店に出て接客するわけじゃないんで……。あっ、あの、本宮さんはテレビでカウンセリングをしていらっしゃる心療内科医の？」

「ご覧になっていましたか。そうです、テレビに出るだなんて馴れないことをしている医師です」

「患者さんに寄り添われていて、先生のお人柄が出ていると思います」

「ありがとうございます。それで、古堀さんですが」

「申し訳ないのですが、存じ上げません」

佳鈴の調理用手袋をしたままの指が、右の耳たぶに触れた。その後、エプロンの結び目、パティシエ帽へと手をめまぐるしく動かす。

急に話題を変えるのは、触れられたくない質問をされた場合に多く見られる反応だ。また、一流の料理人なら衛生上、手袋を着けた手で肌を触らないよう教育されているはずだ。耳たぶに触れたのは、嘘を見破られたくないときにする口を塞ぎたい衝動の、代替行為にちがいない。

一連の言動は、偽りのサインだと思って間違いない。佳鈴は友美と会っているし、覚えてもいる。

「入院生活をしていたとき文通をしてた古堀さんですよ。思い出せませんか」

「何をおっしゃってるのか、さっぱり分かりません」

佳鈴は慶太郎の目を見ず、ドアを気にする。客の来店を機に話を打ち切りたいのかもしれない。明らかに苛ついている。

一介の客について、なぜ嘘をつく必要があるのかを探るため、医師としては胸が痛いが、少し追い詰めなければならない。

「古堀さんのほうは覚えていて、どうしてもあなたに会いたかったようですよ。同じように小児病棟にいた者同士として」

「やめてください、昔のことです。彼女が何を言ったのか知りませんが、私には関係のないことです。思い出したくないことだってあります。そんなこと先生なら分かるはずじゃないですか」

と佳鈴が強い口調で言った後、

「あんなもの」

と弱々しい声でつぶやいた。

「あんなもの？」

「もうお引き取りください。ミクちゃんレジ、お願い」

佳鈴は女性を呼び、会釈して厨房のほうへ向かった。

「待ってください、戸沢さん。これに見覚えはありませんか」

慶太郎は、勝負に出た。「あんなもの」は、何か物を指している。二十年前の手掛かりは、いま手許にある桜型の紙片だけだ。

指でつまんで腕を伸ばし、散りゆく花びらのように振って見せた。

「そ、それ」

振り向いた佳鈴は、憤怒の形相に変わった。そして、

「やめて！」

と叫び、その場にしゃがみ込んでしまった。

「どうした」

奥からコックコート姿の男性が飛び出し、佳鈴に駆け寄る。

「あの人が……」

佳鈴の指は、慶太郎を指していた。

「あんた、妻に何を？」

男性が慶太郎に詰め寄る。

「申し訳ありません。ショックを与えるつもりはありませんでした」

慶太郎は夫である戸沢寛との間合いを空け、名刺を渡した。

「心療内科医がいったい何の用がある」

寛の鼻息はまだ荒い。

「私の患者に関わる重要なことです。ここでは話せません。どこか話せる場所とお時間を取ってください。その上で、ご不審なら警察に突き出してもらっても結構です」

慶太郎はパティシエ帽をかぶった寛の目を、じっと見詰めた。

寛は何も言わず慶太郎に視線を返す。怒りや戸惑いというより、思考を巡らすよう

な目に見えた。

「失礼します」

と、慶太郎は桜型の紙片をバッグにしまうと寛の脇を素早くすり抜けて、しゃがみ込んだままの佳鈴の前に片膝を突く。

「驚かせてすみません。まずは深呼吸をしてください」

慶太郎が静かな口調で言うと、佳鈴は素直に深呼吸し始めた。

「私こそ、取り乱してしまって」

佳鈴は何事もなかったように自分で立ち上がり、両手を上げて左右に体を曲げるストレッチをした。彼女が呼吸を整えながら体を動かすのを見て、リラックスする方法を知っている、と感じた。

「いいですね、血色が戻ってきました。実は、古堀友美さんの病気を治したくて、あなたに話を伺いに参ったんです」

穏やかな口調で言った。

「とおっしゃられても私には……」

佳鈴の声のトーンも元に戻っている。

「古堀さんには、僕のカウンセリングを受けてもらっています」

「そうですか。でも私、お役には立てません。知らないんですから」

佳鈴は乱れたエプロンを付け直すと、厨房に引っ込んだ。

深追いは禁物だ。

慶太郎は膝の埃を手で払い、

「申し訳ありませんでした。奥様を驚かせてしまって」

と寛に頭を下げた。

「あなた、テレビに出てる心療内科医ですよね」

寛はいま気づいたようだ。

「ええ、そうです。ご主人に、改めて伺いたいことがあります。お時間いただけないですか」

「妻も大丈夫そうだし、事を荒立てるつもりはありません。お引き取りください」

「いや、いまの奥さんの様子から、重大なお話になるかもしれませんので、ぜひともお願いいたします」

慶太郎は半歩近づき、口調を強めた。

「妻がどうしたとおっしゃるんですか」

慶太郎に見下ろされる格好となった寛が後退り（あとずさ）する。

「そのことも含めて説明します。ただ、ここでは……」

慶太郎は店内に目をやる。

「仕方ない。それじゃ奥で」

　と吐き捨てるように言って、寛が一旦店を出るように促した。

　店を出ると日差しが眩しい。今日もすでに体温を超えそうな気温だった。クーラーの効いていた場所から出ると急に汗腺が反応する。

　オーニングテントの下でしばらく待つ。佳鈴に事情を話してきたと言って、寛はすぐ横の路地に入り、店舗の裏に当たる家の玄関ドアに鍵を差し込んだ。

　慶太郎はリビングに通され椅子に座る。

　寛はミネラルウォーターを注いだグラスを二つテーブルに置き、

「話してもらいましょうか」

　と腰を下ろして、不機嫌な表情で水を口にした。

「素敵な庭ですね。店の奥からも見えるようになっているんだ。奥さんがガーデニングを？」

　慶太郎は水の礼を述べ、グラスを手にする。

「話をそらさないでください。さっさと用件を」

　寛がしかめっ面で壁の時計を見た。

「いや丹精されているのに、花壇のレンガが足りないようです。ほら、一番端（はし）のところを見てください」

千日紅（せんにちこう）の咲いている辺りだ、と慶太郎が指さす。

「私も暇じゃないんですよ」

寛が軽くテーブルを叩いた。

「失礼を承知で伺います。戸沢さんが、戸沢姓を名乗っておられるのは奥さんが老舗旅館の一人娘だからですね？」

「そんなことあなたに言う義務はないでしょう」

寛は睨（にら）み、しかしすぐに視線を時計に向ける。

「ゴールデンウイークの終わり頃、奥さんの様子が変だと思われたことはありませんか。落ち着きがなかったり、機嫌が悪かったり、または眠れなかったり」

「そんなこと、何もない」

「普段通りだったと？」

「ああ。ゴールデンウイークはお客さんも多いから、互いの体調には神経を使ってる。何かあったら分かります」

面倒くさそうに寛が答える。

「女性のお客さんが、奥さんを訪ねてきましたね」

「それが何だっていうんですか」

「来たんですね。ここで話をしたんじゃないですか」

慶太郎はテーブルに目を落とす。

「心療内科医ってのは、質問ばかりするもんなんだ」

寛は頬を引きつらせ、無理な笑みを浮かべた。

「これに見覚えありますか」

慶太郎は佳鈴に見せた桜の紙片をテーブルに置いた。

「そんなものを妻も持ってたけど、それがどうしたと？」

一瞥して苛ついた声を出した。

「ご存じなんですね」

「同じようなのを見たことがあるってだけですよ」

寛は紙片を手に取り裏返し、

「やっぱり、そうだ。妻は勉強がよくできたから、先生がくれたって言ってた。メダルみたいなもんだって。何でそんなものを妻に見せたんです。もしかして先生が妻に？」

慶太郎に顔を向ける。

「いいえ、違います」

「……？」

寛の目は紙片と慶太郎の顔とを往復した。

「何か感じがよく似てるけどな。優秀の文字を囲む二重丸もこんな感じで」

寛は紙片をテーブルに戻す。

「お手本を見たんです」

「手本って、妻があなたに見せたと言うんですか」

「いいえ。詳しいお話をする前に、奥さんの持ってらっしゃるものがあるかどうか、確かめてもらえませんか」

「何でそんなことをする必要があるんです？　そちらの話が先でしょう」

寛の唇に力がこもったのを見て、話を聞かないうちは慶太郎の要求ものまないという意志を感じた。

「申し訳ないですが、それはできません。順序を間違えると大変なことになりますので。ただ、これだけは申し上げておきます。ある事件に関わる重大なことなんです」

「事件？」

「ええ、その事件の背景に私の患者、そして奥さんが関わっているかもしれないんです」

と言って、事件の真相を明らかにすることが、自分の患者を回復させることに直結しているのだ、と慶太郎は説明した。

「それで調査の真似事をして、奥さんに不快な思いをさせてしまいました。申し訳なく思いますが、私も必死なんです、戸沢さん」

真剣な視線を彼の目に注ぎ込んだ。

「先生が患者さんのために妻を訪ねてこられたことは分かりました。ですが、妻が事件に関係しているような言い方はやめていただきたい」

「関係あるかないか、それを確かめたいんです。そのために、奥さんが持っていらっしゃるこれが、今もあるか確認してほしい。もし、あれば、僕も嫌な話をしなくてすみます。すぐにでも退散しますので」

慶太郎は、寛の目の高さまで紙片をつまみ上げた。

「分からない。あなたの言ってることは一から十まで。突然やってきて、妻をパニックに追いやっておいて、妻の持ち物がどうこうと言われても」

「それについては、返す返す申し訳なく思っています。この紙片を見せたとき、奥さんが無反応ならばお邪魔しませんでした。けれどさっきの過剰な反応を見て、さまざまなピースがつながり始めたんです」

「……確かにあんな妻は見たことないですが」

「僕の考えをお話しして、ご主人の協力を仰ぎたいのですが、実際に事件に関わる大事な事柄なので、軽々しく口にできないんです。その点をどうかご理解ください。奥さんの持ち物を改めてください」

それなりの覚悟をもってここにいる、と慶太郎は頭を下げた。

「いいでしょう、先生がそこまでおっしゃるのなら」

何度も首を振ってから寛は立ち上がる。への字口でエプロンを外すと椅子に置き、緩慢な動きでリビングを出て行った。

慶太郎は、垣間見ただけの庭をきちんと見ようと、窓に近づき千日紅の根元に目を凝らす。やはり芝と花壇とを仕切るレンガが一つ足りない。長らくそこに置かれていたであろう長方形の痕跡ははっきりと見て取れた。

ここからすぐ見えるのに、なぜ補充しなかったのだろう。あまりに頓着がなさすぎるではないか。もし、そこにあったレンガが犯行に使われていたものだとすれば、なくなっていることに気づかれたくないはずだ。したことも重要だが、しなかったことにも必ず意味がある。欠損したレンガは、ただ面倒くさかったではすまされない重要な意味を持つもののはずなのだ。

気になるのはそれだけではない。

紙片を見て取り乱し、しゃがみ込んだ佳鈴の立ち直りの速さだ。慶太郎を指さしたのは、ある種の恐怖の表れであり、敵視していてもいいはずだ。その張本人がいくら跪(ひざまず)いて謝罪したとしても、気を取り直すのには時間を要するものだ。

佳鈴は、素直に慶太郎の指示に従い深呼吸し、顔つきや言葉遣いもすぐに元通りになった。一連の因果関係を見失ったのか、もしくは結びつかない状態ではなかったか。

「先生……」

寛の声に振り返る。彼は白いアルバムを手に持って、険しい顔で立っていた。

「やっぱり、見当たらなかったんですね」

寛はうなずき、アルバムを開いてテーブルに置いた。置くというより、手から落ちたように渇いた音がした。

開かれたページには、ベッド上に座って千羽鶴のレイを首にかけ、Vサインをしている髪の長い少女、思い思いのポーズをする数人の子供たち、看護師とのツーショット写真が貼ってあった。ページ右下に『記念のメダル』というキャプションが記されてたが、実物はなかった。

「拝見します」

と慶太郎がテーブルに着いた。

寛は緊張した面持ちで椅子に座ると、閉じた膝に両手を置いた。ようやく慶太郎の言ったことを信じ始めたサインだ。

前のページを確かめると、『神戸ポートピア病院にて』という説明があった。

「やはり入院生活を送っておられたんですね」

慶太郎は目だけで寛を見る。

「十一歳のときに半年ほど入院してたと聞いてます」

寛は息苦しそうな声を出した。

「それにしても箕面からは遠いですね」

「なんでも小児科専門の入院設備が充実しているから、と両親が探してきてくれたと言ってました」

「病名はお聞きになってますか」

「喘息(ぜんそく)です」

「そのときに貰ったメダルが、ここに貼ってあった」

慶太郎は次のページに戻って、メダルがあったはずの場所を示し、

「誰から貰ったとおっしゃってました？」

と尋ねた。

「いや、先生にとしか聞いてないです」

「そうですか。あの、ここをよく見てください」

ページを凝視してから慶太郎は、彼のほうに向ける。

寛は顔をアルバムに近づけた。

「うっすらとですが、長方形の紙が貼ってあった跡のようなものがあります。たぶん

そこにメダルの説明が書いてあったんだと思います。その紙も一緒に剝がしたんでしょうね。覚えはありませんか」

「アルバムは他にもたくさんありますし、これを見たのも随分昔だったんで」

半年間も入院していたことや、桜型の紙メダルについても、本人から聞いたのは結婚間もなくの頃だ、と寛は言った。

「奥さんはあなたにこれを見せて、思い出を語ったんですね」

その際取り乱していれば、寛も覚えているはずだ。

「先生、もういい加減、事件のことを話してください。ここにあった紙メダルが何にどう関係しているんですか」

悲痛な声を上げた。

「もう少し奥さんのことを教えてください。これまで、心ここにあらず、という感じのことはありませんでしたか。話しかけても、反応がなかったり、遅かったりしませんでしたか」

「そんなことまで……それもどうせ事件に関係があると言うんでしょ」

投げやりに言って額に手を当てた。

「そうです」

と慶太郎は真顔でうなずく。

「交際し始めた頃から、何度もそんなことがありましたよ。でもいろいろ思いに耽る質だったから、考え事でもしてるんだろうと思ってきました。そうではないってことですか」

　と寛は吐息をついた。

「そのことについて奥さんに確かめたことはありますか」

「確かめるというか、そのたびに大丈夫かと訊きましたよ。声をかけたり肩を叩いたりするとふと我に返るようです。どうしたんだと訊いても、特に覚えてないようで、その後は普通にしてます。あらそうって、あっけらかんとしてますし、癖みたいなものだろうと思ってましたけど。先生は妻が病気だとおっしゃるんですか」

「いえ、それだけの症状で病気だとはいえません。ただ気にはなります。専門家のカウンセリングを受けたことは？」

「ないです、少なくとも私と知り合ってからは。風邪ひとつひいたことないですよ。だから喘息のことも、結婚後これを見たとき聞いたんです。病弱だったなんて、思ってもいなかった」

　寛はアルバムを見た。

「一本電話をかけさせてください」

　そう断ると、慶太郎は庭が見える窓際へ行き、倉持に電話をかけた。

「倉持さん、何度もすみません。『いしずえ』のことなんですが」

「ああ、先生、ちょうどよかった。その『いしずえ』に関してですが」

別働隊がすでに京阪奈学習支援NPO法人「いしずえ」の元代表理事の男性への聴取を終えていた。病院に長期入院をする小学生から高校生までの学習支援を目的に設立された「いしずえ」は、始まりはその名の通り京阪奈の病院を取引先としていたが、すぐ兵庫や滋賀など小児病棟のある病院が多い地域に広がったのだそうだ。

島崎は神戸事務局の設立メンバーで、支援活動に意欲的でフットワークも良く、アルバイトながら滋賀県や福井県の事務局設立準備にも関わったという。そのためもあって元代表理事は島崎をはっきり覚えていた。活動においても患者や病院スタッフに評判が良いだけでなく、教え方が上手いのか、彼が受け持った子供が突出して成績を伸ばしたのだという。後に有名弁護士として活躍する姿を見て、我がことのように喜んでいたそうだ。

「亡くなったことを残念がってたそうです。先生の言っていた通り、国語科の指導をしてました。元代表理事は、例の桜型の紙のことも知ってました。島崎の最上級の褒め言葉なんだそうで、本当に優秀な子にしか与えなかったみたいです。それが現場に遺留されていた。当時それを貰った子供の関与が濃厚になってきましたね」

倉持の話を聞いて、

「神戸の事務局ですか。彼は『神戸ポートピア病院』と、もう一つ滋賀県の『大津総合病院』とで二十年前の同時期に学習支援を行っているはずです。その点について、至急に調べてほしいんです」

　と倉持に依頼した。

「つまり、先生が訪問されている『モカロール』の戸沢佳鈴が、その神戸ポートピア病院の患者だったんですね。大津総合病院で島崎の指導を受けたと思われる子供が、先生の患者ですね。名前は？」

「まだ、倉持さんの胸だけにとどめておいてほしいんですが」

　友美の名を曖昧にしたままでは、島崎との関係性を明確にできない。

「いいでしょう。先生のゴーサインを待ちます。信用してください」

「古堀友美、です」

　慶太郎は漢字表記を伝えた。

「すぐに調べさせます」

　慶太郎の頭の中で構築した仮説は、徐々に確信へと変わっていく。

　四十四歳だった島崎は二十年前、二十四歳の大学院生だった。彼は小児病棟で長期入院している子供たちに学習支援をする「いしずえ」にアルバイトとして所属していた。「いしずえ」の支援活動は、神戸ポートピア病院だけでなく大津総合病院にも及んでいた。つまり島崎は、十一歳の佳鈴と十五歳の友美とに接触した。島崎は二人の少女に優秀者の証しとして桜型の紙片をメダルとして与えたのだ。

友美はそのメダルを捨てた。その後『斎藤こころのクリニック』の院長が、父親による虐待に起因する心的外傷後ストレス障害と診断を下したのは、それなりの反応を示していたからだ。さらに、スマホなどを持たない理由に『いやらしい広告を見てから毛嫌いしてしまって』や、孝昭が八恵と交際していると勘ぐった際に『その人に悪いことしてないんやろね』と問い、彼女の言う「悪いこと」を孝昭が否定すると『間に合った』と漏らしている。これらは性的な衝動への嫌悪だととって間違いない。十分成熟した健康な大人の抱く性的な欲求を汚らわしいと思う原因は、多くの場合、未成熟な時期に受けた性的虐待だ。

友美が、島崎の性的虐待の被害者だったことに疑いの余地はなくなった。島崎の邪(よこしま)な感情、歪んだ欲望のこもったメダルであり、それを思い出したくなくて捨てた。国語科に関する参考書や問題集も、目にするのが嫌だったにちがいない。

一方佳鈴は、メダルを記念としてアルバムに貼っていたくらいだから、嫌悪感はないということか。

しかしいま、佳鈴が見せた桜型の紙片に対する反応はまるで違う。紙片を見て、立っていられなくなるほどの恐怖と驚愕(きょうがく)に襲われたようだった。

アルバムに貼った時点では、優秀メダルだったものが、今は恐怖の的と変化したのだ。

そのきっかけは、何だ。

考えられるのは、友美の訪問だ。別々に入院していた二人が、どうして互いの名前と顔を知ったのかは分からないが、新聞記事を読んで友美は行動を起こした。病を押してまでここに来なければならないと思ったのだ。

「先生、どうかしたんですか」

寛に呼び掛けられ、慶太郎は振り返る。

「すみません。奥さんの心ここにあらずを云々できないですね。さっきはゴールデンウイークの終わり頃と曖昧な言い方をしましたが、五月七日の奥さんの行動を思い出していただけませんか。特に夕方から夜にかけて」

「スマホの記録を見てみます」

スマホに保存している日記を見る、寛の指の動きがぎこちない。震えているようだ。

スマホの画面を見たまま、寛が動かなくなった。

「どうしました？」

「……七日は、夕方から、実家に行っています」

寛の声に力はなかった。事件における佳鈴のアリバイを確かめる質問を、慶太郎がしたと認識しているからだ。

「戻られたのがいつなのか、分かりますか」

「それは日記には書いてません。ですが……」

寛は思い出そうとこめかみの辺りを指で叩き、

「たぶん帰宅は十一時を過ぎていたと思いますが、寝室には午前一時頃に入ってきたんです。随分遅いな、と尋ねたら、厨房で新しいレシピを考えていたって」

と言った。

「新しいレシピ、完成していたんじゃないですか」

「そうです。ちゃんとできあがっていて、明くる朝、私と従業員とで味見をしています。いつもの妻でした」

日記にもそのことが記されていると、寛はスマホの画面を慶太郎に見せた。

「やっぱりそうですか」

「やっぱり？」

「これは推測で、きちんと診察しないといけないんですが、奥さんには解離性障害の傾向が見受けられます」

「解離性障害」

寛が唾を飲みこんだのが、喉仏の動きで分かった。

「この病には健忘を伴うものや、自分の頭の中にいくつもの人格を作り出すものなど、様々な症状があります。急に我に返るという症状も解離性障害にはみられるんです。事件後に、普段通りレシピを考えたことも説明がつきます」

「そんな、妻が病気だなんて」

寛は天井を見上げ、唸り声を上げた。

「仮定の話では戸沢さんも納得のしようがないでしょう。実は事件現場にこれと同じように優秀の文字が書かれた桜型の紙片が残されていました。その紙片からいくつかの指紋が検出されています。そこに奥さんのものがあるのか、はっきりさせなければなりません。どうか奥さんの指紋を調べさせてください」

頭を下げてお願いするしかない。

「もし、妻の指紋だったら彼女はどうなるんです？」

両肘をテーブルに置き、充血した目で寛が訊いてきた。

「逮捕は免れないでしょう」

「妻が逮捕だなんて」

寛が青ざめた。

「とはいえ解離性健忘では、事件のその瞬間のことを記憶していないことが多い。なので責任能力の有無が問われることになるでしょう」

「責任が問われないこともあるんですか」

寛は救いを求めるような顔をした。

「あり得ます。けれど、ご本人にとってそれがいいかどうかは分かりません。当然被害者もおられることですし、罪に問われないことで自分を責め、それが新たなトラウマになることもありますから」

慶太郎は、自分は医者であり患者を治すことが仕事で、事件の解決が目的で動いているのではない、と再度、自らの立場を強調した。

「私の患者もそうですが、奥さんや寛さん、あなたの心のケアも僕の守備範囲にあるんです。僕はあなた方の味方だと信じてください」

ややあって、

「せめて事件の内容だけも教えてもらえないですか。まだ信じられないんですが、心の準備が要ります」

と寛が掠れた声を出した。

「分かりました。すべてが確定してからのほうがいいと思ったんですが、お話ししましょう。京都の吉田神社で島崎弁護士が石段から転落死した事件、ご存じですか」

「あの事件ですか。事故でなく他殺ではないかと報道されていた。妻が弁護士さんを……ない、ないですよ、そんなこと。間違いだ、何かの」

寛は短い髪を爪を立てて掻き乱し、急に立ち上がって、部屋を歩き回る。呼吸が浅かった。

「戸沢さん、一度深呼吸をしてください。もし奥さんが犯行に及んだとしたら、それなりの理由があるんです。とても辛いことがあった証拠でもある。そんな奥さんの支えは、ご主人、あなた以外にありません。そのあなたが取り乱してどうしますか。必ず僕がお二人の力になります。ここは落ち着きましょう。そしてすべてを僕に任せてくれませんか」

足を止めた寛が、椅子に座る慶太郎を見下ろす。ゆっくり深呼吸をしテーブルに着いた。

「もうどうにかなりそうです、先生。助けてください」

泣き顔で寛が言った。

「大丈夫、僕がついていますから」

「先生……」

寛が慶太郎のジャケットの袖口を摑んだ。

「僕が考えている、今後のことをお話しします。もし、指紋が一致したら、二、三日かあるいはもう少しかかるかもしれませんが、ここに警察官がやってきます。任意同行を求められますが、慌てずに応じてください。刑事さんには僕から奥さんの病気のことなどを伝えておきます。奥さんに不利益になるようなことは絶対させませんし、目的は病気治療だということを忘れないでください」

「……分かりました」

寛が袖を離した。

第三章　未来

1

　孝昭は目の前の光景がまだ信じられないでいた。午後一時に本宮医師が家にやってきて、襖越しに言葉をかけたかと思うと、友美は部屋から出てきて自らクリニックへ行くと言い出した。それだけでも驚きなのに、本宮医師の運転する車にすんなりと乗り、いま診察室へと入ったのだ。

　本宮医師が友美に何を言ったのかは分からないが、とたんに顔つきが変わったようだ。目に力が宿ったとでも言えばいいのか、すっと背筋も伸びた感じだ。

「友美さん、あなたは今日の朝刊で報じられた、島崎弁護士の事件で、ある女性が重要参考人として調べられているという記事を読まれたので、ここに来てくださった。それに間違いないですね」

　ソファーの正面に座る本宮医師の言葉に、孝昭の隣の友美がうなずいた。さっきまで診察室を見回し、落ち着かない様子だったけれど、本宮医師が話し出すと彼の顔を食い入るように見詰めている。

「それは、彼女のことを知っているからですね」

友美は、こくりとうなずくだけでやっぱり言葉は発しない。

「さて、戸沢佳鈴さんを助けないといけないようです。そうすることで、あなたの罪の意識も和らいでいく。僕はそう思っていますし、あなたもそれを信じてほしい。いいですね。今から行うのはＥＭＤＲというものです。日本語だと『眼球運動による脱感作と再処理法』と呼ぶ専門家もいますが、それほど難しいものではありません。薬も使わないので、副作用もない。またマインドコントロールの類いでもありません。ただ僕が動かす指を目で追うだけのものです」

本宮医師は友美の眉間から約三十センチの位置で、人差し指を二、三度ゆっくり左右に動かしてみせた。

「いいですよ、そんな感じです」

「先生、そのＥＭＤＲというのは、どういった治療なんですか」

孝昭が訊いた。催眠術のようないかがわしさを感じたからだ。

「アメリカの臨床心理士が開発したもので、心的外傷後ストレス障害の治療として認められているものです。実績もあります。しかし科学的なメカニズムは完全には分かっていません。簡単に言うと、ネガティブな記憶というのは人に話したり、夢に見たりしていくうち『仕方のないこと』『自分は悪くなかった』と心に馴染むように意味づけしていきます。そうなると普通の記憶として処理される。ところがトラウマ記憶は、あまりに強烈であるため処理できない。フラッシュバックしているとき左右の脳のバランスが崩れてしまうんです。眼球を左右に動かすことで脳のバランスを改善すると考えられます。睡眠にはレム睡眠とノンレム睡眠とがあることはご存じですか。夢を見ているときはレム睡眠だと言われています。やっぱり眼球が左右に揺れているんです。僕も日本ＥＭＤＲ学会認定の臨床家資格を得るとき体験したんですが、そうですね、半分寝ているような感覚になりました。起きていながら悪い夢を見ているという感じです。つまり客観視できているので、怖くない」

本宮医師は丁寧に説明してくれた。

「危険はない、ということですね」

孝昭は友美に聞かせるように念を押した。

「僕がついていますから、大丈夫。友美さん、これから嫌だったこと、苦しかったこと、辛かったことを思い浮かべてもらいます。これ以上は続けたくないと思ったらいつでもやめていいですからね」

「分かった」

友美が返事した。

「孝昭さんは待合室へ」

「先生、お願いします」

孝昭はお辞儀をして、立とうとした。

「あんたもいて」

と友美が腕を摑んだ。

「俺がいたら嫌やろ？」

「かまへん。先生ダメ？」

友美は本宮医師のほうを見る。

「そのほうがリラックスできるんでしたら、僕は構いません」

「孝昭、お願い」

友美は懇願する目を向けてきた。

「分かった」

「では、そこの椅子に」

本宮医師は、部屋の壁際に置かれた椅子に目をやった。

孝昭が移動すると、

「では、始めましょう」

本宮医師が優しく友美に言った。

友美がうなずくのを確かめ、

「まずはゆっくり深呼吸をしてください」

と、体の力を抜くよう本宮医師は言った。

孝昭の座ったところは、友美を斜め後ろから見る格好となるのだが、肩が大きく上下するのが分かった。伸びた毛を自分で切った不揃いの髪が、背中で揺れる。

「はい、結構です。先ほど僕は戸沢佳鈴さんの名前を出しましたね」

友美が顎を引いた。

「新聞に名前は掲載されていません。でもあなたは、それが誰であるのかすぐに分かりました。僕が戸沢さんのことを知っていたことに、疑問を持ちませんでしたが、どうしてですか」

それは孝昭の疑問でもあった。

今日の朝刊に、島崎氏転落死亡事件について、兵庫県在住の女性から任意で事情を訊いている、という主旨の記事が載っていた。だがそれが「佳鈴」だと言われても、孝昭にはピンとこなかった。孝昭が聞いているのは、あの「陰翳礼讃」のロゴを使った店は『モカロール』といい、そこのパティシエールが佳鈴であったことと、彼女に本宮医師が会ってきた事実のみだ。警察から事情聴取されているのが佳鈴だ、と友美が知っていたことも驚きなら、佳鈴が事件に関与しているなどとは思い及ばなかった。

「だって先生が、いま私を苦しめているのは佳鈴ちゃんのことで、彼女を助けましょう、って言ったから……何もかも知ってるんだなと思って」

友美が本宮医師から耳打ちされたのはこのことだったのか。

彼女を助けるため？　これまで悩んでいたのは、自分のことだけではなかったということか。

「なるほど、僕を信じてくれるんですね」

「でなかったら、ここに来てない」

「ありがとう。僕は佳鈴さんに会いました。あなたと関係があることも知っています。しかし根底に存在する問題について見えない部分がある。そこが分かってくれれば、あなたが佳鈴さんを助けることにつながります」

と、本宮医師は言い、

「練習したように僕の指を目で追ってください」

友美の正面ではなく、やや角度をつけるように座る位置をずらした。そして人差し指と中指だけを立てて、友美の眉間の前へ差し出した。

「いま一番、嫌なこと、不快な記憶を頭に思い浮かべてください」

と指を左右に動かし始める。

指を追うと、ごく僅かに友美の頭が揺れた。

「不快……」

「そうです。それを思い浮かべて、嫌だと思ったとき何を聞き、何を見て、何を考えたのか、感じたままを話してください」

「嫌なのは、駅の雑踏。私を見るぎょうさんの目が怖い」

「たくさんの目？　どこの駅ですか」

「京都駅」

「そんなに怖い思いをしてまで、どうして駅に向かったんです」

「向かったんとちがう、戻ってきた」

「どこかに行っていたんですね」

「うん」

「行きは怖くなかったんですか」

「ものすごく怖かったけど、戻ってきたときのほうがもっと……」

友美の息づかいが荒くなった。

「どうしてなのかな？　用を済ませて戻ってきたんですよね」

「行かなかったほうがよかったと思って、気分が悪かった」

「気分が悪いのは、人混みよりも、その後悔の気持ちからだったということですか」

本宮医師は左手を伸ばして、友美の脈を診た。

「大きく息を吐いてください。そしてゆっくり吸って。行かなかったほうがよかったと思う気持ちを思い出してください。いま家に帰ろうとしている駅。その人混みの中にいますね」

「うん」

「では時間を遡って行きます。そこは『モカロール』へ向かう電車を待っているところです。思い出せますか」

「……行き？」

「そうです」

「……同じように人が私を責めるような目で見てきて怖い。匂いもかなん。売店の食べもんのいろんな匂いが気持ち悪くて」

「その匂い、いま感じますか。そうですね五段階でいうと、どれくらいリアルです？」

「四くらい。ほんまに好きやない、私」

「その嫌なことに意識を向けてください」

本宮医師の指は動き続ける。

「それでも電車に乗った。そのときの気持ちはどんな感じかな？」

と軽い調子で質問した。

「私らにとって嫌なことが迫ってることを伝えたい。この間あいつが京都に住んでることをテレビで知った。私のいる場所まで近づいてきたんや。思い出すたび吐き気がする男がすぐそこにいる……」

確かに死亡記事に三月に引っ越してきたばかり、とあった。

「佳鈴ちゃんは知らんのや、きっと。そやから笑っていられる」

「笑っていられる？　どうして知っているんですか」

「新聞記事で見た。あの子何も知らないから兵庫県に店を開いたんやで、先生。そうに決まってるやんか」

友美の声は急に大きくなった。本宮医師に文句をつけているようにも聞こえる。

「深呼吸してください」

本宮医師は友美に眼球運動をやめさせ、脈をとりながら、

「友美さんは佳鈴さんに会った。そのとき彼女の顔を見ましたね。何を感じましたか」

と訊く。

「変わってない、あの頃の写真の顔と」

「写真？」

「あいつが自慢げに見せたんや」

「それは二十年前のことですね」

「あの子は小五」

「ご本人に会ったことは？」

「ない……」

友美は佳鈴に会って話したい、と手紙を出したが、返信では「遠いので一人では無理」と記されていたという。孝昭が記憶している、母が病院に受け取りに行った手紙にちがいない。

「少し脈が速くなりました」

また友美に深呼吸をさせた。

「記憶を佳鈴さんと会った場面に戻しましょう」

ここでまた本宮医師の手の左右運動が開始された。

「佳鈴ちゃんは口元のほくろが可愛くて、目がキラキラしてた。あの頃より輝いて見えた。それが急に腹立たしくなって」

体を強（こわ）ばらせたのが、孝昭から見ても分かった。

「腹立たしいくらい、佳鈴さんは笑顔だったんですね。そこはお店ですか」

「店先」

「コーヒーやケーキの香りがしますか」

「する。洋酒の匂いも」

友美はむせたように咳き込んだ。

「店先でかわした言葉、覚えていたら話してください」

「私の顔を見ても気づかへんかった。『覚えてない？　大津の病院にいた古堀友美よ』と名乗った。そうしたら、アッと声を出した」

佳鈴が元気だったかと尋ねてきたが、友美は返事をせず首を振ったのだと言った。

「どこか悪いの？　と尋ねてきたけど答えられるはずない。だから、ケーキを買いたいけど洋酒の入ってないものを、と言うたら、『もっと大人のモカロール』を食べてほしいのに残念って、新聞で見たのと同じ笑顔で……。もう限界やと思って、二人だけで話があると言った」

困惑の表情で少し考えていたけれど、佳鈴は自宅で話せるようにしたのだそうだ。

「一旦出て路地に入る、店の裏手にあたる場所ですね。通されたのはどこですか」

「リビング」

「大きな窓があって、そこから店と共通の中庭が見える部屋ですね」

「明るく眩しい窓」

「さっき腹立たしいと言いました。もう限界だとも。それはどういうことですか」

「あんたは、もう忘れてしまったのかって」

友美が機嫌の悪いときに出す低い声だ。

「佳鈴さんは何を忘れたんですか」

「あいつのこと」

「あいつというのは？」

「……島崎」

友美が絞り出すように言った言葉に、孝昭の心臓の鼓動は急に速まり、空咳が出た。やはり友美は島崎とつながっていた。はっきりと本人の口から出た以上、もう言い訳はできない。

「少し休憩します」

本宮医師は、三十回ほど指を目で追わせ、

「深呼吸して」

と友美の手を握る。

「……先生」

友美は涙声になっていた。

「大丈夫ですよ。島崎氏の名前を声にしましたが、怖さは十段階でどれほどでしたか」

本宮医師は手を握ったまま訊いた。

「八くらい、かな」

「客観視できてるようですね。休憩しましょう」

そう言うと、入り口から本宮夫人が盆にカップを載せて入ってきた。診察室の様子が分かるようになっているのかもしれない。

部屋に広がった香りでミルクティーだと分かった。テーブルにお茶とカステラを置くと、静かに「どうぞ」と声をかけ夫人は出て行った。

「孝昭さんも、こちらへ」

そう促され、孝昭は椅子ごとテーブルに着く。

「あの、先生」

本宮医師の施術がうまくいっているのかを訊きたかった。しかし、友美の前では答えようがないと思い直し、言葉をのみ込んだ。

「いい状態ですよ」

孝昭の心配を見て取ったようだ。

「そうですか」

恥ずかしくなって、カップの載ったソーサーを引き寄せた。

「心配しないでください。ここまでのＥＭＤＲで、僕の仮説はもはや定説となりつつあります。そうなれば、友美さんの悩みの一つも取り除くことができるでしょう。そしていま警察で話を訊かれている戸沢さんのことも」

本宮医師の手は、ようやく友美の手からカップに移動した。

「私のせいで……佳鈴ちゃんが」

本宮医師の言葉に友美が反応した。事件に関することを自分から口にしても取り乱していなかった。これがEMDRによる客観視なのだろうか。

「佳鈴さんは何も喋らないそうです。だから真相を聞き出せません。それはある意味当然なんです。おそらく彼女は記憶に蓋をしてしまっている。部分的に記憶を失っている状態です。つまりは覚えていないのと同じですから、いくら警察が質問しても答えようがない。このままでは真相も明らかになり得ません」

「私が悪いんです」

友美は険しい顔つきでテーブルを見た。

「あなたのせいではありません。なぜなら、佳鈴さんの行動は誰にも予想できなかったし、もちろんその結果も。まずお茶を飲みましょう」

2

セッションは二日目に入っていた。昨日は休憩の後、何度試みても、話す内容が佳鈴にとって重要な事柄だと思うあまり、焦りも手伝って、友美は集中できなくなった。そのうち過呼吸気味になったので、日を改めることにしたのだ。

「昨夜は眠れましたか」

慶太郎は友美に訊いた。

「と、思うけど」

友美は、昨日と同じ位置に座る孝昭を見る。

「うなされてはなかったよ」

孝昭の答えに、

「ほな、寝られてたんやな」

と友美がホッとした顔を見せた。

「話したことで、少し肩の荷が下りたのかもしれませんね。昨夜、警察から知らせがありまして、佳鈴さんに帰宅が許されました。任意だからということもあるでしょうが、現在は落ち着ける場所におられるという意味で、ひとまず安心してもいいでしょう」

倉持は、通常の被疑者が完全黙秘を決め込むのとは違う様子を、佳鈴と向き合ってみて初めて実感したと、電話で漏らした。

悪いことをした覚えがないのに、警察に連れてこられたことに抗議し続け、指紋がついた紙片を見せると、「怖い」を連呼して震えるばかりだ。紙片から佳鈴の指紋が検出された理由を訊いたが、泣きじゃくり、会話そのものが成立しなくなったようだ。

続けて倉持は、

「ご主人の協力を得て、被疑者の家を捜索したところ、化粧台の引き出しから痴漢よけの催涙スプレーも押収しました。いま成分を調べていますが、たぶん被害者の顔や着衣に付着していたのと同じものでしょう。先生のご指摘の庭のレンガも、犯行で使われたのと同じメーカーのものか、確認するために持ち帰っています。ただ逃亡や証拠隠滅のおそれがないので、ご提案通り家に帰し、ご主人に監視してもらいます」

と言った。彼は、佳鈴の犯行を確実視しているようだった。それは友美が安全圏にいることを意味する。しかし、無関係であるとは言えないところに、慶太郎の苦悩もあった。

「佳鈴さんが窮地に追い込まれているのは……これのせいです」

紙片を彼女の前に滑らせた。

「これは！」

物を見せて、一気に記憶を蘇らせる方法をとった。佳鈴が安全な場所にいるということでリラックスした瞬間をついたのだ。

「視線を指に戻して」

不意打ちには、リスクが伴う。そのため自分の指に合わせて動く友美の眼球を確認しつつ、自然に思い出させるように注意をはらった。

「これは何ですか」

「佳鈴ちゃんが持ってた……あいつのメダル」

友美の手をとると、やはり脈が激しくなっている。しかしその他の身体反応は認められない。

「あなたのものではないんですね」

「私のじゃない、あの子がアルバムにしまってたやつ」

「佳鈴さんは、突然やってきたあなたにアルバムを見せたんですね。確認ですが、あなたは佳鈴さんに、初めて会ったんですね。それは彼女にとっても同じです。なのにアルバムまで見せてくれた。指から目を離さないで、そのときのことを思い出してください」

「あのことを忘れたんか、と訊いたら、何のことかという顔をした。私は怒った。あのヘンタイ院生にされたこと、忘れられるはずないやろって怒鳴ったんや」

そのとき友美は喉の奥が痛くなるほどの大声を出したのだ、と言った。

「佳鈴さんの反応はどうでした？」

「びっくりして、それから泣きそうな顔になって私に謝ったんや。ほんまに覚えてないんやって。そして奥に入ってアルバムを持ってきた」

佳鈴はテーブルにアルバムを広げた。

「そのページには何があったんですか」

記憶を鮮明に、よりリアルな追体験とするために、彼女の口から言わせることが大事だ。

「これがあった」

友美は紙片を指さした。

「メダルといいましたね」

「小テストでいい点を何回か連続でとると、あいつがくれる優秀の証し」

「あなたも貰った？」

「くれた。でもそれの授与式いうのが……」

他の生徒が嫉妬するから、二人きりのときに贈ると島崎は言ったという。

「病院の屋上とか非常階段とかに連れて行って、キスされた。やめてって言ったら、先生は君のことが好きやと体中を触ってきた。言うことを聞いたら起立性調節障害も治ると、下着を脱がされて……」

友美が言葉を詰まらせた。

孝昭が息をのむのが分かった。慶太郎は目でうなずき、友美に話しかける。

「僕の指を追ってください。嫌なら言わなくていいよ。そのとき感じたことを教えてくれますか」

「恥ずかしかった。裸をカメラで撮られたから」

島崎が自慢していた最新式のデジタルカメラなのだそうだ。生徒たちの学習する様子を院内に貼り出したり、保護者にプレゼントして喜ばれていたと、友美は悲しげにつぶやいた。

「恥ずかしくて、涙が出て、気持ち悪くなって吐きそうやった。メダルを貰うたびにいやらしいことをされた。嫌がると写真を学校の友達に見せてもいいのかと脅されて」

惨(むご)い仕打ちだ。人として耐えられない陵辱だ。ましてや中学三年生の女の子なら、心的外傷後ストレス障害を発症してもおかしくない非道な行為だ。

許せない。

想像はしていたが、二十年間苦しみ続けた友美の揺れる目を見て、込み上げてくる怒りを慶太郎は必死に抑えようとしていた。施術者が感情に流されるわけにはいかない。

「補習という言葉を聞いて何か感じますか」

「大嫌い！」

「大嫌い？」

「そう、今もゾッとする」

「どういうことか教えてください」

「そのうち、メダルを渡すときだけやなく、上を目指すための補習をしてあげると言って、学習日やないときに私を呼び出した。お酒の匂いさせてた。本人は上等のブランディーやいうて自慢げに」

洋酒を嫌う原因も島崎の蛮行にあったようだ。

「退院するまでそんなことが続いたんですね」

「退院が決まる前に、もっといやらしいことを強要してきた。お前よりも四つも年下の子でも、言うことを聞いてどんどん賢くなってる。この子なんか、まだ小学生やのにって」

「そう言って見せられたのが戸沢佳鈴さんの写真だったんですね」

「この子に負けたくなかったら、中学生としての意地を見せろって」

見せられたカメラの画面に映る佳鈴の顔は笑っていた。

「その顔を覚えていたんですね」

「……裸なのに笑ってた……」

友美は赤ん坊が時折発する、泣いているのか笑っているのか判然としないケロケロという声を上げた。揺れるまなざしには涙がにじんでいる。

慶太郎はセッションを中断し、呼吸を整えさせた。

「先生、私は大丈夫や。私が佳鈴ちゃんに会ったからこんなことになった……」

「そうですか、分かりました。では続けましょう」

慶太郎は彼女の目の前に手をかざす。

「目の動きが止まらないようにしてください。佳鈴さんとあなたの間にアルバムがある。佳鈴さんがアルバムを見せたのはどうしてなんでしょう」

「ここに当時の思い出がある。このどこにも変な人は載ってないって、入院してたときの写真をパラパラめくってみせた」

慶太郎も見たが、暗い表情の佳鈴の写真は一枚もなかった。どれも同じような年格好の友達に囲まれて、笑顔が溢れているスナップだった。

「そこにこのメダルがあったんですね」

今度は慶太郎が友美の目前にある紙片を示す。

「信じられへん、こんなもんを大事に持ってるなんて。言うても分からんようやから、悔しくないんかあんなことと、私がされたことをあの子に……」

友美は自分が受けた辱めを、過呼吸を起こしかけ、嘔吐（えず）きながら話した。

「それに対して彼女は？」

「急に泣き出した。もの凄い声で喚いて、私をあいつやと勘違いしているような感じやった」

佳鈴の取り乱しように、友美もどうしていいか分からず、身動きができなかったそうだ。

「気を失ってバタンと床に倒れてしもた。怖くなって、買ったケーキを持って外へ出た。そこからはもう夢中で、気がついたら京都駅に帰ってきてた」

「そうですか。あなたは忘れられない嫌な場面に立ち返ったのですが、今はどんな気分ですか」

と慶太郎は、友美の頬を伝った涙がテーブルに落ちていたのを見て、ティッシュを手渡した。

「そういえば、パニックにならへんかった。不思議。今の自分が、昔の映像を見てたみたいな感じ」

友美の言葉を聞いて、慶太郎は内心安堵していた。

ＥＭＤＲのセッションが、すべての心的外傷後ストレス障害に有効というわけではない。これまでの友美との信頼関係が、奏功したようだ。

海外にはＥＭＤＲのセッションは、特段の信頼関係を必要としないとする報告もあるが、慶太郎はそう思っていない。信頼感こそ医療の根幹だと信じている。

「昔の映像、その感覚が大事なんです。過去のこと、すでに終わった出来事なんです。いま起こっていることではない。忘れられないけれど、すでに古いフィルムの映画だから、それを『昔』という箱にしまえる。どうです、そう考えると島崎が、今のあなたには何の影響も及ぼさない存在に思えてきませんか」

「怖い思いは今もあるけど」

「ですが、あなたはもう中学生じゃない。入院したとしても学習支援など受けなくてもいい。なにより島崎なんて取るに足らない人間です」

「……先生、佳鈴ちゃんはほんまにあいつを？」

涙を拭った後、彼女の頬はもう濡れていない。

恐怖のあまり凍結させていたトラウマは、似たような風景、光、匂い、さらには言葉や文字によって脈絡なく再現されてしまう。予期せぬフラッシュバックは鮮烈なリアリティをもって、体験したときと違わぬか、それ以上の恐怖や痛みをもたらすのだ。そのたびに動悸、血圧上昇、そしてめまいや耳鳴り、過呼吸、吐き気などの身体反応を引き起こす。

そこでそのトラウマに一定の秩序、例えば時間、空間、その他の条件付けをする方法をとったのだ。

友美の場合、中学生のとき、起立性調節障害を煩ったために入院し、学習支援を受けるという状況で、島崎という狂った男と出会ってしまった。それらの条件が整わない限り、同じことは起こらない。現在の危機ではなく過去の出来事だと認識すれば、断片的なフラッシュバックが起こったとしても、身体反応は起こりにくくなるはずなのだ。すぐには無理でも、セッションの回数を追うごとに、徐々に他のいやな思い出と同じレベルに変わることが期待できる。そうなれば心的外傷後ストレス障害は一旦寛解したと見ていい。後は強いストレス体験を避けながら通院し、経過観察を行うだけとなる。

「実は島崎さんの転落現場に、これと同じ桜の紙片が残されていました」

慶太郎は紙片を自分の手許に引き寄せ、

「新聞報道では触れていませんがね」

と、注釈を加えた。

「私アルバムから剝がして、こんな汚らしいもん、よう持ってるなってあの子に投げつけた」

「なるほど、そのときにあなたの指紋がついたんだ」

「私の指紋……私が犯人やと思われてたってこと？」

友美が後ろを振り向いた。

「ごめん」

孝昭が小声で謝った。

「孝昭さんも僕も、あなたを信じていました。だから真実が見えてきたんです」

慶太郎は、驚いた表情の友美に真剣な目で言った。

友美は、慶太郎の言葉を噛みしめるようにうなずいた。

「佳鈴ちゃんは、何であんなもんを」

「紙片の意味を問い質そうとしたか、あるいはあなたと同じように投げつけるために」

「けど、先生。アルバムに貼るくらい大切にしてたのは、何で？」

と、友美は切なそうな声を出した。

「彼女は十一歳とまだ幼かったから、島崎の行為の意味が分からず、自己防衛から『解離性健忘』という状態に陥ったんだと思います。冷凍保存状態にしていた記憶を、あなたの体験を聞いて解凍してしまったのでしょう。そして子供ではない自分が彼に憤り、糾弾しようと行動を起こした」

「忘れてたということ……？」

半信半疑の表情を向けてきた。友美にとっては忘れられるような事柄ではないのだ。

「昨日、僕自身もＥＭＤＲのセッションを体験してみたという話をしましたね。実はクリニックを始めてから時々、夜中に大きな喪失感に襲われて飛び起きることがあったんです。そのとき気づかぬうちに涙を流している。次の日、気力が湧かないんです。その原因が分からないか、と体験を申し出たというわけです」

慶太郎はセッションを行う医師の指を目で追ううちに、阪神・淡路大震災直後の光景を思い出した。研修医として被災者のケアの手伝いをしていたとき出会った男性は、瓦礫の下で動けなくなった妻や子供を目の前にして、何もできなかったと話した。その男性の顔が鮮明に蘇ってきたのだ。彼のうつろな目、弛緩した口元、呆けてしまった表情で語る家族の最期が、実際に現場にいるように映像として見えてくる。

「これは二次受傷というものに外なりません。トラウマ体験を聞く立場の人間、とりわけそれを職業とする者が最も気をつけないといけないストレスです。実際に体験していないトラウマによって、心的外傷後ストレス障害を発症することもあるからです。うつ病となった精神科医、心療内科医も何人か知っていました。にもかかわらず、自分では気づかなかった。同じ加害者に、同等の性的虐待を受けたあなたと佳鈴さんなら、いくら記憶の喪失状態であっても、トラウマは引き継がれたのでしょう」

友美が今後生きていく過程には、トラウマの引き継ぎがなされる機会が必ずある。そういうことがあると知れば予防になるはずだ。

「やっぱり、私のせいや」

予想通りの反応を友美は示した。

「いえ、違います。いずれ何らかの形で解凍されます。友美さんがしなくても、同じことが起こった可能性がある。よく考えてください。いまは僕があなたの前にいる。孝昭さんを通じてあなたと出会いました。そして真相を突き止め、今度は佳鈴さんの力になろうとしています」

　用意していた言葉だ。

「先生が？」

「そうです。真相を分かっている僕が関われるタイミングで事件が起こったというわけです。だから彼女も僕が治療にあたり、最善を尽くすことができる」

　妻の指紋が付着したビニール手袋を提出する際、寛が佳鈴の主治医になってほしい、と言ったのだ。だからこそ捜査官や鑑識係官の捜索も受け入れた。

「悪いことばかりじゃないってことですよ、友美さん」

「先生」

「そうだ、孝昭さん。以上がお姉さんの辛い体験で、事件の真相です」

　慶太郎はずっとうつむいていた孝昭を見た。

「先生、ありがとうございます。ほんで姉ちゃん、ほんまにごめん、俺何にも知らんかったさかい……」

　孝昭は、じっと友美を見詰めて涙声で言った。

「言えへんかった。口に出すのも恐ろしくて」

「これまで、無神経なこと言ってたかもしれへん。許してな」

「こっちこそあんたに頼り切ってた、大人はみんな汚く思えて。私のことなんか何も分かってくれへんて、親を逆恨みしてた」

「友美さん、孝昭さん、二人に言っておきます。人生のシナリオは、誰でもない自分自身で書くものです。テーマは絶対に幸せになる、です。忘れないでください」

往診ではなく、次の診察日を決めましょうと、慶太郎は微笑んだ。

3

慶太郎は倉持と二人の係官と共に、戸沢家に赴いた。佳鈴の負担を考え、彼女の落ち着く自宅のリビングで話を聞くためだ。

倉持は、録音録画の機材を設置するよう係官に指示し、傍らに夫である寛の同席を認めた。

準備が整うと、慶太郎は友美のときと同様、ＥＭＤＲの説明をした。数回練習してからセッションに入る。今回の目的は、強いストレスによって凍結され、健忘状態にある島崎転落死に関わる記憶の解凍だ。

倉持と二人の係官は、佳鈴の視界に入らないよう彼女の背面に立ち、寛はテーブルの端（はし）の席に着く。

窓を背にして、佳鈴の正面に座るのは慶太郎だけだ。

――いまから嫌なことを思い出してもらいます。まず、以前僕が見せたこの紙を見てください。

「嫌！　そんな不吉なもの」

――不吉だと思うことを思い出してください。浮かんだままの光景、感じたままを話してほしいんです。僕の指を見てください。

「体中が熱くなって汗が噴き出しました。自分が憎い、恥ずかしくて消えてなくなりたい。やっとの思いでお店を出して……主人への申し訳なさと、生まれてくる子供のことを考えると死ねません」

――子供？　あなたは妊娠しているんですか。何カ月？

「三カ月に入るところです」

――そのことはご主人に伝えてないんですか。

慶太郎は寛を見る。彼は激しく首を振った。

「近々言うつもりでした」

――あなたは母親になるために、勇気を出した？

「その通りです。このままでは、気持ちが収まりません。古堀さんが言うようにメダルをありがたがって、思い上がらせてしまいました。それまでは何とも思わなかったけど、テレビで正義漢ぶっていたのを思い出し、気が遠くなるほど腹が立ちました」

――島崎さんがあなたにしたことは、古堀友美さんから聞いた話と、重なることが多いんですね。

「同じです。血が逆流しました。憎い。子供が生まれるまでにこの気持ちを何とかしたい……」

佳鈴の呼吸が浅くなった。

――深呼吸してください。そうです。深呼吸が上手ですね。カウンセリングを受けたことがあるんですか。

手を止めて尋ねる。

「眠れない日が続いたことがあって、主人に内緒で」

――なるほど。ではもう一度僕の指を見て……内緒にしていたのは、島崎さんに会うこともですね。やっぱり言えないことだから?

佳鈴は、側にいる寛に目を遣ることはなかった。蘇った記憶のシーンに没入しているようだ。

「主人には絶対言えません。理由を訊かれるから。私の怒りは誰にも分かってもらえない」

——さらに辛いことを思い出してもらいます。問題の日、まずあなたは何をしました？　僕の指を追って。

「メダルを持って電話をかけました」

——用意したのはメダルだけですか。

「負けないようにレンガと痴漢よけスプレーを持ちました」

——よく連絡先が分かりましたね。

「ホームページに広報課の番号があったので、そこに。昔使っていた合言葉みたいなものがあって、それを言えば分かると思いました」

——合言葉みたいなものとは何ですか。

「『補習』。補習はいつも……」

佳鈴が強く拳を握った。

——あなたに嫌なことをする目的で、補習をしたんですね。電話をしたのはどこからですか。

「京都駅にあるホテルの公衆電話です。スイーツの勉強をしてたとき、よく利用したホテルなので」

——何時頃でした？

「七時半頃」

――正確にどう言ったのか、覚えていれば教えてください。

「補習の件でどうしても話がある、そう伝えてもらえば分かるって言ったと思います」

――電話に出た島崎さんの反応はどうでしたか。

「戸惑ったみたいだけど、笑いました。何も変わってない、悪魔のまま」

さらに体に力が入った様子だ。

――吉田神社で待ち合わせたい、と言ったのはあなたですか。

「いいえ、はじめホテルで会おうと言われました。私が外がいいと言うと、吉田神社の神楽岡社を指定されました。お菓子に関係する神社があるんで、その神社のことも知っていました」

――ここからが大変になります。休憩しますか。

慶太郎は手を止めた。

いいえ、続ける、と佳鈴は前のめりで攻撃的な顔つきだ。蘇った記憶がより鮮明なのか、興奮状態にあるようだ。鎮静化させるか迷ったが、ストレス状態の中でいつ記憶に蓋をしてしまうか分からないので、セッションを続けることにした。いま以上に動悸が激しくなったり呼吸が乱れれば中止すればいい。

慶太郎は二、三度腕をぶらつかせ筋肉の疲労を取ってから、また動かす。

——あの急な石段を上って、祠の前に二人はいます。そこで何があったんですか。

佳鈴はすぐには話さなかった。目は慶太郎の指を正確に追うけれど、唇は強く結んだままだ。頭に浮かぶ情景を言語化する時間が必要なのだ。焦らずに待つ。

「メダルを出して覚えているか訊きました。自分がやったことを後悔させたかったんです。そうしたらこう言いました。『君は優秀だった』。悪びれもせず、『優秀だった』と。優秀、最低の言葉。私を傷つけ弄んだ言葉。私は思いきりスプレーを顔に吹きかけました。黙らせたかったんです。喚きながらしがみついてきたので、レンガで……」

手首が痛いほどの衝撃があったこと、煙草の臭いがしたことなど、話は前後して感覚だけを口走り、佳鈴の唇が震え出す。何かを言おうとしているけれど、言葉が出てこないようだ。

——島崎さんは石段から転落したんですね。その後はどうしました。

「家に帰りたかった。とにかく歩いて、川が見えてきたのでレンガを捨てました。気がつくと家に戻っていたんです。後悔はありません。ただメダルもレンガと一緒に捨ててしまいたかった」

——それはあなたの犯行だと分かるからですか。

「いいえ、あんな人間から褒められた証しなど、この世からなくしたいからです」

——あなたは記憶を取り戻したために、罪に問われます。その上で殺意があったのかを伺います。

「出会う前に殺したかった」

——出会う前？

「私は子供のとき、殺されたんです。殺しておけば出会わなくてよかった……」

矛盾した言葉だけれど、少女の切実な気持ちが慶太郎に迫ってくる。

——佳鈴さん、あなたは後悔していない、と言いました。しかし、子供の頃の出来事と同様、事件の記憶に蓋をしていた。これは強いストレスを受けたためです。それこそが罪の意識があった何よりの証しです。あなたは人々が笑顔になれるお菓子を愛する、優しい女性なんです。そんなあなたを踏みにじった人間を私は憎む。

「先生、ありがとうございます」

嗚咽が佳鈴と寛から漏れた。

——今後は僕があなたの治療を行いたいと思いますが、いいですか。

「お願いします」

——以上でセッションは終了します。佳鈴さん、深呼吸をしてください。どうもお疲れさまでした。ご主人もご苦労さまでした。

セッション後、佳鈴は逮捕された。

エピローグ

「すまん沢渡、この通りだ」

佳鈴の起訴が決まった日の午後、慶太郎は診察室で恭一に頭を下げていた。次回の放送でテレビ出演を最後にしてほしい、と担当ディレクターに申し出たことを聞きつけ、恭一が飛んできたのだった。

「今の世の中、流行廃り(はやりすた)のスピードは速いぞ。ちょっとくらい有名になったからといっても、あっという間に忘れ去られる。元の貧乏医者に戻りたいのか」

恭一は、慶太郎のデスクの椅子に座って足を組む。

これまでの恭一の尽力を考えれば、彼の前に立ち、ペコペコするしかない。

「だいたい俺だけ貧乏くじじゃないか。光田はお前からのレクチャーで、朝刊に児童虐待の特集を書くことになったって喜んでるしな。うーん、コンサル料の二割増しだ」

「分かった。そうさせてもらいます」

「しかしよっぽど儲からないクライエントが好みなんだな。労多くして割り増しなしの明朗会計か。澄ちゃんや尊のことも考えてやれよ」

「もちろん考えてる」

「ならいいけど。今度の患者さんは殺人犯なんだからな。弁護士を世話しろといわれて、とうとう慶太郎先生、いかがわしいことに手を出したと思ったぞ」

「沢渡大明神のお陰です」

セッションの録画は証拠として法廷に提出することが決まっていて、『私は子供のとき、殺されたんです』という言葉や、被害者の行為によって心的外傷後ストレス障害を引き起こしたこと、そして慶太郎の、罪の意識があったゆえに解離性健忘を煩ったという見立てが情状酌量に値する。過失致死に持ち込めると弁護士も言った。

「何で、そこまで一所懸命になれるんだ、ついこの間会ったばかりの人間に」

「いや戸沢さんの罪が軽くなることは、古堀友美さんの治療の一環でもあるんだ」

「どういうこと？」

恭一は組んだ足を元に戻した。

「自分が会いに行ったことで戸沢さんを犯行に駆り立てたという後ろめたさは、そう簡単に消えない。重い罪を科せられることになれば、やはり強いストレスとなる。それでは寛解を維持できなくなる」

「そこまで考えてるのか。儲かるわけないな」

呆れ顔で席を立ち、ソファーに移動すると、テーブルのロールケーキを口にした。

「コーヒーとラム酒が利いてうまいな」

「それ、戸沢さんとこのモカロールだ」

「犯人の？」

慌ててアイスティーで流し込む。

「ご主人が作ったものだよ」

慶太郎は笑った。

「久しぶりに楽しそうね」

澄子が入ってきた。

「澄ちゃん、また金欠病を発症しますよ、こいつ」

と恭一が口いっぱいにケーキを頬張る。

「慶さんらしいと諦めてるわ。たぶん、被害者の奥さんの救済にも乗り出すでしょうし」

「えっ、お前まじかよ」

「そんな大層なことじゃない。被害者の奥さんだって被害者と言える。夫を失ったうえに、昔のこととはいえ、小中学生の女の子に性的暴行を加えていたことが、裁判で明らかになるんだからな」

「おいおい、何もそこまでお前が面倒みることないんじゃないか」

「沢渡さん、きつく言ってやって」

そう文句を言う澄子は笑顔だった。

慶太郎もすべての人を癒やせるとは思っていない。ただ自分の見える範囲に、明らかに傷ついた人間がいると分かっていて放置できないのだ。見過ごして、後悔したくない。

人生には上り階段も下り階段もある。たとえ下りだと思っていても着実に前には進んでいる。底の見えない下り階段は暗くて怖いけれど、前に進んでいる以上幸福に近づいていると信じてほしいのだ。

上りだった佳鈴の人生を、友美は自分が下りに変えたと思っている。しかしそうだろうか。佳鈴はいま病気の現況と向き合えている。出産を機にフラッシュバックする可能性もあったのだ。

慶太郎のクライエントは、階段を下りていると思っている人ばかりだ。そんな人たちに、病と向き合うことは前進なのだと分かってほしい。それは見えないけれど真実なのだ、と。


（了）

〈参考文献〉

『［増補改訂版］心の傷を癒すということ――大災害精神医療の臨床報告』
安克昌著　作品社
『身体はトラウマを記録する――脳・心・体のつながりと回復のための手法』
ベッセル・ヴァン・デア・コーク著　紀伊國屋書店
※その他、日本ＥＭＤＲ学会のホームページ、精神医学専門雑誌などを参考にさせていただきました。

解　説

小梛治宣

タイトルの良し悪しが、その一冊を多くの本の中から手に取る上で大きな比重を占めると考えるのは、私だけではあるまい。いかに秀でた作品でも、まず読者に本の扉を開いてもらわないことには勝負にならない。その意味では、「見えない」プラス漢字一文字のタイトルには、読者の心に響いてくる、言ってみれば気のようなものがある。

本作も含め、潮出版社から上梓されている鏑木蓮の著作には「見えない」のあとに、「鎖」、「轍(わだち)」、「階(きざはし)」とそれぞれに漢字一文字が続いている。これらのタイトルを見ただけで、私などはそこに生命(いのち)のドラマを感じ取ってしまうのである。人が生きてゆく上で大切なもの、それは目に見えるものよりも、むしろ見えないものの方が多いのではなかろうか。我々は、見えないものに大きな影響を受け、また支配もされている。

生命そのものも「見えない」ものの一つといえる。

というわけで、作者は我々にどのような形で見えない「鎖」や「轍」、「階」を見せてくれるのか、大いなる興味と期待が湧いてくるのである。このうちの「轍」と「階」とが「心療内科医・本宮慶太郎の事件カルテ」シリーズの二作ということになる。医師を中心に据えた鏑木作品といえば、『東京ダモイ』（二〇〇六年）で江戸川乱歩賞受賞後の長編第二作『屈折光』（二〇〇八年）が思い浮かぶ。そこでは神の手と称される脳外科医の父の死の真相を獣医の娘が追求するのだが、この中に父からの手紙の形での次のような一節がある。

〈患った箇所だけを治療して人の命が救えるのなら、技術のみの研鑽を図ればいいだろう。その継承は、容易くはないが困難だというほどのことではない。しかし、患部ではなく患者、患者の身体ではなく心を助ける医師の育成は、そう簡単ではない。〉

これは、作者が自らに課したメッセージでもあったのであろう。「心を救う医師」を、作者自身の中で『屈折光』から十年かけて育成したのが、本シリーズの主人公である心療内科医の本宮慶太郎ということになるのである。つまり、作者はデビュー直後から本シリーズに向けて作品を連ねてきた、とみることもできる。その意味では、小説家として十年目（江戸川乱歩賞受賞が二〇〇六年、『見えない轍』の連載開始が二〇一六年）の新たなステージに向けての第一歩といえるのが、本シリーズではないか、私にはそう思えてならない。

精神科医をメインキャラクターに据えたミステリーは、三島由紀夫の『音楽』（一九六五年）を筆頭に少なからずある。だが、本シリーズの主人公・本宮慶太郎は、それらとは一線を画す、ひと味もふた味も違った鏑木蓮ならではのキャラクターなのである。前作『見えない轍』で、慶太郎は精神科医になった動機について、こう語っていた。

〈「お金も大事だけれど、それよりも健康のほうがもっと大事です。その健康も心によって不調をきたす。つまり心こそが一番大切なんじゃないか、と思ったから私は精神科の道を進んだ。もっと言えば、人生の幸不幸は心が決める。（後略）」〉（文庫版三〇三頁）

というわけで、慶太郎は利益を度外視して、とことん患者に付き合う。ところが、クリニックは閑古鳥が鳴いている状態で、他のクリニックでアルバイトすることを考えざるを得ない有様だった。そうした社会性に少々欠けた、しかも看護師の妻、澄子に頭の上がらない慶太郎に、否そうだからこそ読者は大いなるシンパシーを感じてしまうはずだ。

女性キャラクターの描き方にはつとに評価の高い作者だが、ここに読者の心を摑む男性のシリーズキャラクターが登場したわけである。読者は、慶太郎と自らを一体化させて、物語の中に入っていくことになるはずである。

さて、前作では摂食障害のある女子高生と、遺書らしきものを残して命を落とした、パートの女性――両者が直接触れ合ったことがないにもかかわらず、女性の死が女子高生に大きな負の影響をもたらした。この「心」の謎に慶太郎が挑んだのであった。では、今回はどんな謎かといえば、前回以上に難解な、過去に負った心の傷、それが原因と思われる閉ざされた心の闇をめぐるものである。

その患者との出会いは、クリニックの経営難がもたらしたものと言えなくもなかった。というのは、あまりにも患者が訪れないことを見兼ねた高校時代の友人で、経営コンサルタントの沢渡（さわたり）恭一がもってきた話に端を発していたからである。恭一のプランは、手頃な京町家があるので、それを分院（本宮心療内科クリニック鞠小路院）にしろというものだった。そこにはこんなオマケが付いていた。毎読テレビの情報番組に精神科医のコメンテーターとして出演し、分院での診療場面を中継すれば、宣伝効果抜群で、患者が押し寄せるというのだ。テレビ出演には乗り気になれないが、クリニックの経営状態を考えれば、断るわけにはいかない、ということになったのである。

京町家といえば、西陣の機場（はたば）にあった町家を改装したシェアハウスを舞台に強烈な個性のヒロインが活躍する『京都西陣シェアハウス――憎まれ天使・有村志穂』を思い起こさせるが、今回はこの町家がクリニックに早変わりすることになる。

京町家の改装を考えていた矢先、タイミングを合わせたかのように、医療用空気清浄機の営業マン古堀孝昭が飛び込みでセールスにやってきた。この古堀が慶太郎のもとへ心の謎を運んでくることになる。孝昭は同居している五歳上の姉の友美に関して問題を抱えていた。友美は高校一年の六月に不登校となりやがて退学、その後はずっと引きこもりが続いていた。九年前の二十六歳のときに孝昭のもとに転がり込んで今に至るというわけだが、最近夜中にうなされ大声を上げるようになったという。

慶太郎は、「友美さんの心の重石を突き止め、うまく対処できる方法を見つけましょう」と、孝昭にも配慮しながら、友美を往診することにした。そこで慶太郎が注目したのが、友美がフェルトで本物そっくりに作る動物たちだ。患者とのコミュニケーションをとる上で、それが一役買ってくれることになるのだが、そこがいかにも慶太郎らしいところであり、読者が共感を覚えるところでもある。

そうした患者に寄り添うシーンの積み重ねが、閉ざされた心の扉を少しずつ開いていく。その開かせ方の巧みさが、本作の（本シリーズの、といってもいいかもしれないが）最大の読み所でもある。それは友美に対する場合だけではない。姉を案ずる孝昭に対しても見えないカウンセリングを行ってもいるのである。

孝昭が、慶太郎のメールに対して「文章なのにまるで本宮医師がそこにいるような安心感に包まれ、徐々に気持ちが軽くなるのを感じた」という箇所を読んでいて、同じことを本作を読んでいる読者自身も、感ずるのではないか、と私は思うのだ。

慶太郎がカウンセリングしている場面を読んでいると、「読んでいる」という感覚が次第に薄れてきて、それを実際に目にしているような気分になってくるのである。「読む」から「見る」、さらには自分自身がカウンセリングを受けているような気持ちにすらなってくる。作者の意図が、そのあたりにあるとしても、それは作者の筆に生命が宿っていなければ、難しいことのはずである。

鏑木蓮の作品を、私は以前「生命のミステリー」と評したことがあるが、その筆先がさらに研ぎ澄まされていることを、本作から改めて感ずることができる。

さて、本作の内容に話を戻すと、古堀姉弟のアパートの近くにある神社で最近起きた弁護士の転落死が、友美の症状の変化（夜中に叫ぶような）と関係しているらしいことが徐々に明らかになってくる。しかも、弁護士の死体から防犯用スプレーの成分が検出されたことから、事故ではなく殺人の可能性が高い。

さらに、弁護士の遺体が握りしめていたもの、これは犯人を特定する重要な手掛かりとなるものだが、それが友美とかかわりをもつ可能性も出てきた……。とはいえ、友美と弁護士との接点は、まったく見えてはこないのである。友美の過去には、心に大きな傷を負うどのような出来事があったのか。それを探り出したとき、慶太郎は友美を崖っぷちから救い出すことができるのであろうか。そこは読んでのお楽しみとしておきたいが、本作の中には、友美の弟・孝昭と彼の顧客である歯科医・北上八恵——この二人の関係をめぐるドラマも仕込まれていることも忘れてはならない。そこも本作の読み所だと私は思っているのだが……。

いってみれば、作者は、一つの作品の中に、いくつもの人生を忍び込ませているのである。それらがみな作りものではないリアリティを感じさせるのだ。そうした濃厚な内容を、淡々と表現する、そこが鏑木蓮の世界の最大の魅力ともいえる。

そして読者は、最後の部分を読んだとき、本作のタイトル『見えない階』の意味を知ることになる。

〈慶太郎のクライエントは、階段を下りていると思っている人ばかりだ。そんな人たちに、病と向き合うことは前進なのだと分かってほしい。それは見えないけれど真実なのだ、と。〉

このラストの三行に、私は未来への小さな希望の光を見たような気がした。読後の余韻に浸るとは、こういうことではないだろうか。鏑木蓮の生命あるミステリーの世界をじっくりと味わっていただきたい。

（おなぎ・はるのぶ／目黒日本大学学園理事長・文芸評論家）

本作品はフィクションです。実在の人物、団体等とは一切関係ありません。

本書は、「潮ＷＥＢ」（二〇一九年七月～二〇二一年一月）に連載された内容を加筆修正の上、文庫化したものです。